GW01393134

Para Marcos

grandes avent

escocesas, cuya esencia inspira
parte de esta historia.

Ojalá disfrutéis de esta súper
aventura también. Un abrazo enorme.

Alejandro Barvel

15-05-22

21

ALEJANDRO BARVEL

Algunos de los lugares de la novela están basados en localizaciones reales, mientras que otros, son producto de la imaginación del lector, así como los personajes, hechos y sucesos de la historia, siendo cualquier parecido con la realidad mera coincidencia.

©2019, Todos los derechos reservados
Número de asiento registral 16 / 2019 / 349
Obra protegida por el Tratado de Berna.

Título: 21
© Alejandro Barroso Velasco (Alejandro Barvel)
Foto de portada: angel_nt de iStock by Getty Images
Número ISBN: 9781086162356

No se permite la reproducción total o parcial de esta obra, ni su incorporación a un sistema informático ni su transmisión en cualquier forma o por cualquier medio, sea éste electrónico, mecánico, por fotocopia, por grabación u otros métodos, sin el permiso previo y por escrito del autor. La infracción de los derechos mencionados puede ser constitutiva de delito contra la propiedad intelectual (Art. 270 y siguientes del Código Penal).

A mis padres, por haberme apoyado
en cada paso que he dado.

A Yumi, porque no te olvido
ni un solo día.

A Vicky, por aparecer en mi vida
y quedarse a formar parte de ella.

A todos mis amigos y compañeros
de batalla, que siempre
me animan a no desistir.

Para cambiar un orden imaginario existente, hemos de creer primero en un orden imaginario alternativo.

YUVAL NOAH HARARI

El individuo ha luchado siempre para no ser absorbido por la tribu. Pero ningún precio es demasiado alto por el privilegio de ser uno mismo.

FRIEDRICH NIETZSCHE

PRÓLOGO

Cruzó el puente a gran velocidad. El día era nublado y la atmósfera se tornaba casi gótica ante sus ojos, extraña y desapacible. Desde hacía años los vehículos no transitaban por aquellas carreteras. Sin embargo, en el norte, las carreteras estaban pobladas de turismos, autobuses, camiones…

Su propósito era una locura, pero debía conseguirlo. Tenía que entregar el artefacto; era cuestión de vida o muerte. Toda su carrera profesional la dedicó a trabajar en aquel proyecto: una máquina que fuese capaz de bajar la temperatura del planeta. Y por fin, lo había conseguido. Necesitaba volver al norte de Iberia para mostrárselo al mundo sin ser antes capturado por los dirigentes políticos. Ello, de conseguirlo, sería el fin de la guerra, el fin del hambre y del racionamiento energético.

Se adentró en una carretera repleta, en sus laterales, de árboles secos. Mientras la recorría le pareció divisar unas figuras que lo observaban, pero la neblina, que invadía todo su entorno y el cansancio acumulado le hicieron pensar que aquellas figuras eran producto de una alucinación o, tal vez, un efecto óptico. El calor era insoportable y húmedo. Conectó el aire acondicionado a 18°.

Una figura oscura se alzó en el centro de la carretera. Estaba a varios metros frente a él. Instintivamente frenó en seco… Los neumáticos derraparon sobre el asfalto provocando un sonido agudo y estridente. Dio un volantazo. El vehículo volcó y giró dando varias vueltas de campana al tiempo que pasaba sobre la figura que, segundos antes, lo había hecho frenar. El automóvil se desplazó sin control varios metros por la carretera. Se detuvo al perder la inercia que había provocado el vuelco.

A pesar de las contusiones que tenía y alguna posible fractura, estaba consciente y soportaba el dolor. Salió del coche con dificultad, arrastrando su cuerpo dolorido sobre el asfalto. Su puerta eyectó, dejándole vía libre para poder salir del coche. Aun así, salió realizando un esfuerzo sobrehumano para lograrlo.

Cogió la pelicase que portaba el artefacto y comprobó que solo tenía algunos rasguños superficiales. El plástico del que estaba hecha era bastante resistente, lo suficiente como para proteger el interior, que, además, estaba perfectamente acolchado y adaptado a la forma del aparato.

Durante unos minutos todo permaneció en el más absoluto silencio hasta que escuchó varios gritos desgarradores que provenían de todas las direcciones. Aquella especie de chillidos atronadores le obligaron a llevarse las manos a las orejas para evitar, en la medida de lo posible, seguir escuchándolos. Los identificó al instante: eran producto de los llamados No-Humanos. Habían sido infectados por un virus que provocaba un hambre insaciable. No eran zombis, no estaban muertos ni su sistema nervioso era básico. Eran conscientes de lo que hacían, pero la violencia y el descontrol dominaban todos sus actos. Su necesidad de calmar, de saciar el hambre incontrolada que sentían les dominaba e impedía que se comportasen como humanos.

Corrió desesperado, sin saber muy bien qué dirección tomar, a dónde dirigirse. Aunque aún se sentía confuso y mareado sabía dónde se encontraba. A su izquierda se situaba un barranco. De él, solo una valla metálica de seguridad lo separaba de caer al vacío. A su derecha, paredes de piedra y tierra se alzaban imponentes con No-Humanos que descendían por ellas a gran velocidad. Algunos de ellos morían intentando bajar. Otros, utilizaban sus manos con habilidad para descender sin precipitarse por la pendiente… Buscar un lugar donde esconderse, por muy pequeño que éste fuese, era la única posibilidad que tenía de sobrevivir. La tos le sobrevino de golpe, como si de un mal presagio se tratase. Tras ella las gotas de sangre que mancharon la palma de su mano y un dolor agudo en el abdomen. Levantó la camisa y vio el hematoma que le cubría la piel, sobre el estómago. El dolor agudo, semejante a un navajazo, le hizo pensar que tal vez tuviera una hemorragia interna.

El sonido de los gritos era cada vez más próximo y atronador. Se incorporó, inclinado ligeramente por el dolor y comenzó a correr con dificultad en dirección contraria al sonido de los pasos que se convertían en una especie de murmullo nefasto y demasiado cercano a él. El asfalto de la carretera estaba agrietado, lo que favoreció que se trastabillara y cayera sobre él.

Encogido sobre sí mismo, giró la cabeza y miró hacia atrás. La figura negra que le obligó a frenar bruscamente caminaba hacia él lentamente. Era un No-Humano. Tenía el cuerpo cubierto de pústulas, barro y sangre, con unas uñas enormes, tanto en las manos como en los pies; Sus ojos estaban blanqueados por las cataratas que le habían cegado. Se guiaba por el sonido de sus pasos chocando en el asfalto. Él lo observó con detenimiento hasta que advirtió cómo los demás No-Humanos, a lo lejos, corrían hacia él desquiciados. Pronto lo alcanzarían, pensó. Ellos sí lo veían.

Solo había una opción y una única oportunidad que incluso quizá salvaría a aquellas criaturas. Abrió el maletín y sacó el artefacto. Un cilindro grueso, con varios cables en su base y algunos circuitos visibles. Era un prototipo, pero funcionaba perfectamente. Se desplegó una pequeña pantalla táctil en la base superior. Usó su huella dactilar y la parte superior del artefacto se dividió en varios círculos que flotaban mediante magnetismo a un centímetro de distancia cada uno. Los círculos comenzaron a girar a toda velocidad, generando en su interior una intensa luz verde y un leve zumbido agudo.

Los gritos ya se escuchaban a menos de cien metros de su

posición. Eran los aullidos producto de aquella locura humana, los efectos de un virus más mortal que la propia muerte. La pantalla táctil le pidió unir diferentes acciones mediante un sistema muy simplificado de nodos. De esta forma, podía elegir en qué rango y con cuánta potencia aplicar su funcionamiento.

Cuando aún le quedaba por introducir otra confirmación que debía verificar su grupo sanguíneo, una medida que mediante un pinchazo analizaba la sangre para que nadie más pudiera utilizarlo, salvo que supiera reprogramar el código del artefacto, la horda de No-Humanos estaba muy cerca de él. El progreso de confirmación era lento y pensó que no lo conseguiría.

Cuando quiso darse cuenta, cientos de No-Humanos se habían abalanzado sobre él. Comenzaron a devorarlo, como hormigas a su presa gigante viva…

El cilindro emitió un pulso de energía electromagnética que los hizo salir despedidos a todos desde el punto en el que se encontraban, incluido él. El dolor era tan grande que, tras unos segundos, se convirtió en inexistente. Le habían seccionado un brazo y tenía el estómago desgarrado, pero aún permanecía consciente. Mientras se desangraba vislumbró el cilindro. Continuaba girando a toda velocidad. Su luz había pasado a ser azul.

Los No-Humanos se volvieron a levantar, algunos confusos, otros retomaron su necesidad de devorarle y se aproximaron de nuevo. Otro pulso, este más fuerte que el anterior, lanzó varios metros hacia atrás a los que estaban cerca del artefacto. Un sonido agudo se escuchó desde el cilindro. Las sombras de los No-Humanos se recomponían a toda velocidad. Una vez más volvieron a por él y a por el artefacto, que esta vez tardaba más en recargar su siguiente acción. Cuando los tuvo sobre él dejó de sentir, solo escuchaba el sonido que llegaba a su clímax.

Después, el pulso final: vio como a su alrededor el asfalto se congelaba en un instante. Lo he conseguido, pensó. Tras liberar su energía, el cilindro emitió una señal para que ella lo localizase y recuperase. Él había cumplido su misión. Ahora era ella, Nuria, quién debía continuar. Era la última esperanza que le quedaba a la humanidad.

E V A

1

Son las 23:55. La Navidad está cerca. A pesar de que el mundo entero se fuera a pique hace ya diez años, aún hoy, en 2032, la mayoría de los humanos supervivientes prefirieren mantener algunas de sus costumbres.

Eva está sentada frente a su televisor, colocado sobre un viejo mueble de madera que sostiene también otros altavoces. Deja pasar las imágenes de informativos mientras lee un viejo libro, sentada con una manta suave entre los pies, pues hace algo de frío. El libro cuenta las aventuras de un grupo de exploradores espaciales, que descubren el primer planeta con vida inteligente tras haber encontrado un objeto no identificado en nuestro sistema solar. Lee sin prestar demasiada atención... lleva así un buen rato, por lo que decide cerrar el libro.

Está cansada. Mira el telediario. La mayor parte del tiempo se usan con fines propagandísticos del Estado. Ahora, mucho más que antes, están totalmente politizados. Las películas, las series y los programas de televisión de grandes producciones pasaron a mejor vida y a ocupar las estanterías de todos aquellos que las guardan. Ahora, la ficción se basa en la comedia para tratar de aborregar a los ciudadanos. Sin embargo, Eva tiene cuatro estanterías en su gran salón, dos de ellas dedicadas exclusivamente al audiovisual, tanto ficción como documentales y reportajes periodísticos de a lo largo de la historia.

Baja los pies del sofá. Tiene una alfombra bastante calentita sobre la que le encanta ir descalza. La rugosidad de las fibras bajo sus pies es una sensación gratificante e inmejorable para ella. A la derecha de su sofá, tiene un escritorio de cristal y madera sobre el que hay una *tablet* de última generación a toda pantalla y un pequeño cubo a su lado del que sale un teclado holográfico, además de varias libretas y bolígrafos en un vaso por si la tecnología falla en algún momento. Las paredes son de un blanco mate que por el día hacen que la casa sea luminosa, sin llegar a molestar a la vista. Casi todas las casas son ahora así, para ahorrar el máximo posible de electricidad.

Deja el libro sobre la mesa y recoge su taza con una bolsita de manzanilla. Camina hasta la cocina, entra y la deja en la pila. Todo está perfectamente recogido y ordenado. Coge un vaso de agua y abre el grifo, pero está cortada. Esta semana toca racionamiento de agua, no me acordaba, piensa Eva.

Se va a su estudio. Atraviesa su largo y oscuro pasillo sin cuadros que conduce a tres habitaciones. Su estudio es un espacio para trabajar bastante sombrío y poco acogedor. Las persianas están bajadas y solamente hay una bombilla que cuelga del techo que lo ilumina: una mesa, un ordenador portátil ultrafino, más libretas y bolígrafos, esta vez, bastante menos ordenados junto a un taco de papel tamaño A4 bien gordo. La razón de tener las persianas bajadas es para evitar ser espiada por drones a larga distancia. Su trabajo como periodista debe ser estrictamente confidencial.

Se sienta. Pulsa una tecla y comienza a escribir en la pantalla del ordenador. Entra en la intranet de su empresa, un diario del norte de Iberia especializado en política internacional, *La voz del norte*. Accede a su pestaña de artículos y luego a otra de desarrollo. Escribe sobre las posibilidades de volver al sur de Iberia.

Hace doce años el mundo entero cayó en una pandemia causada por un patógeno al que denominaron Virus G. De dónde salió es aún un misterio. Sin embargo, fue la excusa perfecta para culpar a terroristas de oriente, China y Rusia, de un ataque biológico coordinado a occidente. De esta forma, surgieron los que llaman No-Humanos. La insaciable hambre de estas personas infectadas fue la causante de una guerra entre los países de occidente y de oriente, que en todo momento se declararon inocentes, pero tras el primer ataque estadounidense, hace seis años, estalló una especie de Tercera Guerra Mundial sin llegar al uso del armamento nuclear. Todavía.

El virus se desarrolló con más intensidad en la zona sur del planeta. Llegó a las puertas de Europa por Iberia y avanzó hasta que fue construido un muro tras la cordillera cantábrica. En el continente, las poblaciones de No-Humanos fueron controladas mediante bombardeos masivos al no existir una cura aparente. Todo ello, sumado al calentamiento global, cuyas temperaturas han supuesto el aumento de 5 °C en el clima y han hecho que sea prácticamente inhabitable el sur de Iberia en los meses más cálidos, propiciando así la expansión de comunidades de No-Humanos. Todo lo que queda por debajo de la cordillera cantábrica es inhóspito y hostil debido a los infectados.

La información, internet especialmente, ha desaparecido parcialmente tal y como la conocemos. Solamente se mantiene en la actualidad para las redes militares y diferentes medios de comunicación, que directamente proveen este servicio a sus trabajadores, con la imposibilidad de acceder a ningún otro sitio web, solamente a las intranets de cada negocio.

Ahora algunos periodistas son grandes *hackers* en defensa de la verdad, pero solo unos pocos se atreven a ejercer como tales. Lógicamente, las represalias son fuertes para aquellos que hackean redes gubernamentales. De esta forma, han surgido los nuevos narcotraficantes: Los NetDealers o, popularmente llamados, traficantes de red. Al principio eran grandes cárteles de internet que hackearon satélites para proveer de internet a todos los que pudieran pagarlo. Eva es una de esas personas gracias a la fortuna que heredó de sus padres y al dinero que gana en su diario. Estos negocios ilegales han crecido tanto que ya no necesitan satélites gubernamentales y han empezado a poner en órbita los suyos propios desde países neutrales a la guerra, cuyos intereses económicos aun permiten esta práctica.

Así, los diversos negocios de investigación como el de Eva, son capaces de comunicarse de forma segura a través de la *deep web* mediante las redes TOR.

Aun así, siempre hay agentes del Gobierno que se mueven entre estas redes para tratar de controlar la información que se comparte. Sin embargo, en el ámbito periodístico, la información se mueve de un lado a otro sin tapujos. De esta forma todos pueden distribuir historias para los que tengan acceso a estas redes. Solo así, poco a poco, Eva escribe su artículo para el diario en el que trabaja y trata de desvelar los horrores de esta guerra.

Por suerte, en Iberia, no existen batallas al no ser un frente estratégico, tras haber quedado el país tan reducido; y eso les ha permitido mantener cierta calidad de vida con respecto a otros países. La tecnología puede importarse desde países neutrales como Suecia o a través del mercado negro.

El calentamiento global y la guerra han provocado además una pequeña crisis energética, de tal forma que en la vida civil se ha prescindido de combustibles fósiles y toda la energía es solar, eólica o mareomotriz. Existen grandes hectáreas de paneles solares, molinos y plantas de generadores de las corrientes de mareas.

Esta es la situación del mundo en el que Eva vive. Actualmente hay un periodo de paz. Los ejércitos se reorganizan para los próximos ataques. Según los medios, occidente, los aliados, están ganando y tomando ventaja. Mientras en las calles se habla de que todo acabará pronto. Pero Eva no cree que los ejércitos de Rusia, China y Oriente Medio se dejen vencer sin tirar su última carta: el armamento nuclear.

Eva cierra el ordenador, no ha escrito ni una sola palabra, solamente ha repasado toda la historia que ha escrito hasta ahora. Sale del cuarto y se detiene en un panel táctil que hay en la entrada, marca cuatro casillas y todas las luces se apagan. Con la luz de su teléfono recorre el que ahora parece un pavoroso pasillo hasta su habitación

Ya en la cama, no deja de mirar en el teléfono móvil diferentes titulares. Los lee por encima. Internet, por suerte, no ha desaparecido del todo en Iberia, la mayoría de los servidores están en zonas habitables y todavía pueden ser mantenidos por operarios. Apaga el móvil y se da media vuelta. Últimamente tiene insomnio, puesto que su cabeza es un soliloquio constante.

Se escucha el mar. Hace cinco años se mudó a la casa en la que vive actualmente. Por esa razón, no personaliza demasiado los rincones. Se considera una nómada debido a su clandestina profesión, en la que frecuentemente es observada con lupa por el Gobierno.

Esta casa fue una buena oferta. Alejada de la muchedumbre en Dena, un pueblo de Cantabria. Situada en lo alto de una cala, a la izquierda de la playa sobre una elevación del terreno. También a su izquierda se extiende un enorme bosque del tamaño de varios campos de fútbol. La playa es enorme y prácticamente virgen, solo alterada por unas escaleras de piedra para poder acceder desde el extremo derecho de la misma. Si pudiera, no lo cambiaría jamás.

Eva se adormece y se arropa bien con su edredón. Lentamente cierra los ojos, hasta que se duerme por completo.

2

Se escucha una explosión. Eva se despierta de golpe. El corazón late tan fuerte que le duele el pecho. Son las 4:00 de la mañana. Se levanta rápido, sale de su habitación y recorre el pasillo hasta el salón a toda velocidad a pesar de la oscuridad y abre las puertas de su terraza.

A lo lejos, cerca de la playa hay llamas. Eva distingue un barco y según va saliendo del *shock*, comienza a oír gritos de hombres. Sale de la terraza, coge un abrigo y se pone las botas que usa siempre, viejas y a la vez limpias; tiene por costumbre dejarlas en la entrada de su casa. Debe ir hasta la otra punta para poder bajar por las escaleras habilitadas, así que mejor coge las llaves del coche para ahorrar tiempo.

Arranca el coche, como la mayoría de los vehículos actuales es eléctrico, con un diseño antiguo, de mediados del siglo XX. Cuando lo compró ya tenía toda la carrocería y el motor adaptados. También de segunda mano y con matrícula falsa.

Acelera formando una inmensa nube de polvo que termina por cubrir la fachada de su casa. Conduce rápido. Es muy hábil al volante. El camino no está iluminado y al ser de tierra puede caer fácilmente por el cortado hacia la cala. Sería una forma rápida de llegar, piensa.

Cuando llega al acceso y sale del coche deja la puerta abierta; con las prisas, casi se tropieza, pero se apoya en la barandilla que hay al inicio en las escaleras. A lo lejos, ve como hay cuerpos que llegan inertes y otros que hacen enormes esfuerzos por levantarse. Llevan camisas blancas que se ven perfectamente en la oscuridad. Se toca en los bolsillos, pero no encuentra el teléfono, se le ha olvidado cogerlo. No hay tiempo y tiene que ayudar a todos los que pueda a salir del mar.

Corre a toda velocidad por la playa; la arena no la desestabiliza. Está en forma, en parte porque le gusta cuidarse, en parte porque nunca sabe cuándo tendrá que salir huyendo. La adrenalina también la ayuda.

Al llegar a la orilla se quita su abrigo y trata de coger el primer cuerpo que encuentra. Es un hombre que tiene una camisa de fuerza blanca. Mientras intenta arrastrarlo se produce otra explosión en el barco que hace que suelte el cuerpo del hombre. Vuelve a cogerlo y lo lleva hasta la orilla. Está inconsciente; al tomarle el pulso ve que está vivo. Es un milagro que no se haya ahogado.

Se dirige hacia otro cuerpo, que claramente está sin vida, también con una camisa de fuerza. Tengo que priorizar, piensa. Mira a su alrededor y se encuentra con un sinfín de cuerpos de hombres que llegan solos a la orilla gracias a las olas, y otros boca abajo con sus camisas de fuerza. A unos cuarenta metros de ella, ve a un hombre vivo que lleva un uniforme militar. Corre hacia él y se adentra en el mar. Una enorme ola los derriba y los arrastra unos metros hacia la orilla. Hay resaca y eso le dificulta ponerse en pie, pero lo consigue. Se zambulle a por el hombre, claramente desorientado. Lo saca del agua, le coge el brazo y lo pasa por su hombro. Están cerca de la orilla, pero la resaca cada vez es más fuerte. Las olas chocan con ellos, pero el peso de los dos los mantiene en pie. Hace un enorme esfuerzo por seguir andando. Ya toca fondo con sus pies. Una enorme ola los derriba a los dos, pero la fuerza del mar les ha hecho llegar más rápido a tierra. Deja al hombre en la orilla, que enseguida escupe agua mientras tose y respira por su propia cuenta. Eva ve que varias personas bajan por la escalera del acceso. Al fin la ayuda ha llegado.

—¿Qué ha pasado? —pregunta Eva, con la respiración agitada.

—¡Sácame de aquí! ¡Sácame de aquí!

Eva ve en sus ojos el terror. Llegan los lugareños a la zona. Muchos de ellos van directamente a por los cuerpos que flotan. Eva ve como uno de ellos saca a un militar. Su uniforme, con algunas quemaduras en la ropa, deja entrever la camiseta gris que lleva debajo y sus heridas sangrantes. Conserva en el hombro su insignia. Son de un barco de la marina. ¿Y está gente con camisas de fuerza? ¿Serán presos?, se pregunta. Entre un hombre y una mujer sacan a otro militar. Varios vecinos cercanos ayudan a sacar más cuerpos mientras comienzan a escucharse las sirenas a lo lejos.

Ya hay varios cuerpos en la orilla, algunos respiran. Las personas que han llegado para ayudar intentan reanimar a los que llevan la camisa de fuerza. Pero son muy pocos, apenas diez personas para sacar a toda una tripulación del agua, o al menos a los que habían conseguido llegar.

Al otro extremo de la playa, Eva ve como una mujer completamente desnuda se levanta de la arena. Eva, que se mantiene fría a pesar de todo, corre hacia ella. La mujer se recompone rápidamente y comienza a caminar hacia el bosque, tiene una herida profunda en la pierna y varias magulladuras en los brazos y en la espalda, pero parece tener fuerzas suficientes porque empieza a correr.

—¡Eh! ¡Eh! ¡Espera!

La mujer no hace caso a Eva y se adentra en el bosque. Eva sigue corriendo hacia ella. Se mete entre los árboles, pero ya no la ve. Está demasiado oscuro y hay muchos heridos en la playa a los que ayudar. Se da la vuelta y se dirige a ayudar al más próximo. Es un militar. Tiembla de frío. Las ambulancias ya han llegado y varios sanitarios bajan a toda velocidad a la playa con camillas.

—¡Necesitamos mantas! ¡Necesitamos mantas! —dice un hombre a lo lejos.

Algunos se quitan sus chaquetas para cubrir a los heridos. Eva vuelve con el primer militar que ha sacado del agua y lo sienta en la arena. Parece que aún le quedan fuerzas. Rápidamente le quita la chaqueta de uniforme y ella recupera el abrigo que había dejado en la arena para arroparlo.

—¿Puedes caminar? —El militar asiente.

Le pasa un brazo por encima de la espalda de Eva y entre los dos hacen un enorme esfuerzo para levantarse. Caminan unos metros hasta que dos sanitarios llegan a donde están ellos y toman el relevo. El militar le devuelve el abrigo a Eva.

—Gracias.

—De nada —dice con media sonrisa en su cara.

Eva ve como la policía acaba de llegar también. Entre ellos

está Daniel, un amigo suyo desde que llegó a Dena y en algunas ocasiones esporádicas, algo más. Ambos caminan hasta encontrarse, la situación está ya controlada.

—¿Qué hacían tan cerca de la costa? —pregunta Eva.

—Ni idea. Pero las llamas del barco se ven desde cualquier lado por esa misma razón. Es un auténtico desastre.

El barco comienza a hundirse, pero las llamas no cesan de arder sobre algunos restos del barco que aún se mantienen a flote. La luz de la luna ilumina el mar y, poco a poco, éste se tiñe de negro con el carburante del barco.

—Nos llevará tiempo limpiar toda la porquería. ¿Tú cómo estás? Agotada, supongo.

—Si… oí la explosión y fui la primera en llegar. Es horrible. ¿De verdad no sabes qué hacían tan cerca? Vosotros estáis avisados siempre.

—En serio Eva, no lo sé. Maniobras, quien sabe.

—Llevan a gente con camisa de fuerza.

—Entonces no creo que lo vayamos a saber. Ya hemos dado parte y tendremos aquí a los agentes del Gobierno mañana. Solo podemos ayudarlos durante esta noche. Vete a casa y descansa un poco. Seguramente tengamos que pedir voluntarios para esto y te necesitaremos. Pásate por el pueblo a primera hora. Pero por favor, no hagas locuras.

—¿A qué te refieres?

Eva sabe perfectamente que Daniel no quiere que investigue, y él simplemente la mira inquisitivamente. Al tratarse del Ejército, es mejor no inmiscuirse, pero puede ser una oportunidad única para ella. Mañana irá al pueblo y verá qué es lo que consigue. Eva sonríe y le da un abrazo para despedirse. Se aleja por la playa hasta llegar a las escaleras.

Echa una última mirada atrás. No hay más personas por rescatar, puede irse a dormir tranquila, pero mañana madrugará para ir al centro de Dena.

NURIA

¡Corre! ¡Corre! La mente de Nuria procesa todos los estímulos posibles. No puede detenerse porque se darán cuenta de que no está entre ellos. Busca un lugar alejado donde poder pasar la noche. Se detiene ante la inmensa oscuridad. La luna ilumina ligeramente el bosque en el que se encuentra, sin embargo, las copas de los árboles tapan la mayor parte de la luz, creando sombras tenebrosas sobre el suelo. Se da cuenta de que lleva sin pisar la tierra y sin oler el aire exterior mucho tiempo. Además, la tierra está húmeda. Le duelen los pies y el pecho. Tiene frío. Mucho frío.

Oye búhos. Escucha el viento. Respira y se relaja. Se mira las manos y se toca la cara. Todo está en su sitio. Se mira la pierna y la herida parece haber cicatrizado ya. Mira a su alrededor y decide seguir caminando.

Está confusa y recapacita sobre lo que ha pasado: Ángel le prometió que encontraría una salida y así ha sido. ¿Cuánto tiempo llevaban encerrados en aquel infierno? Menos mal que Ángel lo planeó todo con sumo cuidado para que no hubiera errores… o sí, quizá todo había sido un error. ¿Estará vivo? ¿Habrá conseguido escapar? Tiene que estarlo, porque la liberó de su celda, pero no tuvo tiempo ni de encontrar ropa. Eso es, lo que necesita es ropa de invierno. ¿Pero dónde? Es demasiado arriesgado salir a buscarla, además es de noche. Mañana la buscarán durante todo el día. También a Ángel. ¿Qué puede hacer?

Sigue caminando y encuentra una casa de madera. La suerte parece estar de su lado por una vez en mucho tiempo. Desde fuera, mira por las ventanas. No está abandonada, está bastante cuidada por dentro. Quizá haya ropa.

Vuelve al bosque y coge una piedra. La lanza contra el cristal de una de las ventanas. Ahora arranca una rama cercana de un árbol. Tiene mucha fuerza. Con la rama rompe el resto de la ventana para no cortarse. Se mete dentro de la casa.

Parece acogedora. En la sala principal, los sofás son antiguos y están cubiertos con plástico. Aunque esté bien conservada parece que llevan tiempo sin venir. Da con un interruptor. Lo pulsa, pero no hay electricidad.

Entra en una de las dos habitaciones. Tiene dos camas y un baño. La madera está húmeda y algo vieja, pero no deja pasar el frío. Quizá haya una capa aislante entre el exterior y el interior. Abre un armario y hay ropa. Es bastante vieja y pasada de moda. No quiere llamar demasiado la atención así que coge un chándal y una sudadera negra. Es calentita… Se abraza a sí misma y suspira.

Se tumba en la cama. Mañana irá a buscar a Ángel y algo de comida. «El pueblo tiene un hospital en el centro», eso fue lo que Ángel le dijo. Ahora, él es el único con quien puede escapar al sur para recuperar el artefacto. Pero tiene que descansar. Se mete en la cama y, tras varios meses, por fin siente que está a salvo. Cierra los ojos y se queda dormida rápidamente.

ÁNGEL

1

Eva se hace el desayuno. Hoy le tocan unas grandes tostadas con mermelada y una buena taza de café. Siempre lo hace natural, le encanta el olor del grano. Enciende la radio, es digital, pero le cuesta encontrar una emisora que no tenga ruido. La mayoría de las frecuencias están ahora vacías. Da con una en la que hablan del incidente del barco.

—Las últimas investigaciones de nuestra corresponsal apuntan a que todo fue un fallo del motor del buque militar. Por el momento, se cuentan cuarenta y ocho personas fallecidas, veintitrés heridas y siete desaparecidas. La mayoría de los heridos son militares, puesto que en el barco estaban transportando presos enfermos portadores del Virus G. Las autoridades insisten en que la población no debe alarmarse ya que el patógeno solamente se contagia por sangre o contacto directo. Aun así, el pueblo de Dena será puesto en cuarentena hasta verificar el estado de salud de todos sus habitantes.

¿Estarían haciendo ensayos con humanos? Ya tengo por dónde empezar, piensa en alto Eva. Muchas veces esto supone problemas para ella puesto que no se da cuenta de que la escuchan. Por eso prefiere trabajar como periodista autónoma: vende noticias y exclusivas a diferentes cadenas que pagan un dineral. El cuarto poder ahora es una fuerza económica más, aunque fomente la economía sumergida para ocultar las fuentes con más seguridad.

Suena el teléfono. Es Daniel.

—¡Ey! ¿Fue muy larga la noche? —pregunta Eva.

—No he pisado mi casa… Oye te vamos a necesitar en el pueblo como te dije. Hay demasiadas personas a las que ayudar.

—Está bien. Pero a mí me ayudaría… —Matiza mucho la palabra—… Que me echases un cable.

—Eva… no es buen momento. A las 12:00 llegan los del gobierno y tendrán a su jefe de prensa, pregúntale lo que quieras, aunque la entrada a la plaza ya está plagada de periodistas… Podría colarte para que te entrevistes con él en calidad de voluntaria.

—Más te vale. No todos los días revienta un buque militar con un virus letal dentro —dice, con bastante acritud—. He oído por ahí que podría tener una mutación. ¿Sabes algo?

Daniel guarda silencio.

—¿Dani?

—Tú solo ven, por favor. No damos abasto. Te veo luego.

Daniel le cuelga. Eva suspira y se rasca la cabeza. Daniel siempre sabe más de lo que cuenta y ha sido confidente de Eva en muchas ocasiones. Trabaja como inspector de policía nacional y se entera de muchas operaciones encubiertas, las cuales ha podido investigar Eva junto a sus colegas y desmontar tramas de corrupción en Iberia y Europa. Así que, muchas veces, se ha jugado el cuello por pasarle archivos, pero esta vez parece diferente.

Mira un calendario digital que tiene en la pared de la cocina. Es 14 de diciembre de 2032 y tiene que tener listo el artículo antes de Navidad, si no el invierno y el año van a ser muy duros. La noticia con la que cierran los medios el año es la más importante de todas. Incluso el Estado se hará eco de esta para tratar de limpiar su imagen, y cuanto más cruda sea más dinero recibirá.

Se sorprende de lo mercenaria que puede llegar a ser a veces y eso la molesta. Prefiere la verdad ante todo en el mundo que le ha tocado vivir. Así que Eva se pone en marcha.

Se da una ducha rápida y después se pone unos *leggings* gruesos para el frío con una camiseta negra de manga larga. Encima, su cazadora de cuero negro y botas marrones. Coge su grabadora y un cuaderno digital con su lápiz táctil. Por último, se hace una coleta y sale de casa.

Arranca el coche y se pone en marcha por el camino de tierra que bordea la cala. Aún están marcadas sus huellas de la noche anterior. Son borradas rápidamente por los neumáticos. Observa la playa, la orilla está completamente negra por el combustible del barco; los operarios trabajan con máquinas que filtran el agua en la playa y recogen con palas y cubos el chapapote. Desastre tras desastre, no sabe cómo el ser humano aún aguanta.

Eva desciende toda la cala hasta llegar a una carretera asfaltada. Al girar a la izquierda, se da cuenta de que a lo lejos hay unas cuantas vacas cruzando, así que decide ir más lenta. Una astuta estrategia para que las vacas ya hayan cruzado cuando ella llega al punto donde estas se encuentran. Nunca ha soportado quedarse quieta sobre el asfalto. Ahora es el momento de acelerar. Tiene diez minutos hasta el pueblo por las maravillosas y serpenteantes carreteras de un solo carril. En el fondo, la divierte porque se lo conoce a la perfección y el coche al cargar sus baterías directamente con el sol, en un día despejado como el de hoy, no consumirá demasiada energía.

El paisaje es sencillamente espectacular. El verde se puede apreciar en cada detalle. Bien es cierto que faltan una gran cantidad de árboles que se talaron de forma masiva para construir la base de los muros que separan la frontera con el sur del país. El dinero escaseaba por entonces y fue la forma más rápida y eficaz de evitar filtraciones del virus por parte de personas y animales. En cualquier caso, nadie puede acceder ya más allá de los muros. Le recordaba a una vieja serie que sus padres veían. Casualidades.

La carretera se perdía en el horizonte como en las películas estadounidenses. Algunas viviendas aún seguían habitadas, pero la mayoría de la gente se había ido a los grandes núcleos de población para que no les faltase de nada. Solo los más jóvenes se atrevían a estar separados de la muchedumbre. Al pasar con el coche, se les puede ver haciendo una vida tranquila, donde parece que el tiempo no pasa para ellos, con sus propios huertos y ganado, completamente autosuficientes. Al haber nacido en este periodo, han conocido menos vicios y comodidades de la cultura occidental, por eso no los necesitan.

2

Eva llega al pueblo y deja el coche en uno de los *parkings* habilitados, cercano a la plaza. Comienza a caminar. Todo está excesivamente tranquilo. Aquel pueblo siempre puede resultar inquietante a pesar de haber conservado con encanto todas sus calles desde la Edad Moderna, completamente hechas de piedras y casas readaptadas de ladrillo y adobe para pasar el invierno y el verano a una temperatura constante.

Un común denominador en toda la arquitectura ahora es la inclusión de más zonas de sombra mediante toldos y otras estructuras que permiten la vida fácil al aire libre, sin el calentamiento del suelo. Los jardines en los tejados se han vuelto también muy comunes. Las plantas sobresalen de los tejados y posibilitan una mayor refrigeración de los últimos pisos y menos entradas de calor. Los arquitectos han tenido mucho trabajo desde hace unos años para adaptar todos los edificios, así como la investigación y fomento de motores eléctricos para los coches.

Eva comienza a escuchar a la muchedumbre enloquecida. Acelera el paso. Parece un pueblo fantasma, todos están concentrados en la plaza, con un montón de periodistas a las afueras de la misma, intentando entrar, mientras los propios militares los mantienen a raya. Los que entran como voluntarios para ayudar son cacheados en busca de cualquier objeto. Eva llama a Daniel.

—Dani, estoy fuera.

—Enseguida voy.

Eva espera un rato y ve a Daniel a lo lejos. Levanta la mano para saludarle. Daniel y otros dos policías abren un pasillo para que Eva pueda llegar. Se encuentran ante las miradas de envidia de otros periodistas.

—Menudo follón tenéis —dice Eva.

—Sígueme, date prisa.

Al llegar a la entrada los militares los detienen.

—Hay que registrarla. —dice uno de ellos.

—¿De verdad? —Eva está sorprendida.

Daniel asiente. Más no puede hacer. Así que los militares cachean a Eva y encuentran la libreta y el cuaderno digital. Daniel la mira con los ojos abiertos. Eva se encoge de hombros y los policías requisan el material.

—Cuando salga podrá recogerlos. ¿Nombre?

—Eva Salazar Herrero. —El militar introduce los datos en un portátil.

—Adelante.

El hospital parece estar abarrotado, visto desde fuera. Los militares han habilitado varias tiendas para atender a otros enfermos de menor gravedad. La policía vigila atentamente a todos los ciudadanos y algunos militares patrullan armados por la calle sin perder ojo. Todo parece excesivamente exagerado. ¿Habrá alguna amenaza? Ah, que ahora estamos en cuarentena, recuerda Eva. Aun así, todo es un caos ordenado. Enfermeros y médicos cruzan de un lado a otro respetando carriles imaginarios de ida y vuelta. Algunos enfermos vuelven a la ambulancia. Los voluntarios montan tiendas con los militares y otros asisten a los médicos.

—Están estables, pero necesitan ir a un hospital.

Eva se gira. Es Álvaro, un compañero de la infancia que ahora es médico. Alto, con barba y pelo recortado. De un físico envidiable incluso con la bata puesta. Eva le dedica media sonrisa. Álvaro va a saludarla dándole dos besos, pero Eva se aparta.

—¿Ni si quiera por cortesía? Sé que aún es pronto Eva, pero…

—¿Qué tal si hacemos como si nada y seguimos a nuestra bola? ¿Te parece?

—Voy a seguir trabajando. Pasa un buen día Eva, si puedes…

Álvaro camina hacia el hospital. Hace poco más de un mes tuvieron una pequeña aventura que no salió bien. Álvaro se mostró demasiado posesivo y frente a la introversión de Eva no resultó demasiado agradable. Una noche Álvaro destrozó varios cuadros de su casa por una rabieta injustificada sólo porque Eva prefirió salir aquella noche sola. Iba a trabajar, pero él no lo entendía. Así que como ella nunca había tolerado esos comportamientos prefirió cortarlo de raíz antes de que fuera a más. Ni si quiera le sugirió que fuera a un psicólogo, Eva lo echó literalmente a bofetadas y empujones tras hundirlo moralmente. Sin darle opción de coger sus cosas, que posteriormente quemó en un barril.

Daniel se ha separado de Eva durante ese instante. Eva lo busca y lo encuentra cerca de una tienda.

—Dime, en qué te puedo ayudar —pregunta Eva

—Sígueme.

Eva sigue a Daniel hasta una callejuela que sale de la plaza. Nadie circula por la zona.

—No quería decirte nada por teléfono.

—Entonces ¿puedo hacer mi trabajo? —Eva está emocionada, casi como una niña pequeña.

—Puedes y debes. Hay demasiada seguridad y no me gusta. Los heridos militares tienen algo que ocultar. A los oficiales de alto rango se los han llevado esta madrugada en helicópteros y han dejado a los suboficiales al cargo de la situación. En media hora, van a llegar esos hombres trajeados de las noticias que nadie quiere ver. Es todo lo que sé. Ve por ahí y entérate de qué cojones había dentro de ese barco, pero ten cuidado, no quieren que la prensa se acerque. Como ya has visto, hemos tenido que dejarles fuera de la plaza. —Daniel le da un *Smartphone*—. Con esto puedes hacer algo ¿verdad?

—Vaya antigualla. Pero sí, me vale.

—Haz lo que tengas que hacer y mantenme informado. No te vayas corriendo a vender la información. Lo mejor es que ayudes al personal sanitario y de esa forma puedas enterarte. Esta vez es bueno que no se te conozca del todo por el pueblo.

—¿Qué quieres decir?

—Que saben quién eres Eva, pero no saben a qué te dedicas. Solamente eres la mujer solitaria que vive encima de la cala. Inofensiva ante sus ojos. Que siga siendo así, por favor.

—Descuida. ¿En qué planta están?

—No lo sé. Tendrás que averiguarlo.

Eva sonríe y se pone manos a la obra. Baja la calle y se pierde entre la gente. Daniel la sigue y continúa con su trabajo, atendiendo a los lugareños.

3

—Ángel debería de estar ahí. Pero los militares están por todas partes, incluso en el tejado. Si aún piensan que no los puedo ver debería ser bastante fácil colarme entre ellos y buscar a Ángel. Debería… ¿Eh? ¿Y esos quiénes son? —Desde la esquina, Nuria, encapuchada con su sudadera negra, chándal y deportivas observa cómo llegan dos coches completamente negros. Se detienen antes de la barrera de periodistas, y bajan dos hombres y una mujer. Los periodistas corren a acosarlos a preguntas. Parece que hay dos personas que salen del otro coche encargadas de atenderlos. Salen otros militares de la plaza a recibir a esos hombres trajeados—. Puede que ni si quiera sean de Iberia… Es el momento.

4

Dentro del hospital, Eva se dedica a hacer de auxiliar de enfermería. Cura las heridas de varias personas, pone vendajes, etc. Cuidados básicos, pero no menos agotadores al tratarse de tanta gente.

En uno de sus recorridos de una habitación a otra, se encuentra con el hombre de la camisa de fuerza que le pidió con terror que lo sacase de la playa. Está completamente sedado. Todo apunta a que son criminales. Tiene algo en la cara, parece un corte que no advirtió la noche anterior. Se acerca lentamente a examinarlo. Solo ve la mitad de la cara hasta que llega hasta él. El resto está vendado y la cicatriz recorre toda la mejilla hasta su ojo izquierdo.

—Hubo que sacárselo.

Eva se gira asustada. Es Álvaro.

—Eres especialista en asustarme ¿verdad? —El sarcasmo solo aumenta la tensión, aún más, entre ambos.

—No puedes estar aquí, Eva.

—¿Por qué? Venía a cambiarle el vendaje.

—No necesitas cambiarle el vendaje porque de este paciente se encargan directamente los militares.

En ese mismo instante, entra un teniente con dos suboficiales a la habitación. El teniente mira a Álvaro inquisitivamente.

—Márchense.

—Disculpe, teniente. Estaría bien que dejaran marcadas aquellas habitaciones a las que el personal del centro y voluntarios no pueden entrar.

—Lo tendré en cuenta. Váyanse, por favor.

Eva y Álvaro se marchan sin rechistar. Un suboficial cierra

la puerta.

—¿Son prisioneros?

—Eso parece. Ese de ahí llegó anoche en *shock*. Lleva toda una farmacia dentro del cuerpo. —Álvaro se detiene—. ¿Qué quieres saber, Eva? Las paredes escuchan.

—Tengo que seguir trabajando. —Se marcha. Álvaro se queda mirándola y niega con la cabeza.

Eva se acerca a una sala de descanso del personal. Algunas enfermeras fuman mientras toman un café rápidamente. Eva va a la máquina a servirse otro café. Se sienta en uno de los sofás. Mira el teléfono que le ha dado Daniel. Busca una red wifi y encuentra la interna del hospital. Pulsa dos teclas del *smartphone*, después una tercera varias veces y accede a un menú oculto con el que descifra rápidamente la clave. La copia y la pega. Abre el navegador y pone una dirección IP. Enseguida accede a un servidor donde la pantalla de inicio es la cara de Eva dibujada al estilo manga, sonriente. Le hace gracia, se la diseñó una amiga que perdió en Madrid. Ella sí que era una buena persona. Carla se llamaba… Pero vuelve a concentrarse. No tiene tiempo para distracciones.

Pincha en la cara y se descarga una .apk. Da permiso al teléfono para instalarla. Es una aplicación desarrollada por colegas de la profesión. Puede encontrar datos de la red por la que se mueve la información militar y gubernamental. Además, enlaza directamente con sus servidores. Una auténtica herramienta de robo extremadamente sigilosa. La emoción y concentración de Eva se ve interrumpida por dos enfermeras que hablan.

—A algunas nos están trasladando a la planta de los militares.

—Lo sé, algo he oído. Tienen a la mitad del ejército en Asia y tienen que ponerlos en servicio cuanto antes.

—¿Por qué tenemos a ese tío aquí y no se lo llevan de una puta vez? El de la cicatriz te digo.

—No quiero ni saberlo.

Las enfermeras apagan sus cigarros en la ventana.

—Perdón. —Eva se hace la despistada. Las enfermeras se giran a mirarla—. Me han asignado con los militares. Soy voluntaria y no conozco muy bien el centro...

—¿Tienes la identificación?

—No...

—Entonces ve a que te la de uno de los suboficiales que hay en las tiendas de fuera. Si estás en la lista te dará esto. —La enfermera saca una tarjeta negra con una banda magnética gris.

—Gracias.

—De nada, guapa.

Las enfermeras se van. Eva va detrás de ellas y sale directamente a la calle.

Hay un total de cinco tiendas militares en la plaza. De la del centro, salen dos enfermeros con dos identificaciones. No parecen demasiado contentos. Eva se dirige directamente a la tienda. Hay demasiada gente. Normalmente tardaría veinte segundos, a paso rápido, en cruzar de una punta a otra, pero esta vez está siendo frenada por todos los miembros del personal sanitario y voluntarios del pueblo. La situación empieza a descontrolarse y ella parece el salmón que va a contracorriente.

Los militares están ahora más nerviosos de lo habitual. Hay algo que se sale del esquema. El cansancio es el gran protagonista de la mañana en todos los presentes allí.

Consigue llegar a la tienda y ve como hay una cola de tres enfermeras y dos enfermeros. Los militares hacen fotografías con una *webcam* en sus ordenadores «todo en uno» de pantallas ultrafinas. Tecnología punta tienen estos cabrones, piensa Eva, con ironía. Hay un cambio de turno de los militares y llegan nuevas personas para continuar el trabajo.

35

Ve que hay otra enfermera joven que termina de fumar y tira su cigarro a la calle. ¿Aquí fuman todos o qué?, piensa. La enfermera lleva su identificación en la mano y se pone en marcha dirección al centro médico. Eva rodea rápidamente a la muchedumbre que se interpone entre ella y los militares y rápidamente se coloca en sentido contrario a la enfermera. Aprovecha que unos sanitarios cruzan con una camilla y otro cuerpo para después chocarse con ella.

—¡Perdón!

—No te preocupes, hay demasiada gente. ¿Estás bien? —le dice la enfermera, que resulta ser muy amable.

—Sí, sí. Gracias. Hasta luego.

Ambas siguen cada una por su camino. Eva se mete dentro de la tienda central. Hay tres mesas con suboficiales encargados de revisar las listas y dar las acreditaciones. Eva se pone en la cola que menos gente tiene. Dos de los suboficiales cambian de turno con otras personas. Eva se cambia de cola.

Pasados cinco minutos a Eva le toca su turno.

—Buenos días, acabo de estar aquí hace veinte minutos y uno de sus compañeros se ha equivocado con la fotografía porque no me han dejado pasar.

—Déjeme ver…

Eva le entrega la identificación. El suboficial coloca la tarjeta sobre un *pad* para comprobar los datos. Mira a Eva detenidamente. Vuelve a mirar a la pantalla.

—Un segundo. —El suboficial se levanta y se marcha.

Eva observa que los otros dos suboficiales están demasiado ocupados atendiendo a sus pantallas. Con cuidado, gira la pantalla de su suboficial para ver los datos. Leticia Quirós Sánchez, 00452315AK.

—¡Eh! ¿Qué está haciendo? —Es el suboficial de la otra

mesa.

—Es que mi fotografía está mal y su compañero se ha marchado. No entiendo por qué.

—Pues espere ahí a que vuelva, por favor.

El suboficial vuelve con otro militar. Se sienta.

—¿Me dice su nombre y documento de identificación por favor?

—Leticia Quirós Sánchez. 00452315AK.

—Me lo enseña, ¿por favor?

—Lo tengo en la taquilla. Lo he guardado ahí después del registro porque llevaba demasiadas cosas encima y con la identificación no pensé que haría falta.

El militar la mira y luego se dirige al suboficial.

—Se habrán equivocado los del turno anterior. Hazle una foto nueva y que se vaya a hacer su trabajo. Hay mucho lío. Deprisa. —Ahora se dirige a Eva—. Discúlpenos, señorita. Un pequeño error técnico. —Se levanta y el suboficial vuelve a sentarse. Coge la *webcam*.

—Bien. Mire al objetivo, por favor.

5

Los agentes consiguen pasar el muro de periodistas que arremeten en avalancha para intentar acceder. Los militares los retienen y Nuria se cuela por un resquicio, encapuchada entre todos ellos sin llamar la atención.

Sigue de lejos a los hombres trajeados. Sale a recibirlos un médico militar, se dan la mano y se dirigen a la tienda de la derecha. Nuria ve a lo lejos la entrada del centro médico y se dirige hasta ahí rápidamente.

6

Eva cruza el pasillo central del hospital. Todo el personal médico parece más relajado en contraste con el nerviosismo que hay fuera. Ve a la enfermera de antes que se dirige con su pase al ascensor. Eva la sigue. Llegan al ascensor a la vez y se meten dentro.

—Ahí abajo no es como en la primera planta. La mayoría de los militares no pudieron huir de la explosión y los que lo hicieron tienen heridas muy graves. Vas a ver de todo, guapa. Espero que tengas estómago.

Eva le sonríe tímidamente. El ascensor llega al piso menos tres, uno antes de la morgue. Se abren las puertas y a cinco metros de distancia hay un cabo con el identificador digital. La enfermera usa el suyo y continúa su camino girando a la izquierda. Eva pone el suyo con total normalidad. El cabo comprueba en la pantalla que es ella y la deja pasar.

Ahora Eva no sabe a dónde dirigirse, así que empieza a caminar por el pasillo que ha ido la enfermera del ascensor. Ve a una doctora que atiende a un militar al que acaban de amputar parte de una pierna y tiene vendada hasta la rodilla. En otra habitación, una mujer está completamente cubierta de vendas. Dos enfermeros le están curando las quemaduras de un brazo parcialmente calcinado mientras grita del dolor. Parece que el suero que lleva en el gotero no le hace nada.

—¡Despejad el pasillo por favor!

Un grupo de enfermeros y doctores con vestimentas de quirófano llevan en camilla a una mujer que se está ahogando en su propia sangre. La escupe dejando un reguero por el suelo. Para Eva esta escena pasa a cámara lenta, no puede evitar retener cada segundo de lo que pasa. Es un escenario dantesco.

—¡Eh! —Eva sigue distraída—. ¡Eh! ¡Guapa! —Eva se gira. Es la enfermera de antes—. ¿Por qué no vas a la 103 y me echas un cable cambiando las sábanas del hombre que hay allí?

—Sí, enseguida.

Eva vuelve a ser consciente de dónde está. Mira y está enfrente de la habitación 107. No está demasiado lejos. Se dirige a la 103, llama a la puerta y entra.

No hay nadie, pero se escucha la ducha. Ni si quiera hay un porta sueros al lado de la cama. Eva quita las mantas y las deja todas en el suelo. Alguien sale de la ducha y Eva se gira. Es el militar que ayudó en la playa. Está con la toalla sobre los hombros. Eva se queda sin habla. Rápidamente el militar se tapa y se pone la toalla alrededor de la cintura.

—¡Qué casualidad! Discúlpame, no sabía que hubiera nadie. ¿Te importa?

—No te preocupes… Ya me iba.

Eva coge las sábanas del suelo y se marcha de la habitación. Se detiene a la salida.

—¿A ti no te ha ocurrido nada? —pregunta Eva.

—No, solo tenía un golpe fuerte en la cabeza. Me he quedado esta noche por precaución. Según la doctora está todo bien. —Sonríe—. Gracias por tu abrigo anoche.

—No hay de qué… —Eva se gira. El militar ya está cambiado. Ahora se calza las botas. En su uniforme pone su nombre: Ángel—. ¿Puedo preguntarte qué pasó exactamente?

—Algo falló en el motor. Provocó una reacción en cadena. Los buques aún no son cien por cien eléctricos. Un accidente.

—Si, pero muy trágico. ¿A cuántos habéis perdido?

—Nadie me ha dicho el recuento. Pero sé que muchos compañeros no llegaron a salir…

—Lo siento…

Ángel le sonríe como gesto para restarle preocupación a Eva.

—Oye no sé si me meto donde no me llaman… pero anoche

en la playa había varias personas con camisas de fuerza que terminaron ahogadas por ello. ¿Son criminales?

Ángel termina de abrocharse las botas. Se levanta y se pone un cinturón. Se acerca a Eva.

—Tú no trabajas aquí ¿verdad?

—Soy voluntaria y me han traído a esta planta.

—Pues haces muchas preguntas para ser voluntaria.

—Mejor me voy…

—Espera. Ven. —Eva se acerca a Ángel dubitativa—. Si lo que quieres son respuestas para vender información es mejor que utilices un ordenador y te conectes a la red privada que estarán usando ahí arriba.

—¿Cómo?

—Los periodistas de hoy en día podríais hackear los servidores de la bolsa si quisierais. Yo no tengo ni idea, pero sí sé que las redes móviles militares últimamente son una porquería y cualquiera que se lo proponga puede acceder así que… échale imaginación. —Eva sonríe, sabe que ya no cuela hacerse la despistada—. Es una red oculta. No creo que tengáis muchas por aquí así que te será fácil encontrarla. Si quieres ocultar algo ponlo delante de todo el mundo. No diré nada, pero ten cuidado, siempre hay gente mirando en nuestra red por esa misma razón. Es igual de fácil acceder para ti que para ellos detectarte.

—Lo tendré en cuenta. Gracias. ¿Por qué me lo has contado?

Ángel le sonríe y se pone su chaqueta. Eva no pregunta más y sale de la habitación.

Cruza el pasillo por el que había venido y deja las sábanas en el cesto de la lavandería. Está lleno, así que aprovecha el cesto con ruedas como excusa para salir sin llamar la atención. De camino al ascensor, se cruza con una mujer que va en un chándal negro, pelirroja y piel muy blanca con pecas. Su mirada azul es tan profunda

40

que llama su atención, pero decide seguir. Tiene que salir cuanto antes. Al llegar al ascensor, se abre la puerta. Es Leticia, la enfermera a la que robó la identificación escoltada por dos militares.

—¡Es ella! —Eva, asustada empuja el carro de la colada con fuerza contra ellos y echa a correr.

—¡Pare! —grita el militar de la entrada.

Los otros dos militares que van con Leticia, apartan el carro y corren a por Eva, que sigue las indicaciones para llegar a las escaleras de emergencia a toda velocidad. Otros militares se unen a la persecución.

—¡Mujer sospechosa! ¡Uno ochenta! ¡Castaña, corto, atlética! ¡Se dirige a las escaleras de emergencia!

Eva llega a las escaleras, escucha que se abre una puerta arriba así que no le queda otra que bajar a la morgue. Corre escaleras abajo. Los militares la ven.

—¡Está en el depósito de cadáveres!

Eva entra con fuerza. Hay un silencio aterrador, solo se escuchan las botas militares pisando el acero de las escaleras de emergencia. Eva corre y se mete en el primer cuarto que ve abierto y cierra la puerta.

Sus ojos se adaptan rápidamente a la oscuridad. Está en el cuarto de la limpieza. Parece bastante amplio. Escucha a los militares correr por el pasillo y aguanta la respiración. Vuelve a respirar y se da cuenta del frío que hace. Seguramente haya cadáveres con el Virus G, por lo que no debería permanecer demasiado tiempo expuesta, además de todos los patógenos que pueda haber.

Enciende la luz. En las estanterías hay trajes aislantes. Saca uno del envoltorio y comienza a ponérselo.

7

Nuria aprovecha que todos los militares están pendientes de la mujer de la playa para adentrarse con más facilidad en la planta militar. Abre las puertas disimuladamente. Llega a la 103 y una mano tira de ella con fuerza. Ángel cierra la puerta.

—¿Qué coño haces? ¿Por qué no te has ido ya? —le recrimina Ángel a Nuria.

—No puedo Ángel. Tengo que esperar una semana más.

—Entonces ¿qué haces aquí? Me han dado el alta y ya no voy a poder cubrirte. Ahora mismo habrán recuperado las cajas negras del barco y verán lo que hice.

—Vámonos entonces. —Nuria le coge de la mano y tira de él.

—Nuria, no.

Nuria se detiene en seco. Lo mira.

—No puedo estar huyendo toda la vida.

—Entonces te encerrarán de por vida.

—Pero tú habrás vuelto a tu hogar. Y con eso me basta.

Nuria lo mira seria. No le hace ninguna gracia. Ángel la besa. Nuria se deja llevar por un tierno beso y luego se funden en un abrazo.

—Perdóname por todo lo que os he hecho. —le dice Nuria.

Ángel la abraza con más fuerza y la suelta. A Nuria le cae una lágrima.

—Ahora tenemos algo de esperanza gracias a ti.

—A cambio de mi libertad… —Nuria se aparta de él y le da la espalda.

—Nuria…

—¿Cuál es el precio de la vida de una persona comparado con todas las demás, Ángel? ¿Cuánto tienen que sufrir un número de personas elegido al azar contra su voluntad para alcanzar una cura imposible? ¿Por qué vuestra única reacción solo es que económicamente es rentable para ellos? —Nuria mira hacia arriba. Ángel agacha la cabeza. Otra lágrima resbala por la mejilla de Nuria. Se relaja—. Me he hecho estas preguntas en muchos otros lugares. ¿Sabes tú darme una respuesta?

Ángel se sienta en la cama. Se rasca la cabeza y la mira a los ojos.

—¡Y qué esperabas que hiciéramos! ¿Quedarnos de brazos cruzados esperando una cura mientras mueren millones de personas cada día? Seguramente hayan tomado la iniciativa otros países también pero no lo sabemos. Aquí cada uno sigue su interés por los suyos. Tú no has estado en el sur. No tienes ni idea del horror que hay allí.

—Te equivocas. Lo sé de sobra.

—Claro. Por supuesto que lo sabes… —Se calma. Respira hondo—. No sé, Nuria… supongo que tú ya has decidido qué hacer.

Nuria lo mira con rabia y lágrimas en los ojos, contenidas por el amor que siente por Ángel.

—Ahora mismo no estoy en posición de decidir ni voy a estarlo. ¿Te quedas o vienes? —Es un ultimátum.

Ángel deja de mirarla. Contiene el aliento y se arma de valor para mirarla directamente a los ojos otra vez.

—Me quedo.

—Bien. —Nuria se seca las lágrimas con la manga de la sudadera. Respira, se pone la capucha y sale. Ángel se queda cabizbajo. Nuria necesita tiempo para conseguir su objetivo y él solo puede ayudarla si están separados. Entiende que no es la forma que ella habría querido, pero como humana, a veces el amor ciega a la personas.

8

Eva ya está lista con el traje. La máscara que filtra el aire le cubre la cara por completo y el plástico está tintado de negro. Es imposible que la reconozcan.

Sale del cuarto. Hay militares al fondo del pasillo hablando con los forenses, cerca del ascensor. Echa a andar por el pasillo con seguridad. Al llegar, el forense la detiene.

—¿A dónde va?

—Uno de los presos que había en el barco ha fallecido. Voy a recogerlo y lo traeré directamente. Me están esperando.

—De acuerdo. Gracias.

Eva sale y coge el ascensor. Está sorprendida por sus dotes de actriz el día de hoy.

El ascensor se detiene en la planta militar. Nadie se sube. Cuando las puertas empiezan a cerrarse, la mujer del chándal negro entra rápidamente.

El ascensor sube hasta la planta central. Eva sale antes que la mujer y cuando se gira para verle la cara ve que son aproximadamente de la misma altura y cruzan la mirada. Eva se siente intimidada y el ascensor se cierra con la mujer dentro.

El traje que lleva llama demasiado la atención, todos se fijan en ella por lo que entiende que no debería de estar ahí. Ahora una militar custodia la puerta del paciente con camisa de fuerza. Eva se mete en otra habitación. Está vacía. Entra al servicio y comienza a quitarse el traje. Lo hace todo lo rápido que puede. Se dispone a salir, pero se mueve la cerradura de su habitación. Se vuelve a meter al baño y se encierra. Escucha varios pasos entrar en el cuarto. La puerta de la habitación se cierra y echan el pestillo.

—Bien, cuénteme. —Es la voz de un hombre mayor. Eva saca rápidamente la grabadora y la pone contra la puerta.

—Las cajas negras contenían las grabaciones en perfecto estado. Fue una explosión intencionada como habíamos apuntado. El responsable es el sargento primero Ángel Ceballos Rodríguez.

—¿Qué sabemos del Sujeto 0?

—No ha podido salir del pueblo. La alarma fue emitida y establecimos un cordón de seguridad a cinco kilómetros alegando cuarentena. Nadie sale sin ser visto. Además, hemos colocado diversos grupos que peinan constantemente la orografía. Es imposible que salga, señor.

—Gracias, capitán. Puede retirarse.

—Gracias, señor.

Eva escucha los pasos del capitán y la puerta de la habitación cerrarse de nuevo. Ahora hay un breve silencio…

—Identifique a todos los supervivientes portadores del Virus G y deshágase de ellos. Tanto los sujetos como los militares. Cuando acabe su tarea busque a la Sujeto 0, interrogue a Ceballos si es necesario y haga lo que tenga que hacer para sacarle la información, tiene cuarenta y ocho horas para hacerlo, pasado ese tiempo lo detendremos y será enjuiciado. ¿Alguna duda?

—¿Estoy autorizado para usar la fuerza contra el Sujeto 0 si fuera necesario?

—Siempre y cuando no le corte la cabeza, haga lo necesario para recuperarla.

Eva escucha el silencio y caminan hacia la salida.

—Ah y una cosa más. —Se detienen—. Si alguna persona o grupo de personas estuvieran ocultando al Sujeto 0, elimínelos también. Puede estar en cualquier lado de este puñetero pueblo. —Abren la puerta y se marchan definitivamente.

Eva abre la puerta y le da al botón de *stop* de la grabadora. Ahora sí que se ha puesto interesante. ¡Lo sabía!, piensa Eva, es momento de ver las grabaciones de las cajas negras. Eva sale de la habitación. Cruza el pasillo todo lo rápido que puede. Saca el *smartphone* y busca las redes de conexión ocultas.

…

La ha encontrado. En la pantalla un mensaje indica «conexión establecida».

9

Hay un soldado atento a su ordenador en una de las tiendas de la plaza. Bebe un café caliente. Le sale una alerta. Se atraganta con el café y lo escupe. Los otros compañeros lo miran con incredulidad. Comienza a teclear para comprobar la amenaza.

—¡Tenemos un troyano! —grita a todos sus compañeros.

Los hombres trajeados están presentes y lo han escuchado.

—Putos periodistas. ¡Dónde está! —grita el hombre trajeado mayor de la habitación. Es canoso, tiene cerca de sesenta años y está en buena forma. A su lado está el agente encargado de las ejecuciones, joven de unos cuarenta años, con barba de tres días, pelo perfectamente cortado y gafas con forma de luna. Tiene rasgos latinos muy marcados.

—En esta misma plaza señor. A veinticinco metros de nosotros. ¡Se está moviendo!

Otro suboficial llega con un portátil en la mano. El soldado informático accede con las claves al mismo programa. Se levanta y asiente al hombre trajeado.

—¡Salgan inmediatamente! ¡Retengan a todos los periodistas que hay en la calle! ¡Que nadie salga de esta maldita plaza!

Eva se mueve entre la multitud. El caos es total. Su móvil está descargando datos a la vez que los envía a un servidor privado. Advierte a varios soldados que salen de la tienda. El soldado informático señala en su dirección. Eva aparta la mirada rápidamente. Ya sabe que la están buscando y empieza a otear una posible salida. Será mejor crear una distracción, piensa en alto.

Eva comienza a caminar y empuja a un joven que ayuda a una persona tendida en el suelo. Eva sigue su camino. El joven se gira y empuja a otro hombre que tiene detrás, más corpulento y lleno de tatuajes. Comienzan a pelearse. Uno de los soldados de la salida más cercana se apresura hasta ellos para separarlos.

Aún queda un 40% de los datos de las cajas negras. Realmente, el teléfono solo hace de puente entre los servidores, no almacena la información previamente, pero Eva no puede alejarse demasiado o perderá la señal. Vuelve a presionar los tres botones del teléfono. Accede a un menú oculto y configura el teléfono para que aumente el voltaje de la batería progresivamente y lo tira en una papelera. Ve como los soldados aún tratan de resolver la pelea mientras el militar informático mira a todos los lados buscando el origen de la señal junto a más compañeros.

Eva se mueve con agilidad entre todas las personas. Se escucha un disparo al aire. La gente empieza a correr y a gritar.

—¡Pero que cojones haces! —Se escucha a lo lejos, recriminando al tirador.

Eva aprovecha la estampida de la muchedumbre para correr. Los militares tratan de retenerlos, pero la gente consigue pasar por fuerza y número. Dentro de la papelera, el móvil ha transferido el 84% de los datos, pero está demasiado caliente y la batería estalla. El interior de la papelera comienza a arder.

Eva sale de la plaza. Sabe que algo podrá recuperar. Pone rumbo a su casa para comprobar los datos. Tiene que darse prisa, no le ha dado tiempo a encriptarlos.

DANIEL

1

Eva asciende la cala con tranquilidad. Se ha preocupado bastante de que nadie la siguiera. Aparca el coche y sale con prisas para ver la información que ha conseguido.

Una vez dentro, llega a la habitación de trabajo. Desenchufa la corriente del módem y conecta el ordenador al servidor por cable *Ethernet*. Su servidor es un monstruoso cubo lleno de discos duros que suena más que su propio ordenador y tiene más luces que una discoteca debido a su constante parpadeo. Esas luces indican el tipo de actividad que hacen los discos duros. Si una de ellas deja de parpadear y se apaga, significa que tiene que cambiar ese disco, si en cambio la luz es constante, significa que puede haber una avería, pero el disco es recuperable.

Abre una ventana del ordenador y el servidor aparece ya como un disco duro más. Accede a él y busca la carpeta «Para_putear (y_comer)» entre el mar de carpetas que hay. Nunca le ha dado demasiada importancia al orden y limpieza de sus archivos, aunque se repite mentalmente cada vez que enciende el ordenador que debe hacerlo.

Abre la aplicación de gestión de contenidos y descarga los datos enviados al servidor de la caja negra a su disco duro principal. Los datos están encriptados como siempre. Abre otro programa que comienza a desencriptar los archivos de vídeo en un proceso paralelo. La notificación le dice que tarda aproximadamente dos horas. Son las 15:33 y le ruge el estómago, es hora de comer algo.

Se levanta y va directa a la cocina. En la nevera, hay bastantes cosas. Siempre ha sido precavida, en el mundo en el que vive sabe que cualquier día pueden acabarse los suministros de comida, por eso, además de tener una nevera gigante para guardar comida durante varias semanas, tiene un mueble de tres metros cuadrados solo dedicado a conservas.

Otras personas aún intentan hacer vida normal comprando en los supermercados, pero cada vez es más frecuente que todos tengan su propio huerto y algunos incluso ganado. Es otra de las razones por las que la economía ha caído en picado en todo el mundo. A veces entre los vecinos hacen trueques, especialmente cuando llega el invierno y la producción de ciertos alimentos favorece a unos más que a otros.

Saca una pechuga de pavo, una zanahoria y una patata. Después coge una lata de guisantes y una olla. Pone agua a hervir y echa todo de golpe, sin trocear la pechuga. Mientras se va preparando también un té, pues no le gusta beberlo caliente así que prefiere hacerlo ya, para que cuando termine de comer esté a la temperatura perfecta.

Eva siempre ha sido muy metódica con la comida. Tiene en la pared de la cocina un calendario con varios menús. Es la única forma de controlar lo que come. Incluso apunta cuando sale a comer fuera, independientemente de que lo haga sola o acompañada. No le gusta estar encerrada en su casa si no es por un buen motivo o claro está, por su trabajo.

Pasados cuarenta minutos la comida está lista. La sirve en un plato hondo y come directamente en el sofá. Se ha puesto cómoda para estar por casa. No espera visitas. Mira su teléfono móvil y tiene cuatro llamadas perdidas de Daniel. Lo llama.

—Dani, ¿qué pasa?

—¿Que qué pasa? La gente se ha vuelto loca en la plaza. ¿No

estabas ahí para verlo? Luego los militares han empezado a disparar al cielo para que la gente se quedase quieta. ¿Qué pensaban? ¿Qué esto era una puta película?

—Yo estoy bien, gracias.

—Sí, suponía que lo estabas porque empezaron a detener a la gente. Han identificado a los que empezaron una pelea y tú no estabas entre ellos. Tampoco estabas en el centro.

—Me dio tiempo a salir sin llamar demasiado la atención. —Se ríe.

—¡No me jodas, Eva!

—¿Qué?

—¡No me jodas, Eva! ¿Tú le has metido el troyano al Ejército?

—¿Yo? ¿Troyano? Soy periodista…

—Eva…

—Yo no he hecho nada, Dani. Puedes venir a mi casa si quieres y comprobarlo.

—Como algo y voy para allá. Más te vale no tener nada que enseñarme. —Cuelga.

Eva se ríe. Es pícara. Sabe que Daniel no está cabreado y que si tiene algo no dirá nada. Daniel simplemente resulta algo exagerado algunas veces, especialmente cuando se le complica el trabajo. Quizá haya tenido que retener a todos los periodistas en comisaría antes de que el ejército se encargase de ellos por su propia cuenta.

Está ansiosa por ver las grabaciones. Ya ha terminado de comer, recoge todo y mira el ordenador. Aún le quedan treinta minutos. El tiempo perfecto para echarse una siesta después de una productiva mañana.

2

Llaman a la puerta. Eva no se inmuta. Vuelven a llamar más fuerte. Eva entreabre los ojos y vuelven a llamar, esta vez aporreando la puerta. De un salto, Eva se reincorpora, aunque le da un ligero mareo al haberse levantado tan deprisa.

—¡Ya va! ¡Ya va! —Se mueve con dificultad, intentando no caerse hasta que llega al recibidor. Abre la puerta, es Daniel, detrás de él dos policías—. ¡No estoy! —Eva le cierra la puerta otra vez.

—Venga Eva, son de fiar. —Eva no lo cree.

—Ya puedes volver con una orden de registro si quieres algo.

—Joder, Eva. Se quedan fuera si te parece bien para que vigilen que no viene nadie más —dice Daniel, en un intento desesperado por convencer a Eva.

Eva respira hondo. Le parece buena oferta. Abre la puerta. Daniel la mira seriamente, se gira y le hace un gesto a los otros dos policías, que asienten, se dan la vuelta y se cruzan de brazos. Daniel entra y Eva cierra la puerta.

—Sígueme —dice Eva.

Entran en el cuarto de trabajo. La aplicación está cambiando de color cada medio segundo, indicando que ha terminado el trabajo con una ventana emergente por cada archivo que procesa. Eva le hace un gesto a Daniel para que se siente en la otra silla.

Abre la carpeta desencriptada con una gran cantidad de archivos. El programa se lo ha clasificado en varias carpetas según el tipo. Abre las carpetas de vídeo. Debe haber más de trescientos archivos.

—Joder. ¿Todo eso?

—Solo son los últimos diez minutos de grabaciones. Los datos técnicos los filtraré para ver qué me pueden decir con exactitud. Un tío que he conocido me ha confirmado que fue una explosión de los motores provocada por alguien. Vamos a ver el primero.

Eva abre el primer archivo de vídeo. Dura 12:35 minutos exactos. Piensa que ese debe de ser el bucle de tiempo por archivo. El primer vídeo muestra seis cámaras de la sala de máquinas. Todo está aparentemente tranquilo, hay un par de ingenieros militares comprobando las pantallas. Son las 3:55 de la madrugada. Avanza el vídeo y no ve nada significativo.

Abre el siguiente archivo. Los dos ingenieros se van, luego hay cuatro minutos donde no hay absolutamente nadie hasta que entra una persona. Al principio se la ve de espaldas y las demás cámaras aún no le han captado el rostro porque se ha quedado quieto en la entrada de la sala. Parece que busca algo. Ahora se mueve y otra cámara muestra su cara, se detiene en el fotograma en el que estaban los ingenieros. Ninguna cámara refleja bien el rostro. Eva para la grabación.

—Dame un segundo —le dice a Daniel.

—¿Qué vas a hacer?

—Espera.

Eva abre un programa de edición de vídeo. Se carga rápidamente. Crea un proyecto y vuelca todos los archivos en la ventana de los brutos del vídeo. Luego arrastra todos a la línea de tiempo y busca el que estaban viendo. Pincha sobre él y en otra ventana añade un *zoom* digital hasta la cara. Es Ángel.

—¿Sabes quién es? —pregunta Daniel.

—He conocido a este tío por la mañana. Fue el que me confirmó lo de la explosión. Y espera… —Eva se acuerda cuando estaba en el baño escondida mientras se quitaba el traje—. Esta mañana escuché una conversación que no debía.

—Para variar. —le recrimina Daniel.

—Cállate. Había tres hombres, hablaron de un tal Ángel Ceballos que estaba relacionado con las cajas negras. Que fue el mismo tío que me dijo lo de la explosión. —Eva le termina de contar todo lo que dijeron los tres hombres y lo que habló en la habitación con Ángel.

—Asegúrate de que ha sido él, por favor.

Eva sigue avanzando el vídeo, ve como Ángel manipula el cuadro de mandos y luego mueve algunas manivelas en las máquinas con guantes para no quemarse las manos. Daniel habla.

—Vale, tenemos a un tipo que ha matado aproximadamente a sesenta y cinco personas intencionadamente. ¿Por qué?

—Eso debe de estar en las otras grabaciones, pero hay mucho trabajo que revisar, tengo una línea de tiempo de ochenta horas, Dani —dice agobiada por la magnitud de la información que tiene delante.

—De aquí no me muevo hasta que veamos todo el material.

—¿Estás loco? Como poco puedo tardar una semana en revisar todo esto.

—Mis compañeros que están fuera saben algo de informática. Podrían ayudarnos a revisar material.

—Ni de coña. Además, solo mi ordenador puede con estos archivos y está protegido contra intrusos.

—¿Y no tienes más?

Eva le mira fijamente y le sonríe.

—A veces hasta pareces listo. Diles que pasen.

Dani se pone en marcha. Eva abre un armario y tiene una pila de portátiles. Seis en total.

Dani vuelve con los otros dos policías, a los que ha recalcado que cuando salgan olviden todo lo que han visto. Entre los cuatro montan los seis ordenadores en el salón.

—Bien, estos portátiles tienen más de cuatro años, así que no tienen tanta potencia. Lo que vamos a hacer es colocarlos en red para que uno solo renderice utilizando la CPU y la gráfica de todos los demás y… —Los policías la miran sin saber qué dice—. Dani me ha dicho que sabíais de informática.

—Bueno, nos gusta bajarnos cosas. —dice uno de ellos.

—Es igual. Yo me entiendo. —ataja Eva.

Eva enciende los dos portátiles más nuevos, coloca los otros cuatro detrás de cada uno, dos por cada portátil. Con dos cables *Ethernet* los conecta entre sí a los traseros y mediante un USB los vuelve a conectar a los principales. Ahora enciende todos.

Abre el programa en los dos principales y los configura. Ahora funcionan correctamente. Luego va a una de sus estanterías y busca un disco duro portátil con la etiqueta de seguridad. Lo conecta al ordenador; contiene un único archivo. Hace doble clic y se inicia un proceso automático que reconfigura el ordenador por la cantidad de ventanas emergentes negras que aparecen y desaparecen generando diferentes códigos. Termina a los pocos segundos.

—Vale, vosotros dos, venid. De esta carpeta, volcáis aquí los archivos. Luego los metéis en la línea de tiempo. —Eva se da cuenta de que ya ha hecho el trabajo por ellos—. En fin. Yo reviso las veinticinco primeras horas, tú las veinticinco siguientes y tú las otras veinticinco. Las otras cinco horas restantes ya nos las repartiremos. ¡Ah! Otra cosa. No hace falta que lo veáis a tiempo real, para pasarlo rápido podéis moveros con el ratón o dándole a la L para avanzar, la J para retroceder y la K para pararlo. Cuantas más veces le deis a la L o a la J más rápido irá. ¿Me habéis entendido?

—Más o menos —dice uno.

—Nos apañamos, no te preocupes —dice el otro.

—Así da gusto. Buscamos imágenes donde aparezca este tío. —Eva señala a Ángel en su pantalla. Los otros asienten y sonríen; se sientan ante sus ordenadores—. Dani, ya que tú no haces nada por qué no vas a comprar café y *pizzas*, que lo vamos a necesitar.

—Oído plato. —Dani se da la vuelta y se va.

Eva se sienta. Se pone los auriculares y se gira otra vez.

—Por cierto, ¿vuestros nombres?

—Javier, pero puedes llamarme Javi.

—Guillermo, pero puedes llamarme Willy.

—Eva, pero podéis llamarme por mi nombre. —Sonríen y se ponen a trabajar.

3

Pasadas cuatro horas Eva encuentra nuevos datos. Ángel comienza a abrir las celdas de diferentes presos tras dejar inconscientes a los guardias sin que lo vean venir. Avanza y libera más presos hasta que empieza a sonar la alarma y deja el resto de las celdas sin abrir. Muchos presos se vuelven violentos pidiendo ser liberados mientras otros gritan y sacan los brazos. Algunos consiguen frenar a otros presos para que los liberen.

Javi y Willy avanzan bastante rápido, en sus imágenes la gente huye despavorida de la catástrofe que se avecina. Algunas cámaras registran cómo las explosiones arrasan con varias personas de una llamarada. La mayoría de sus horas de vídeo son una tragedia.

Eva sigue la pista de Ángel a través de los vídeos. Como tiene más experiencia y un ordenador más potente, utiliza una herramienta de multicámara. Puede ver hasta diez imágenes seguidas a tiempo real y así avanzar más rápido sin tener que buscar en qué cámara está según el compartimento del buque.

Ángel ha llegado hasta el final de un corredor. Al fondo hay una cámara acorazada que abre con una tarjeta magnética. Mueve una puerta de acero con dificultad, parece pesada. Entra y deja la puerta abierta. Eva busca imágenes que muestren el interior de la cámara. No hay ninguna en su rango de tiempo. Avanza cinco minutos más. Una de sus cámaras registra la primera explosión. Vuelve a la cámara acorazada y Ángel sale con una mujer cogida de su hombro. Está cubierta con una manta. Es la mujer que huyó de la playa. ¿Por qué la tendrían ahí?, se pregunta. Con cada dato que consigue Eva solamente se hace más preguntas. Los sigue la pista hasta que consiguen saltar por la borda.

—¿Habéis visto algo interesante? Yo tengo todo lo que necesito a pesar de todas las horas restantes.

Javi niega. Pero Willy tiene algo.

—Puedo confirmarte que además de que fue una auténtica masacre, transportaban muestras del Virus G. Tengo imágenes del laboratorio antes de las explosiones.

Eva se acerca a verlas. A esas horas, no había nadie en el laboratorio. Las imágenes tienen una calidad muy buena y se pueden ver varios cultivos del virus en placas de petri correctamente etiquetadas. La alta resolución de las imágenes permite ver con claridad como han nombrado cada cepa una vez han ampliado la imagen.

—Es evidente que estaban haciendo pruebas con todos los que estaban encerrados. ¿Buscaban una cura quizá? —dice Daniel.

Ninguno responde. Eva se retira y se echa las manos a la cabeza mientras bosteza.

—Muchísimas gracias por vuestra ayuda. Ya recojo yo todo esto.

Willy y Javi se levantan, recogen sus cazadoras y un trozo de *pizza* para finalmente marcharse. Dani y Eva se miran y se abrazan.

—Gracias por tu ayuda.

—No hay de qué.

Se separan, se miran con algo de tensión y comienzan a besarse. Eva sabía desde que Daniel la llamó que esa noche iba a dormir acompañada. La pasión se apodera de los dos y no tardan mucho en desnudarse y caminan como pueden hasta el cuarto de Eva. Al entrar, Daniel cierra la puerta.

4

La luna ilumina por completo el interior de la habitación de Eva, que no deja que Daniel lleve la iniciativa y enseguida ella le da la vuelta. Entre caricias y besos, Eva realmente se cuestiona si busca algo más con él cuando le mira a los ojos. Pero enseguida rectifica sus pensamientos y sigue a lo suyo, un mero pasatiempo con el que disfrutar de vez en cuando.

Al terminar, Daniel la besa en la mejilla y se da media vuelta. Eva le sonríe, pero se queda pensativa mirando al techo. El sexo no le ha servido para despejar la cabeza.

Las dudas sobre quién es esa mujer le asaltan la mente, y por qué un militar ha arriesgado su vida para salvarla aún más cuando parece que se trata de alguien muy peligroso al estar encerrada en una cámara acorazada. Esa mujer se habrá puesto ya en contacto con él, aunque habrá sido difícil de haberlo hecho. Podría ser... Eva trata de recordar el rostro de la mujer con la que se cruzó esta mañana e intenta compararla con la de la playa. No sabe si realmente es la misma persona. Lo más probable es que Ángel se someta a un juicio militar en cuanto descubran que fue él quien provocó las explosiones.

¿A qué fuentes más podía acudir? La plaza mejor ni pisarla por el momento, los militares deben estar ojo avizor y más con los periodistas. Podría buscar en la prensa del día siguiente si alguno ha descubierto algo interesante o quizá ella es la única con información privilegiada. Tampoco ha visto a ningún compañero con el que se haya mandado mensajes encriptados en alguna ocasión. En cualquier caso, tendría que hacer copias de los vídeos que le interesen de las cajas negras para después eliminar el contenido. Demasiadas cosas, demasiadas tareas para conciliar el sueño. Así que se levanta y se queda sentada en la cama. Daniel empieza a roncar. Eva suspira y sale de la habitación.

Lo cierto es que no tiene ninguna gana de volver a trabajar, quiere tomar un poco el aire por lo que recorre la casa hasta la terraza del salón, donde se fija en una foto de ella de niña con sus padres. Coge una manta gruesa que tiene en el sofá, se la echa encima y con la foto en mano sale a la terraza a sentarse.

Eva recuerda parte de su infancia en Madrid con ciertas lagunas. Nunca fue una niña con problemas, tenía amigos, sus estudios fueron buenos, una estudiante universitaria ejemplar y muy familiar. Le encantaba cuando su madre le llevaba hojaldres de una pastelería que tenían cerca de su casa, simbolizaba una especie de premio a su buen comportamiento cada semana, hasta que acabó por convertirse en rutina como la paella de los domingos.

Su padre, su héroe. Ella era su princesa guerrera y ningún hombre la iba a querer tanto como él a ella. Cuando creció un poco más se contaron todos sus miedos e inseguridades, eso marcó una adolescencia tranquila y llena de confianza en él. Siempre la vio segura de sí misma y fuerte sin habérselo enseñado. Era y es innato en Eva. Con su madre fue una época algo violenta. Hubo largas y duras discusiones, pero al final siempre acababan de buen humor entre todos ellos; los enfados nunca pasaban de más de un día.

¿Dónde estarán ahora? Eva se niega a aceptar la posibilidad de que sus padres hayan muerto, pero más allá de la frontera de la zona habitable era muy difícil la supervivencia. Eva solo la cruzó una vez, al separarse de sus padres mientras huían de Madrid. Le viene a la cabeza la imagen de su madre conduciendo y su padre herido de bala en el brazo. Los militares no escatimaban y eran demasiadas personas para hacer las pruebas del Virus G en las ciudades, así que todos los que intentaban cruzar la frontera sin un permiso eran cosidos a tiros. Prefiere no recordar ese episodio más por el momento.

Ahora mira hacia el horizonte. Tiene una vista privilegiada con el mar de fondo y las estrellas sobre el cielo con la luna. Hay pocas nubes, así que el clima no empaña la bóveda celeste. Mirar al cielo le hace sentir una humildad enorme. ¿Quiénes eran ellos comparados con el resto del universo? Ya lo decía Carl Sagan, un instante. Apenas unos segundos en toda la historia del cosmos. Y en ese instante han pasado tantas cosas y siguen ocurriendo otras tantas… yo no me ganaría la vida como filósofa, piensa Eva con sarcasmo mientras bosteza. Ya tiene el suficiente sueño como para ir a dormir.

Sale de la terraza, deja la foto en su lugar y se va a la habitación. Daniel duerme profundamente, como una marmota. También ha sido un día duro para él. Se mete en la cama y esta vez rápidamente se queda dormida.

LUCA

Son las 2:00 de la madrugada del 15 de diciembre. La plaza está completamente vacía. Las tiendas de los militares están cerradas para contrarrestar el frío. El centro médico sigue con las luces encendidas.

Un hombre de negro avanza por la plaza. El único sonido de la noche son sus zapatos y la rosca del silenciador que coloca a su pistola.

—¿Ha sido una falsa alarma? —Es una voz de mujer.

Se trata de Elisa, una mujer de unos cincuenta años, de ojos marrones oscuros con pelo castaño aclarado. Viste un abrigo largo y unas botas negras altas. Habla con el hombre mayor que le ha encargado el trabajo a Luca. Se llama Asier. Canoso, con arrugas marcadas y una gabardina gris que cubre todo su fornido cuerpo. Fuma un puro con un fuerte olor. Ambos están en buena forma, estarían listos para correr y pelear en caso de que fuera necesario.

—¿Te refieres a la persecución de esta noche con el Sujeto 0? No, la han visto intentando salir de Dena, pero ha escapado. Estará escondida en alguna parte.

—¿Y ese hombre de ahí abajo es el encargado de eliminarla?

—Luca es el encargado de eliminar a todos los sujetos experimentales —remarca el verbo que ha dicho Elisa—. Pertenece a una organización extraoficial internacional que colabora en diferentes países. Son los encargados de hacer el clásico «trabajo sucio». Rápidos, eficaces, sin piedad y sin llamar la atención, moviéndose entre las sombras y fuera de la legalidad mientras nosotros miramos a otro lado.

—¿De qué parte de Italia es? —dice Ella. Luca se guarda la pistola detrás de la chaqueta.

—Padres napolitanos y él de Siena. —Da una calada al puro—. De niño su padre tuvo deudas con la mafia y para compensarlas ofreció a su hijo como trabajador a tiempo completo y gratis. Al parecer, se dedicaba a robar coches, comida… poca cosa. El chaval creció y aprendió en la camorra a ganarse la vida. Así adquirió una serie de valores que no aprobaban en su casa, pero que por lo menos, les permitía comer. Hasta que llegó el momento de dar golpes a bancos italianos.

Luca entra en el centro médico. A los guardias de la puerta les enseña la identificación del ejército y lo dejan pasar sin preguntar. Se dan la vuelta y cierran las puertas manualmente con un seguro. Luca gira a la izquierda y enfila el largo pasillo en el que están todos los sujetos. No hay personal médico del hospital. El plan había consistido en derivarlos a otras plantas con los enfermos civiles, para hacer rápido el trabajo. Saca una máscara de gas y se la pone. Los dos guardias de la puerta le siguen. Sabe que ninguno de los ingresados está contagiado porque las pruebas en el barco no resultaron satisfactorias, pero él no quiere respirar el mismo aire que esa escoria. No pueden dejar cabos sueltos.

—Lo pillaron —dice Elisa.

—Si, y fue condenado a trece años. Estalló la guerra y le propusieron una reducción como a los otros presidiarios si hacían tres servicios en el frente. Cumplió, pero acabó metiendo la pata. Fue el protagonista de la carnicería de Shanghái. Él fue el responsable, y Europa no quiso perdonar tal acto, a no ser, que comenzase a hacer lo que está a punto de hacer.

—Supongo que tiene a alguien por quién luchar.

Asier asiente sonriente y da otra calada al puro. Elisa, seria, vuelve a mirar al centro médico.

Luca entra en la primera habitación. Se escuchan dos disparos sordos con el silenciador. La sangre del paciente tiñe rápidamente de rojo las sábanas. Sale de la habitación y entra en la siguiente. Se escuchan dos disparos más. Sale, hace un gesto a los dos guardias y cada uno entra en una habitación mientras Luca avanza por las siguientes habitaciones. Es una auténtica orquesta de la muerte. Los tres están perfectamente coreografiados. Los guardias sacan las camillas con los cadáveres y los colocan enfilados a lo largo del pasillo. Luca sale de otra habitación y cambia de cargador. Quedan cinco más. Cuatro. Tres. Dos. Uno.

Luca entra en la última habitación. Es un niño, no debe tener más de trece años. Se acerca lentamente para no despertarlo, todo un detalle por su parte. Duda si disparar o no. Lee el nombre a los pies de la camilla: «Andrés Loeches». El niño duerme tiernamente, pero él piensa en sus dos hijos, mellizos, esperándolo todo este tiempo, mientras ayudan a su madre en el día a día. Cierra los ojos, respira profundamente...

Y dispara.

EL PLAN

1

La lluvia es fuerte. Nuria está dentro de un coche que ha robado hace unas horas. Acaba de salir de la plaza del centro del pueblo. Está escondida en una calle por la que nadie circula. Tiene una luz encendida que se ve desde fuera. Es azulada y muy leve. Proviene de una lámpara pequeña de *camping* que puede comprimirse y que ha utilizado para iluminar un mapa del pueblo de Dena. Con su dedo, recorre todas las posibles salidas hacia el sur de la península para poder salir del pueblo sin ser vista. Parece que la más rápida será la que da a una carretera secundaria y tras cruzar la frontera dará con la autovía. Es arriesgado, pero tiene que hacerlo esa misma noche, cuanto antes.

Sale del coche. Abre el maletero y revisa que lleva todas las provisiones posibles. Agua, bolsas de patatas, frutos secos, varias latas de conserva. Está todo. Entra en el coche, y nada más arrancar, la radio suena. Se ha quedado encendida de antes. Pulsa en el botón de la pantalla táctil para apagarla, pero cuando suena la cortinilla del informativo local decide escucharlo. Al parecer, hay un toque de queda que comienza a las 22:00. Son las 21:00, por lo que si quiere salir de Dena debe ser ahora mismo. Se pone en marcha.

2

No tarda demasiado en llegar a la salida y como cabía esperar por el toque de queda, hay bastantes coches que tratan de hacer los últimos recados antes de volver a sus casas. Nuria se coloca en la fila a esperar. Demasiada gente, piensa. Quiere dar marcha atrás para buscar otra salida donde haya menos coches, pero no puede. Ya tiene unos cuantos detrás de ella. La carretera, al ser secundaria, es solo de dos carriles y por el sentido contrario están circulando sin parar.

Avanza un poco en el atasco y advierte las luces de la policía a lo lejos. Están buscándola. Mira a los lados para escapar. La cola comienza a avanzar. Ve que hay una persona a lo lejos con una linterna comprobando documentaciones. No es un policía, es un militar, escoltado además por otros dos soldados armados con sus fusiles de asalto. La lluvia se pone más intensa y los sensores del coche hacen que los limpiaparabrisas giren más rápido. Están acelerando la búsqueda. Quedan pocos coches para que lleguen hasta ella y tiene que encontrar una solución rápida.

Mira a los laterales, tienen muros de hormigón para evitar salidas de la calzada, pero unos metros más adelante se acaban. Quizá podría salir con un acelerón, pero siguen pasando coches en el sentido contrario. Es más fácil entrar al centro de Dena que salir. Su plan consiste en circular por los alrededores del municipio, bastante grande en términos de terreno y de ahí, encontrar una brecha de seguridad donde la vigilancia por la cuarentena no sea tan fuerte. Pero para eso, antes ha tenido que bordear el centro del pueblo para tomar la única salida posible.

La hilera de tráfico se mueve y Nuria se queda a escasos metros del final de los muros, pero los tres soldados se acercan hacia ella. El primero toca su ventanilla, pero no la baja. Le apunta con la linterna y le dice que baje la ventanilla, pero Nuria sigue sin hacer caso y escucha al otro militar levantar el fusil. El corazón le va a estallar y no sabe qué hacer.

Pasa el último coche del lado contrario, el otro está a más de trescientos metros. El soldado que revisa el interior de los coches consulta en un dispositivo la fotografía del Sujeto 0. Vuelve a mirar al coche.

—¡Es ella! —grita el militar.

El hombre rápidamente se lleva la mano a la pistola, Nuria lo ve, mientras en una fracción de segundo, que se hace eterna, el otro soldado quita el seguro del fusil. El coche es automático y tiene un buen motor eléctrico. Pisa a fondo el acelerador. Una ráfaga de disparos atraviesa el coche por su parte trasera. Nuria está intacta, la radio no. Cruza el carril contrario, esquiva a un par de coches y obliga a frenar bruscamente a otros. Se mete a través del campo por un sendero. Los militares dan el aviso por sus intercomunicadores. Los coches del control son todoterreno y los soldados arrancan para ir tras ella.

El bosque de Dena no está demasiado lejos, puede verlo cerca. Las luces de los coches de policía se hacen más grandes y el sonido de sus sirenas cada vez más alto. El sendero por el que circula está bastante embarrado, pero gracias a la velocidad que lleva la tracción delantera del coche puede avanzar sin estancarse.

Un soldado sale por el lateral trasero de uno de los todoterrenos y apunta. Dispara. No acierta. Vuelve a intentarlo y las balas rozan el capó del coche. Comienza a haber más vegetación y la conducción se hace más complicada. Los limpiaparabrisas se mueven a toda velocidad por el torrente de lluvia que cae. Los amortiguadores del coche de Nuria aguantan bien. El sendero se parte en dos y gira bruscamente a la izquierda. El camino es mucho más estrecho ahora por las ramas de los árboles, que rozan la chapa del coche. Ha conseguido dejar a los todoterrenos militares algo más alejados.

Sale del sendero estrecho y se encuentra en una explanada de campo. El bosque está cerca, así que vuelve a reorientar la dirección del vehículo y va directa. Por el retrovisor ve a los todoterrenos salir del sendero estrecho derrapando sobre la tierra del campo. Vuelven a disparar sin acertar.

Nuria se sumerge en la oscuridad del bosque. Les lleva bastante ventaja, así que decide adentrarse un poco más. Frena en seco y sale del coche. Huye dejando todas las provisiones en el maletero. Corre a toda velocidad esquivando los árboles, pero no puede volver a la cabaña, es demasiado arriesgado. Tiene que buscar otra forma de escapar mientras pasa la noche. Mañana volverá a intentarlo.

3

Suena el teléfono de Daniel, que se despierta sobresaltado. Se habían quedado completamente dormidos. Eva remolonea en la cama, odiando a toda la familia de Daniel hasta cuatro generaciones atrás.

—Diga. —Escucha y resopla—. Ahora mismo voy. —Cuelga—. Tengo que salir, siento haberte despertado.

—¿Qué pasa?

—Alguien que no ha cumplido el toque de queda. Te llamo mañana.

Daniel se levanta, se pone su camisa y sale de la habitación. Eva escucha como sale intentando no hacer ruido, pero esa no es su especialidad. No se ganaría la vida como espía. Ahora escucha la lluvia y un relámpago ilumina el interior de la habitación. Se ha desvelado.

Se levanta y corre las cortinas para ver la lluvia. Abre ligeramente la ventana para que entre el olor a humedad. Hace tiempo que no llueve por la zona. En general, hace bastante tiempo que no llueve con frecuencia y cada vez que pasa, Eva disfruta del olor de la lluvia y del sonido de las gotas que chocan con el suelo combinado con el oleaje. Lo extraño es que no se quede dormida ante tal sinfonía de la naturaleza.

Escucha un golpe fuerte fuera de su habitación. Proviene del exterior. Cree que es un pájaro que por el viento se ha podido confundir. Sale a mirar y escucha otros golpes. Eso no es un pájaro. Cruza el pasillo y al llegar, fuera hay una sombra dando golpes contra el ventanal de su terraza. Busca en un mueble una pistola y apunta a la sombra. Se dirige a mover las cortinas del ventanal. Cuando lo hace, descubre que es la mujer del hospital completamente calada la que está llamando. Eva la reconoce, tiene demasiadas preguntas que hacerle así que no duda en abrir, pero sin bajar la guardia.

—Gracias —le dice Nuria a Eva, entre jadeos.

—Ven, el baño está aquí. Ahora te doy toallas y ropa seca. No hagas nada raro o te meto un tiro. Aquí es fácil esconder cadáveres.

Nuria tiene tanto frío y está tan calada que simplemente asiente a lo que ha dicho Eva.

—Muchas gracias, de verdad.

Eva la acompaña al baño sin dejar de apuntar, Nuria se mete y cierra la puerta. Eva camina hasta su habitación, abre el armario y saca un juego de toallas. Coge un pijama, algo rápido. Vuelve al baño para darle todo a Nuria. En el fondo, la curiosidad la puede y ella parece totalmente inofensiva. Guarda la pistola. Decide jugársela y ganarse su confianza.

Más tranquila, Eva va a preparar un té. Cuando empieza a hervir, Nuria sale del baño cambiada. No la había podido distinguir bien del todo, salvo por su gran pelo rojizo. Su piel es extremadamente blanca, llena de pecas y ojos claros. Un azul profundo que solo había visto en una ocasión, esa misma mañana, en el hospital. No es muy alta y el pijama de Eva le queda fatal. Además, con el frío que tiene dentro del cuerpo las mangas cubren sus puños. Sus manos son algo huesudas, a Eva le llama la atención con lo joven que parece. Le da la taza de té, que está caliente y Nuria lo agradece. Da un pequeño sorbo.

—Cuidado, que quema. —Nuria asiente. Las dos se miran una a otra sin saber qué decir—. ¡Ay! Perdona, siéntate por favor. Perdona que te haya apuntado con la pistola, es por seguridad.

—No pasa nada, lo entiendo.

Nuria hace caso a Eva, asiente de nuevo y se sienta en el sofá. Un sinfín de emociones le recorren el cuerpo. Llevaba meses sin poder sentarse en un sitio cómodo. No puede controlarlo y comienza a llorar. Eva siente pena y se acerca a ella.

—Ey, ey. Tranquila. Puedes quedarte toda la noche, aquí estarás segura.

—Perdóname. Abres a una desconocida que te inunda la casa, le das toallas, ropa seca y encima un té caliente para que se lo beba en el sofá más cómodo que he estado en mucho tiempo. Me iré mañana, no quiero molestar.

—De verdad, no me importa que te quedes aquí… —Eva la mira sin poder continuar porque no sabe su nombre.

—Nuria. Me llamo Nuria.

—Eva. Encantada. Siento que el pijama te quede enorme. —Las dos se ríen. Eva es discreta y Nuria lo nota. Está más recuperada.

—Supongo que tienes muchas preguntas para mí.

—Unas cuantas, para serte sincera, pero no quería molestarte.

—No pasa nada. Cuando quieras. —Nuria da otro sorbo largo al té.

—Para empezar, ¿por qué te siguen los militares? Eras la mujer que se metió en el bosque ¿verdad? Ayer quise ayudarte después del naufragio y te escondiste rápido.

—¿Y tú por qué te colabas en la planta de militares del hospital? —Salta Nuria a la defensiva. Eva intenta tomar otra actitud, se ha pasado.

—Perdona, soy periodista y voy muy al grano. Hacemos una cosa, te digo qué hago en mi día a día y luego me cuentas tú.

Nuria no asiente, pero Eva sabe que la única forma de ganarse su confianza empieza por ese punto.

—Me dedico a robar información encriptada del Gobierno y se la vendo al medio que mejor me pague… Pero Eva, si los medios están controladísimos por el Gobierno. —Se dice Eva a si misma con una voz burlona—. No me refiero a los medios convencionales, hay blogs, páginas webs fuera de Europa y de países neutrales en esta guerra que pagan una verdadera pasta por esta información. Por eso vivo aquí, alejada del mundo. Pero si eres tú la que ha provocado que la policía esté buscando a «una persona que se ha saltado el toque de queda» y se ha escapado por el bosque, no tardarán en venir. Y eso supondrá que tenga que eliminar al menos el setenta por ciento de mi información en todos esos discos duros que ves, básicamente para que no me metan en la cárcel de por vida. Pero no sólo me acusarían de eso, sino que también por encubrir a una mujer que ha salido desnuda del mar tras la explosión de un buque militar, por el que han puesto todo el municipio en cuarentena y que además se ha colado en la planta de militares del hospital. Así que, si no nos ayudamos, ninguna ganamos.

Nuria esboza una pequeña sonrisa ante el sermón de Eva, que se mantiene seria mirándola. Nuria entiende que Eva sería capaz de desvelar su paradero con tal de proteger su integridad. Está claro que no se está tirando un farol, piensa Nuria mientras da otro sorbo a su taza de té, que sorprendentemente sigue caliente. Pero no puedo fiarme de ella. Es una mercenaria de la información.

Eva se levanta hacia el escritorio y coge su portátil. Se sienta al lado de Nuria, que ahora está algo incómoda al carecer de espacio vital. Tarda un rato en abrir el programa de edición. Cuando lo hace en la línea de tiempo busca rápidamente la parte en la que Ángel saca a Nuria de la cámara acorazada. Nuria lo ve y se queda cabizbaja.

—¿Y bien?

La pregunta de Eva ha sonado para Nuria como si su respuesta fuera la última antes de ser ejecutada. Como si Eva fuera una inquisidora que da una última oportunidad a una pecadora.

—Me buscan por mi padre. —Comienza a explicar Nuria con cierta dificultad al hablar—. Él es… él era un científico militar que había desarrollado un artefacto capaz de reducir la temperatura de una zona concreta. Creía que utilizando su invento a gran escala podría hacer que disminuyera la temperatura global de la Tierra a medio plazo.

—¿Y qué pasó?

—Fue a probarlo al sur de Iberia por su cuenta. Nadie quiso financiarlo, pero tampoco apartarlo del mapa. Era un científico brillante según me han contado y valía más vivo que muerto. Pero por el momento no interesaba que su invento saliera a la luz. Me dejó un implante subcutáneo que me avisaría si él ya no estaba en algún momento. —Nuria enseña a Eva una cicatriz grande en su brazo izquierdo—. Pude quitármelo y descargar la información antes de que yo fuera detenida.

—Pero no tiene sentido, si tu padre murió… —Esa última palabra de Eva hirió a Nuria—. Perdón. Si tu padre ya no estaba ¿qué más les daba a ellos?

—El artefacto sigue intacto. Y solo yo sé dónde puede estar.

—Aun así, ¿por qué te encerraron en una cámara acorazada? ¿Tan valiosa es tu información como para no encerrarte entre rejas como a los delincuentes normales?

—Cuando me capturaron me amenazaron con inocularme una cepa del Virus G si no les daba la información. Nunca se la di y acabaron por inyectarme el virus.

—Y déjame adivinar, resulta que eres inmune. Todos los que iban en ese barco… estaban haciendo pruebas con ellos. ¿No?

Nuria asiente. Se hace un largo silencio incómodo. Eva cierra el portátil y lo coloca en la mesa. Se levanta, se estira y camina hacia el ventanal. La lluvia sigue cayendo y por primera vez, se convierte en una metáfora de su vida. Eva sabe que todo lo que va a venir a partir de ahora va a cambiarle la vida.

—Si quieres salir de Dena vas a necesitar mi ayuda. ¿Cómo encontramos el artefacto?

Nuria, por primera vez en mucho tiempo, puede confiar ligeramente en alguien que no sea Ángel. Siente que Eva puede realmente ayudarla a encontrar el artefacto. El corazón se le ha acelerado gracias a la esperanza de esas últimas palabras de Eva.

—Lleva un geolocalizador. Solo puedo asegurarte de que está en el sur de Iberia, en la costa mediterránea. Lleva un sistema de cifrado que solo puede desencriptarse desde Madrid.

—Si me dices dónde están los servidores puedo intentar acceder desde aquí.

—Olvídalo. Mi padre lo dejó todo listo para que solo pueda accederse desde el búnker.

—¿Búnker? ¿Sabía que no conseguiría regresar?

—Era una posibilidad, así que se aseguró de no dejar cabos sueltos. Los servidores no están en la ciudad. Están en un edificio abandonado en la sierra madrileña.

—¿La Bola del Mundo?

—No sé su nombre. Antes era un edificio de comunicaciones.

—La Bola del Mundo... —confirma Eva—. Siempre me había fascinado ese lugar de niña. Y de adulta quise saber qué había ahí dentro, pero nunca conseguí un permiso para entrar, ni información relevante. Sabía que algo escondían... —Deja de hablar para sí misma y retoma la conversación—. Podemos salir en un par de días. Planificarlo bien. No cagarla...

—Hay una cosa más. —Nuria corta a Eva—. Tenemos que recuperarlo antes del 21 de diciembre, el artefacto tiene un sistema de autodestrucción y solamente con mi ADN puedo reactivarlo para que no suceda. Mi padre no dejó planos, es el único que existe, así que no hay forma de reconstruirlo.

—Y hoy es… 16. Está bien, saldremos en unas horas.

—¿Cómo estás tan segura de que podremos escapar del cordón militar sin ser vistas?

—No lo estoy, pero estoy dispuesta a jugármela. Siempre hay una salida.

Durante todo este tiempo, Eva ha aparentado normalidad, pero realmente es un auténtico volcán emocional. La sola idea de salir de Dena, recorrer la península a por algo que no sabe muy bien cómo funciona y que parece sacado de una película de ciencia ficción de principios de siglo, la pone a mil revoluciones por minuto. Como periodista, puede tener la mejor historia jamás contada. Como ser humano, tiene una razón más para levantarse cada día, aunque puede que sea lo último que haga.

Nuria, por el contrario, preferiría no tener que pasar por estas circunstancias a pesar de sentir algo de esperanza. No controla la situación. Se detiene a observar lentamente la casa de Eva. No había reparado en ello. Le llama la atención la mesa de cristal en la que ha dejado su taza de té, que tiene una forma orgánica extraña. La ausencia de cuadros es otro punto que le produce curiosidad, pero entiende que Eva no tiene recuerdos o por lo menos no quiere tenerlos.

—Eh, Nuria. Mira aquí. —Eva ha notado que Nuria estaba inmersa en sus pensamientos. Señala sobre una aplicación de mapas en su *tablet*—. Por la mañana iremos a esta estación de carga. Me llevo bien con los dueños, no harán preguntas. Aun así, te quedas en el coche con la capucha puesta. Cojo algunas provisiones. Podemos tomar la salida de la hiperautopista 5 hacia Madrid.

Las hiperautopistas fueron la última forma de comunicación para turismos en la península. La red consiste en diez autopistas de siete carriles, elevadas entre cien y trescientos metros sobre el suelo. Los vehículos, son propulsados por magnetismo, así reducen el tiempo entre las diferentes ciudades. Todas salen de Madrid. Antes solo eran para los más adinerados puesto que estaban gestionadas por empresas privadas y su peaje no era precisamente barato. Ahora podrían usarla sin ningún problema, al estar seguramente vacías de vehículos y llegarían a Madrid en apenas dos horas y media.

—Mandaré un correo encriptado para un viejo amigo que sé que se mueve por ahí. Podrá echarnos un cable si te parece bien.

—No hay problema.

—Además, nos buscará un refugio lejos de los No-Humanos para estar más seguras.

—¿Así llamáis a los afectados por el virus G? —Nuria siente cierto desprecio.

—¿Tú no?

—Nunca los he llamado de ninguna manera…

—Vamos a descansar. Te traeré mantas. —Corta Eva antes de dar pie a otro tema de conversación.

Eva se levanta y sale del salón. Nuria entiende que está soltera y que solo tiene una cama. Le pica la curiosidad, pero no es momento para preguntas, está agotada. Eva vuelve con varias mantas y se las deja a Nuria. Le da las buenas noches y se vuelve a su habitación.

Nuria se tumba en el sofá y mira al vacío. Escucha de fondo un reloj que la relaja. Son sonidos familiares y de alguna manera se siente como en su casa.

4

A la mañana siguiente Eva se despierta pronto. Prepara un desayuno suculento porque es posible que no coman hasta la noche. Después, en su habitación coge una maleta y vuelve a la cocina. Abre la nevera y mete todo lo que encuentra. La maleta está forrada por dentro con aluminio, por lo que conservará bastante tiempo la temperatura en frío. Hace tiempo que incluyó este accesorio para viajar y llevarse gran parte de la comida que tuviera guardada en el momento. Cuando Eva pasa una temporada lejos de su casa le gusta tener todo controlado en cuanto a alimentación se refiere.

Entra al salón y Nuria sigue durmiendo. Aún hay tiempo, piensa Eva. Enciende la *tablet* y el teclado holográfico se proyecta sobre la mesa.

Desde que Nuria le contó lo del artefacto tiene la ligera sospecha de que algo intuían sus colegas de profesión por la información que habían estado compartiendo últimamente. Por lo que comienza a revisar los correos cifrados y efectivamente algunos dicen que creen que se ha conseguido crear un aparato que reduce la temperatura, pero no hay datos muy coherentes sobre el tema. Parece como si no fuera interesante o conveniente investigar sobre ello, porque son demasiadas líneas que cruzar y mucho que perder.

Ahora ella irá directa a la fuente. No obstante, parece que otros cuantos han perdido la cabeza con demasiadas teorías de la conspiración sin ningún fundamento. Además, lo incluían explícitamente en sus entradas de blog personales. Quizá por eso han dejado de trabajar en los semanales.

—¿Nos vamos ya? —Nuria está completamente despierta y Eva se lleva un buen susto.

—¡Sí! Puedes ducharte si quieres, te he dejado ropa en mi habitación también.

—Gracias…

—Mi compañero de Madrid me ha enviado directamente un mensaje de texto por una red privada. Nos esperará allí. Sabe cómo llegar al búnker rápido.

Nuria sonríe ligeramente, se levanta y se va a la habitación de Eva. Es de pocas palabras por la mañana, se dice a sí misma Eva.

En la *tablet* Eva abre la web de la Policía. Mediante un programa puede acceder a la intranet. Después, aprovecha otra brecha de seguridad y accede a sus servidores internos donde encuentra el sistema de geolocalización de vehículos de la policía. Es la primera vez que lo hace y le ha resultado excesivamente fácil. Aún se sorprende de lo patético que es el sistema de seguridad informático de toda la infraestructura del país. La guerra no ha permitido el desarrollo que el *blockchain* prometía.

Todos los coches de policía llevan un sistema de GPS con el que se les puede localizar fácilmente en caso de emergencia. Lo podrían aprovechar para escapar con éxito, aunque estando Dena en cuarentena, todas las salidas estarán vigiladas y tendrá que conseguir un pase de salida que certifique que no está infectada. No es ningún problema.

Con el mismo programa accede a la administración del Ayuntamiento de Dena y genera un permiso en apenas un minuto donde, por razones de trabajo, debe abandonar el pueblo y un certificado médico de que no es portadora del virus. Lo imprime en su vieja impresora de principios de siglo. Prefiere no enseñar su *tablet* a la policía para no tener que hacer todos los trámites para comprobar que no ha sido falsificado. En la era digital es todavía el país más burocrático en el que ha estado nunca, así que encontrar papel de impresión aún no supone una tarea difícil.

Nuria sale de la ducha cambiada y lista para irse. Eva se levanta y mete la *tablet* con una botella de agua en una mochila pequeña que coge para el camino. Abre la puerta y deja pasar a Nuria la primera. Eva antes de salir se gira y mira a su casa. No cojas demasiado polvo, anda, piensa Eva, con cierta ironía.

Cierra la puerta y echa la llave. Dentro los servidores pasan a un estado de reposo y el sonido de los discos duros pasa a ser leve. Las luces de discoteca se apagan por completo. Eva ha dejado activada una secuencia de bajo consumo con intermitencias, para no dar a entender que la casa está vacía y que intenten entrar con cualquier excusa.

—Vas a tener que viajar en el maletero. Lo he pensado mejor

hace un rato.

—Es más seguro que solo llevar una capucha puesta, desde luego. —Nuria no está sorprendida del todo. Durante la noche se ha mentalizado de esta posibilidad.

Eva abre el maletero y Nuria se mete dentro de él. Es imposible que se mueva con los baches al ir tan encajada entre botellas de agua y una maleta entera llena de comida. Cuando Eva arranca, Nuria escucha el motor eléctrico con más claridad que en los asientos y enseguida siente el traqueteo de las ruedas por la tierra. Pero es agradable. Como mucho estará una hora metida dentro.

Camino a la estación de carga Nuria nota como una parte del coche está más inclinada. De nuevo el traqueteo por tierra tras un periodo de tranquilidad por el asfalto.

—¡Mierda! —Escucha a Eva desde el maletero, sorprendentemente insonorizado, aunque su grito se ha debido de oír más allá del cantábrico—. Hemos pinchado, Nuria. ¡Joder! —Silencio—. Perdón, ya te saco de ahí.

Eva abre el maletero, visiblemente enfadada. Nuria estaba muy bien con el calor del maletero y su propio calor corporal. Una ola de aire frío la eriza la piel, pero se reincorpora sin problema

—¿Ves eso de ahí? —Eva le señala a Nuria hacia el oeste a quinientos metros un pequeño edificio—. Es una estación de carga con taller. No es la de mis amigos, pero nos puede valer igual y pedir ayuda para cambiar la rueda sin problemas. Vamos.

Nuria obedece, prefiere no participar en avivar el fuego del cabreo que tiene Eva por intentar calmarla. Al fin y al cabo, la ha conocido ayer.

Durante los cinco minutos que han tardado en recorrer el camino en línea recta, Eva se ha tranquilizado y parece de mejor humor. Ve que hay una moto de policía. Nuria se ha dado cuenta también y con la capucha puesta se coloca donde el agente no pueda verla. Eva entra en la gasolinera y coge algunas bolsas de patatas. El policía sale y no le aparta la mirada en su recorrido hasta su moto. Eva lo ignora. Se acerca al mostrador. El dependiente es un hombre muy flaco, pálido con muchas ojeras. Parece sacado de una película de zombis.

—¿Está el taller abierto? Hemos pinchado cerca de aquí.

—Hoy está cerrado por descanso. ¿No tiene rueda de repuesto?

—No…

—Pregúntele al agente si puede echarles un cable.

—Gracias.

Eva sale de la gasolinera sin saber muy bien qué hacer, no pueden quedarse en medio de la nada hasta llegar a las salidas de Dena. El policía está mandando un mensaje por su teléfono, lleva el casco puesto y usa sus guantes táctiles para escribir. Puede esperar a que se vaya…

En ese momento, aparece un coche todoterreno de alta gama. Es una mujer de clase alta que comienza a cargar el coche. Eva ve en el panel del cargador que en dos minutos estará completamente cargado. La mujer se dirige al interior de la tienda y Eva se da cuenta de que no lo ha cerrado. A Eva se le ilumina la bombilla, es arriesgado y seguramente no haya vuelta atrás desde ese momento. Camina rápidamente hacia detrás de la tienda donde está Nuria apoyada en la pared, esperando pacientemente.

—Sígueme. —La orden hace que Nuria se espabile rápidamente. Intuye que no ha habido demasiada suerte. Eva camina tan rápido que Nuria tiene que ponerse a su nivel y a su lado izquierdo para que no la vea el policía.

—Conduces tú —le dice Eva a Nuria.

—¿Se te ha ido la olla? —Nuria está asustada. Pero su cuerpo se llena de adrenalina en cuestión de milisegundos.

Sin decir nada más, Eva entra en la parte del copiloto. La

mujer en la tienda está pagando y no se ha enterado. Nuria quita el enchufe del surtidor de la toma de corriente del coche y se apresura a entrar por la puerta del piloto.

—No tenemos demasiado tiempo así que acelera y te voy guiando por dónde ir. En mi coche podía verlo en la pantalla sincronizada con mi *tablet*. Dame un segundo.

—¿Y las provisiones?

—Habrá que llegar a Madrid cuanto antes.

La mujer termina de pagar y al girarse ve a las dos en el coche. Corre rápida y torpemente con sus tacones hacia la salida.

—¡Eh! ¡Policía! ¡Me están robando el coche!

El policía se gira y ve a la mujer corriendo. Él, que aún no se ha subido corre hacia el vehículo. Eva con el móvil piratea el arranque del coche.

—¿Cómo lo has hecho? —pregunta Nuria con una curiosidad inoportuna.

—¡Tú acelera!

Nuria acelera y sale disparada. Eva se agarra fuerte y se sorprende de la potencia del vehículo y de la firmeza con la que Nuria conduce. Tanta testosterona le empieza a producir una risa nerviosa, a lo que Nuria se gira para reparar en la reacción de Eva. Mira por el retrovisor y ve a lo lejos las señales luminosas de la moto tras ellas.

—Rápido Eva, dame alternativas.

Eva, que termina de reírse, abre su *tablet*. Abre el programa y ve como están montando un bloqueo a cinco kilómetros. El policía de la moto ha debido de dar el aviso con el número de matrícula. Están en un todoterreno, así que la opción de ir por campo es viable.

—Cuando te diga, giras a la izquierda y atraviesas el campo.

Tres… dos… uno… ¡Ahora!

Nuria gira bruscamente y la inercia las empuja en el sentido contrario, pero el coche utiliza la estabilización de su chasis para compensar la inercia. Enseguida, Nuria endereza el volante y están en el campo. Sin reducir la velocidad, lo atraviesan sin problemas.

—Sigue recto y llegaremos a una carretera a la que no les dará tiempo a llegar.

—¿Y los militares? ¿No puedes verlos?

—No, así que cruza los dedos.

Durante el trayecto a través del campo, a Eva le da tiempo a darse cuenta de que el coche en el que van tiene tal potencia, que le recuerda a la aceleración de un avión. El cuentakilómetros llega hasta doscientos noventa. Además, tiene un montón de accesorios que siempre le han gustado.

Siguen por el campo, rodeadas de montañas, pero con escasa vegetación hasta que llegan a la carretera señalada. Nuria se detiene para no atravesarla de golpe.

—A la derecha —le indica Eva. Nuria acelera. Eva revisa el mapa y aparentemente no hay policías en su búsqueda. Se están dispersando. Están algo lejos de la salida de la hiperautopista, pero una vez crucen podrán ir fácilmente.

—¿Cómo piensas cruzar los controles? —le pregunta Nuria a Eva.

—Ahora se me ocurrirá algo. De momento párate en cuanto puedas para meterte en el maletero otra vez.

—No.

—¿Por qué? Oye me estoy metiendo en un lío enorme por ti.

—Porque tenemos un convoy militar delante.

Eva mira al frente de la carretera y el corazón le da un vuelco. Las estaban esperando. Nuria se frena en seco y la tensión aumenta cuando ven como alzan los fusiles de asalto. No les creen capaces de disparar hasta que abren fuego. Nuria da marcha atrás. Pisa a fondo el acelerador y el motor eléctrico parece que va a estallar. Agachan la cabeza y algunas balas atraviesan el coche. Eva mira la *tablet* y amplía el mapa como puede. Por detrás de ellas, aparecen patrullas de policía. Los militares han dejado de disparar y van tras ellas.

—¡Vuelve hacia adelante y cuando los tengamos pegados te metes a la izquierda, cruzas la carretera y por el campo otra vez!

—¡Espero que tengas razón!

Les va a estallar el corazón. Nuria acelera hacia adelante otra vez. Los militares llevan una avanzadilla en coches 4x4 y un motorista por delante de otros dos camiones. Eva se pregunta de nuevo cuán valiosa es Nuria como para semejante despliegue. Nuria, a escasos treinta metros gira a su izquierda y entra en el campo de un salto, volando sobre el asfalto. El motorista militar en ese instante saca su pistola y apunta. Rompe el cristal de la ventana, pero por suerte no da a ninguna de las dos. Nuria atraviesa el campo y reza por no pinchar las ruedas. El motorista y los 4x4 las siguen.

—¡Eva! ¿Dónde vamos?

—¡Hay una valla que rodea todo el paso fronterizo más allá de Cantabria! ¡Si llegamos hasta allí podemos atravesarla fácilmente con el coche!

Continúan a toda velocidad. Algunos militares salen por las ventanas de los 4x4 y disparan a las ruedas. Nuria comienza a zigzaguear para evitar los disparos sin perder velocidad gracias a la estabilización del coche.

Comienzan a ver la valla a lo lejos. No lo van a conseguir. Nuria se sorprende por su inmensidad. Debe medir fácilmente treinta metros de alto y se pierde en los extremos en el horizonte. Jamás se habría imaginado algo así. Resta una marcha del coche con las levas que hay en el volante para revolucionar más el vehículo y pasan inmediatamente de campo a tierra levantando una gran cantidad de polvo. Van a más de ciento cincuenta kilómetros por hora sobre tierra. Un fallo y morirán. Les han conseguido sacar bastante ventaja, pero siguen disparando.

Los 4x4 se frenan en seco, pero el motorista sigue tras ellas. Nuria va directa a la valla. Se van a estrellar.

—¡Cuidado, Nuria!

RUTA ALTERNATIVA

1

Nuria se ha parado en seco frente a la valla. A escasos dos metros de chocar contra ella. El motor se ha apagado. El ordenador de a bordo del vehículo muestra un fallo en el arranque.

El motorista está detenido a bastante distancia de ellas. Se levanta la visera del casco mientras el polvo del camino que ha generado el vehículo de Eva y Nuria vuelve a bajar. Es Luca. De nuevo tiene delante al Sujeto 0, nunca ha deseado especialmente el encuentro, pero seguramente su captura supondría el fin de su condena y de su trabajo. Podría volver con su mujer e hijos.

Luca se detiene en su respiración. Se ha agitado de la emoción al pensar que podría volver a Siena y todo habría acabado. Italia es un país neutral en la guerra. Han preferido encerrarse y en cuanto acabe la guerra abrirán sus fronteras de nuevo al resto del mundo. Pero ahora solo cabe para él terminar la misión.

De su motocicleta, se despliega una bandeja lateral en la que hay un fusil de francotirador. Rápidamente lo saca y apunta al coche, buscando a Nuria. Ahora la tiene a tiro. Al igual que a Eva, le llama la atención su blanca piel y lo pelirroja que es.

Eva y Nuria aún se están recuperando del susto. Eva le ha explicado que habría sido imposible atravesar la valla, además de que solamente es la primera barrera del camino de salida. Durante cinco largos kilómetros se extiende un inmenso campo de minas que fue colocado en caso de que los No-Humanos consiguieran cruzar la segunda barrera, otra valla idéntica en la que se encuentran.

Nuria coge aire, se desabrocha el cinturón y sale del coche. Da la vuelta por la parte de delantera y abre la puerta de Eva, que en parte sigue en *shock*.

—Vamos Eva. —Eva no responde—. ¡Vamos Eva!

—Dame un minuto, joder.

—No tenemos un minuto, ese tío está ahí apuntándonos.

El estruendo de un sonido grave atronador a lo lejos va seguido del silbido de una bala de francotirador que pasa a escasos centímetros del brazo de Nuria. Eva reacciona aterrorizada mirando a Nuria y luego atrás a Luca. Rápidamente se quita el cinturón y salen del coche. Se colocan en la parte delantera y dejan la puerta abierta como escudo. Otro disparo que atraviesa la puerta. Eva se da cuenta de lo poco que les servirá cubrirse.

—Tiene que haber una caja de herramientas en el maletero. Voy a entrar otra vez y la buscaré desde los asientos de atrás. —Explica Eva a Nuria sin mucha seguridad.

—De acuerdo.

Nuria asoma la cabeza ligeramente. Luca está recargando el fusil para su siguiente disparo. El coche está en posición diagonal así que tienen más margen para poder cubrirse. Eva se arrastra por el suelo lentamente para intentar pasar desapercibida cuando escucha otro disparo.

—¡Nuria! ¿Estás bien?

—¡Si! ¡Tranquila! ¡Tú sigue!

Eva consigue llegar al lado contrario del coche y se mete por la puerta del conductor.

A lo lejos, Luca carga la próxima bala. Así que se llama Nuria. Ya no es un simple Sujeto 0. Aun así, sigue siendo una amenaza, piensa Luca. Prefiere no saber los nombres de sus objetivos, solamente se informa del lugar en el que se encuentran, vocación y posibles contactos, además de su imagen lógicamente. No le gusta matar personas, le gusta cumplir sus tareas y cuando conoce el nombre de alguno de sus objetivos, normalmente se echa atrás en su misión o la delega. Por eso, su reducción de condena se estaba retrasando.

Lo que pasó en Shanghái fue una excepción que no quiere recordar. Tenía a muchos compañeros a punto de perder la vida y si no hubiera iniciado aquella revuelta no estaría allí, y ninguno de los suyos tampoco podría estar hoy con sus familias. Solo Luca fue el que tuvo que volver a ser juzgado por crímenes de guerra en una batalla en la que nunca quiso participar. Suena su intercomunicador en el casco.

—Sí.

—Aborta la misión, Luca. —Es la voz de Elisa, la mujer que se encontraba en el tejado con Asier la noche anterior—. Ven al cuartel.

—Recibido. —Cuelga—. *Vaffanculo.* —Dice entre dientes.

Baja el fusil de francotirador y lo vuelve a colocar en la bandeja saliente de la moto. Luca nunca ha puesto en entredicho una orden de sus superiores. Entiende que hay razones suficientes para no cumplir su objetivo en ese momento, por lo que se enterará de ellas en cuanto llegue al cuartel. Con el puño da gas a la moto y acelera girando bruscamente para terminar por alejarse.

Nuria se levanta al escuchar el motor, ve cómo Luca se marcha y se acerca al interior del coche. Eva aún intenta abatir el asiento. Cuando lo consigue, ve a Nuria frente a ella, que ha abierto el maletero.

—Se ha ido.

—Válgame Dios —suspira Eva. Abre la puerta de los pasajeros y sale.

La mujer llevaba unas garrafas de agua en el maletero, así que podrán cargar con al menos dos de ellas para poder hidratarse a lo largo del camino. Las sacan y Eva levanta la alfombra que cubre la rueda de repuesto. Junto a la misma, hay un compartimento con herramientas, tal y como obliga la ley desde hace unos años. En las autoescuelas, se enseña ahora a reparar parcialmente los motores eléctricos, al menos la estructura superficial para que aguante durante un trayecto corto hasta el taller más cercano. En las peores ocasiones, seguía siendo como siempre: llamar al seguro para que una grúa asistiera en carretera.

Eva levanta el capó del coche. La superficie del motor está calcinada. Un coche tan caro y tan poco resistente; casi le da rabia no haber robado uno que funcionase aún con gasolina.

—No tengo ni idea de lo que puede pasarle a esto, pero será mejor que sigamos a pie. No perdamos más tiempo.

Nuria asiente. Eva saca los alicates y con la parte de cuchilla comienza a cortar la valla. Nuria bebe algo de agua directamente de la garrafa.

—Coge mi *tablet*, Nuria. —Eva quiere revisar si las minas siguen en el sistema de la policía. Nuria le acerca la *tablet* y Eva usa otro mapa que tiene en una aplicación. Algunas minas siguen activas, pero no sabe si habrá nuevas.

Termina de cortar la valla y simplemente al empujar, el metal se dobla y las dos pueden pasar.

—Podemos ir más seguras si seguimos este mapa. Coge tú las garrafas y nos iremos turnando. Aun así, mira muy bien por donde pisas, puede que lo que señale mi mapa no esté actualizado.

Nuria ha asumido que Eva se ha convertido en una especie de líder entre las dos. Es lógico puesto que conoce mejor la zona que ella, y además ella lleva el último año y medio encerrada en

85

diferentes cámaras de contención. Advierte el carácter innato que la impulsa a cumplir con esa condición. Al final, Eva lo hace de forma involuntaria.

—Será un camino largo. Cuando quieras parar a descansar dímelo, por aquí no vendrán y no tienen tantos cojones como para salir a esperarnos al otro lado.

Nuria no contesta, pero le tranquiliza la seguridad de Eva. Tiene ganas de conocerla un poco más, pero ahora debe ir concentrada por el camino, y Eva más todavía para no perder detalle de por dónde pisan. Eva se detiene un momento.

—Algunas minas podría desactivarlas según lo que veo. Pero me queda poca batería y nos hemos dejado el cargador solar en el coche.

—Podemos volver aún.

—Mejor que no, no te preocupes, allí fuera estoy segura de que habrá un montón de coches con su cargador particular.

—Los planes nunca salen como se planean ¿eh?

—Nunca, ahí has dado en el clavo —contesta Eva mirando hacia atrás a Nuria con una sonrisa.

Ambas se sienten algo más cómodas la una con la otra ahora que ya han pasado por esa primera aventura. ¿Cuánto tiempo tendrán que huir? Probablemente el resto de sus vidas, a no ser que la noticia sea de tal impacto que consigan la inmunidad y protección necesarias. Quién sabe. He venido a comerme el mundo, piensa Eva, aún sonriente.

Eva se da cuenta de lo despeinada que ha quedado con tanto ajetreo y el sudor que tiene en la cara. En sí mismos, esos dos factores le dan igual de cara a Nuria o a cualquiera que la vea, pero prefiere estar cómoda y con un coletero que siempre lleva se recoge el pelo en una coleta. Nuria por su parte, se cubre el cuello con todo su largo pelo rojo, como una bufanda, pero no parece estar agobiada por el calor ni la situación, al menos, de momento.

2

Luca llega a su destino. El cuartel es un edificio situado no muy lejos de la posición en la que estaba, a unos quince kilómetros de distancia. Realmente todo es una base militar. La diferencia es que las bases actuales ocupan varias hectáreas frente a un inmenso edificio acorazado al que modestamente llaman cuartel. Cuenta con un búnker propio, sala de operaciones e investigación científica, habitaciones, cafeterías y oficinas con salas para reuniones. Desde fuera, es un bloque de hormigón enorme que se alza con estructuras diagonales escalonadas.

Luca entra en el edificio, decorado en un estilo muy clásico con una gran recepción en la entrada en la que numerosos cargos gubernamentales y científicos hacen cola para conseguir su identificación de visitantes.

Luca dispone de la suya propia y se salta todo ese maremágnum de comentarios y llamadas que hablan de los retrasos. Tras el hundimiento del buque cerca de Dena, se ha convertido en el centro de todo el país.

Según avanza por los pasillos, se vuelve a fijar en los cuadros pintados al óleo de diferentes cargos políticos y militares a lo largo de la historia. Todos los cuarteles y bases tienen en la planta principal los mismos retratos y de alguna forma da la sensación de que vigilan a todos los que pasan. Al menos eso le parece a Luca cada vez que los mira, como si sus ojos lo siguieran. Seguramente era la habilidad del artista al hacer el retrato y dirigir la mirada a un punto concreto para que transmitiera esa sensación. Pero a él solo le produce pura curiosidad artística al venir de un país en el que está acostumbrado a observar arte.

Llega hasta el ascensor donde se cruza con una serie de personas trajeadas que le miran fijamente. No se ha percatado de que lleva el abrigo lleno de polvo y sus botas están embarradas. El ascensor se queda vacío y entra. Cuando las puertas se cierran utiliza su teléfono móvil, lo acerca al cuadro de botones y lo coloca en una zona señalizada. Antiguamente se utilizaba una llave para acceder a un piso concreto, ahora simplemente acercando el teléfono o una tarjeta magnética es suficiente. El ascensor comienza a descender a lo que parece ser el búnker de las instalaciones.

Los militares tienen siempre la última tecnología y los ascensores se mueven mediante magnetismo. Diferentes placas magnéticas hacen que el ascensor, literalmente levite y si se aplica más intensidad a un imán que a otro la cabina asciende o desciende, siempre con una pequeña aceleración hasta alcanzar la velocidad óptima. En este caso, la velocidad no era excesiva al encontrarse solamente cuatro plantas por debajo, pero Luca llega en menos de cinco segundos a su destino.

Las oficinas del búnker cuentan con analistas cruzando las mismas constantemente con papeles y llamadas. Otros tantos en ordenadores monitorizan diversas imágenes de drones y cámaras de seguridad colocadas alrededor del pueblo. Todo un operativo dispuesto para encontrar a Nuria, o como ellos la llaman, el Sujeto 0.

Luca se dirige hasta el despacho de Elisa. Un despacho moderno, con paredes de cristal sobre las que surgen imágenes. En realidad, son pantallas gigantes de un ordenador central. Elisa, vestida con uniforme militar lo espera junto a Asier, que está sentado en un sillón de la esquina.

—Buenos días, soldado —saluda Asier a Luca.

—Buenos días, señor. Buenos días, señora.

—Mira esto. —Elisa señala la pantalla del ordenador.

Luca ve unas imágenes de una cámara situada en la valla en las que se ve a Eva y Nuria cruzar. Elisa usa el mando para ampliar las imágenes y la definición de la cámara permite ver sus caras perfectamente. Detiene la imagen de cuando se ve la cara de Eva.

—Ella es Eva Salazar Herrero —introduce Elisa—. Es una conocida y reputada periodista. Es considerada una nómada dentro del gremio. Vende sus historias al mejor postor en la internet profunda y, lógicamente, el testimonio que le puede proporcionar el Sujeto 0 es un riesgo que no podemos correr ninguno. También tiene una columna en *La voz del norte*, pero es pura fachada. Vive en lo alto de la cala de Dena, al lado del bosque. Diversas fuentes nos han confirmado que fue la primera en acudir a socorrer a militares y sujetos tras el naufragio.

—Irás con un equipo hasta su casa para ver toda la información que tiene —interviene Asier, levantándose del sillón—. Nos traes esa información y te vas con el mejor equipo que tenemos a por ellas cuando veamos a dónde se dirigen. No te molestes en documentarte sobre Salazar. Sabemos todo sobre ella y seguramente fue la que hackeó la caja negra ayer en Dena.

—No quiero saber mucho más sobre ella. ¿Cómo la quieren? —Luca da mucha importancia a esa pregunta.

—Viva es más valiosa. Tendrá contactos y nuestros analistas han descubierto mensajes cifrados en las redes TOR. Puede que se hayan estado pasando información que desconocemos entre ellos durante todo este tiempo —comenta Elisa, lamentándose.

—En definitiva, no tiene nada que perder, solo una buena historia, podemos sobornarla fácilmente. Y será interesante la información que le saquemos.

—No creo que sea solamente el dinero lo que mueva a una persona, señora. —El comentario no gusta nada a Elisa—. Me pondré a ello. Salgo inmediatamente.

—Cámbiate, Luca —señala Asier—. Nunca debemos perder las formas. —Sonríe.

Luca asiente y se despide. Sale del despacho.

Luca se desplaza a una planta superior, donde está su habitación, perfectamente ordenada pero bastante pequeña, simplemente dedicada a dormir, con una cama individual, un pequeño baño, un armario y un escritorio con un ordenador portátil.

El ordenador tiene un led verde que le indica que tiene mensajes sin leer. El color verde significa que son de su mujer. Cuando lo abre hay un vídeo que se despliega automáticamente sobre la pantalla de metacrilato. En él, aparece su mujer, Flavia, de unos ojos negros profundos y cabello liso, con la piel morena. El pelo lo lleva recogido en una coleta y lleva dos pendientes con forma de aro. El lunar que tiene cerca del ojo siempre le ha gustado a Luca. Le manda un mensaje con Andrea y Marco sentados entre ellos. La niña, lleva un lazo rojo y está en pijama aún, mientras que él ya está vestido con una camiseta larga blanca y un pantalón de chándal. Está despeinado y le ha crecido mucho el pelo. Es el décimo cumpleaños de ambos y van a preparar una fiesta con todos los compañeros de clase.

Luca no puede evitar una lágrima cuando los dos niños le preguntan cuándo volverán a verlo nada más empezar el vídeo. No están enfadados, solamente lo echan de menos. Se bajan de las piernas de su madre y se van a hacer tareas de la casa.

—Haz lo que tengas que hacer para volver a nuestra casa, Luca. Te he estado esperando todo este tiempo y seguiré haciéndolo. Aquí la vida sigue igual, así que puedes estar tranquilo. —Los niños comienzan a pelearse—. Espero tu respuesta. Te quiero.

El vídeo se termina y Luca cierra la pantalla del ordenador. Seguramente no pueda ponerse en contacto con ellos hasta por la noche, así que hará el trabajo rápido. Va a ducharse y a cambiarse de uniforme.

3

Jamás ninguna de las dos había empleado tanto tiempo en recorrer cinco kilómetros. Han caminado durante tres horas y media con extremo cuidado esquivando todas las minas, parando a descansar de vez en cuando y turnándose las garrafas de agua, que cada vez pesan menos porque se han hidratado durante todo el recorrido.

Eva ha enseñado a Nuria a utilizar la aplicación y enseguida ha captado el funcionamiento. No ha sido complicado para ella y eso a Eva la ha calmado. El hecho de no tener que recordar a una persona, constantemente, cómo funciona algo sencillo no es muy habitual para ella. Parece que lo sencillo se vuelve difícil precisamente por su minimalismo. También han pasado tiempo descansando, sentadas bajo el sol. A pesar de estar cerca del invierno, el calor se hace insoportable. Eva tiene la piel algo roja, pero no está preocupada, la noche caerá en dos horas y podrá recuperarse mientras siga bebiendo.

Ahora están sentadas frente a la otra valla mientras Eva corta más trozos de esta. El alambre es más grueso que el de la primera y hay que emplear más tiempo y fuerza en los brazos. Están cansadas y deben buscar dónde pasar la noche en cuanto consigan atravesar la valla. Lo más fácil será un coche.

Nuria observa el horizonte a través del metal. Es un auténtico páramo, sin nada de vegetación aparente, todo desierto y algunas hierbas secas. Se ven carreteras a lo lejos con algunos coches abandonados con las montañas cántabras de fondo. A pesar de ello, es un paisaje totalmente desolador. Además, el aire es muy seco, aunque sigan cercanas al mar y eso hace que se les seque aún más la garganta. Sabe que es mejor racionar el agua hasta que lleguen a Madrid, aún deben de quedar cinco litros, será suficiente.

Eva termina de cortar la valla. Ha conseguido hacer un pequeño agujero a ras del suelo. Se agacha y se arrastra para pasar a través de él. Nuria repite la misma operación y pasa sin problemas. Por fin libres. La sensación es exactamente la misma que cuando estaban dentro, al menos para Eva. Nuria por el contrario si se siente libre al fin, más allá de estas barreras ve más claro su objetivo final. Intentará ayudar a finalizar la guerra y a que de nuevo el planeta sea un lugar habitable. Eva podrá servir de gran ayuda si documenta y enseña al mundo todo lo que encuentren en el búnker de la Bola del Mundo, en Madrid.

Comienzan a caminar hacia la carretera que se ve a lo lejos. Nuria cree que ya es buen momento para conocer más a su compañera.

—¿Antes de todo esto hacías periodismo también?

—Sí. En Madrid precisamente. ¿Por qué? —A Eva le parece muy extraña la pregunta. Supongo que tenía que romper el hielo de alguna forma, piensa Eva.

—Y con todo lo que sabéis hacer ¿no visteis venir todo esto?

—Algo intuíamos, sabíamos que iba a estallar una guerra en cualquier momento, pero nunca imaginamos la implicación del 75% de los países. Mucho menos que fuera con la excusa del Virus G. Pero pronto aparecieron los primeros No-Humanos y ya fue inevitable huir a zonas seguras.

—¿Sabes que siguen siendo personas como nosotras? —Nuria está molesta con el calificativo No-Humanos.

—¿A qué te refieres?

—Piensan, sienten y tienen las mismas necesidades que nosotros. Su cerebro les dice que tienen que comer constantemente y sus sentidos hacen que esa hambre sea aplacada con cualquier cosa que encuentren.

—¿Me estás diciendo que puedo mantener una conversación con ellos?

—No lo sé de primera mano, Eva. Ángel me contó muchas cosas sobre ellos cuando estaba encerrada. Y te puedo asegurar que los que no estaban infectados, eran menos humanos que los que sí lo estaban.

La conversación ha terminado por el momento. Eva no quiere seguir hablando pues fueron la primera causa del abandono masivo de las ciudades. Nuria por el contrario se siente en parte responsable. Saber que ella es inmune le hace tener un segundo objetivo y es tratar de encontrar una cura, pero lo primero debe ser recuperar el artefacto, si no, dará lo mismo poder curar a todos los afectados con su sangre.

Llegan hasta la carretera. Hay varios coches, pero Eva le dice que hay que buscar los cargadores solares en los maleteros, el que tenga y aún esté funcional será el que valga. Es probable que varios de ellos hayan perdido la autonomía total de sus baterías al haber pasado tanto tiempo sin recargarlos y sin funcionar. Comienzan a buscar, pero muchos maleteros están vacíos y los cargadores que encuentran están rotos o inservibles, tal y como esperaban.

El sol se empieza a esconder por el horizonte, así que tienen que acelerar el trabajo para saber si funciona alguno. Encuentran un coche de gasolina. Eva abre la puerta fácilmente. Dentro hay papeles, una sillita de bebé y un par de botellas de plástico totalmente opacas por el deterioro del material. El cuero de los asientos está rajado y el volante lleno de polvo mugriento. A Eva le da un poco de asco. Las llaves siguen en el contacto, así que intenta arrancar. Como era de esperar, la batería del coche está agotada y no hay forma de arrancarlo.

—En qué estaría pensando —se lamenta Eva.

El sol termina de ponerse y lo mejor que pueden hacer es buscar dónde pasar la noche. Eva utiliza la poca batería que le queda en la *tablet* para buscar algún sitio con techo cerca y tienen su primer golpe de suerte. Si caminan treinta minutos, llegarán a un edificio que parece seguir en pie. Eva y Nuria se giran en la dirección que indica el mapa digital y lo ven. Las dos caminan rápidamente hacia el sitio.

El frío es igual que en el desierto. Nuria ha encontrado algunas mantas en los maleteros, perfectamente conservadas; les vendrán bien para usarlas durante la noche para dormir.

El edificio está completamente en ruinas, parece una gasolinera antigua que nunca se llegó a derruir. Solamente tiene surtidores de gasolina y no estaciones de carga. Eso le da qué pensar a Eva, debe de ser de las últimas que hubo y no pudo adaptarse, al igual que muchos otros negocios.

En el interior, las estanterías no tienen comida. Hace tiempo que debieron de entrar a robar todo lo que quedaba. El suelo está lleno de pequeños escombros y algunas revistas y periódicos. Nuria coge uno de ellos, es de 2020. El titular del periódico habla de suicidios en masa tras la segunda crisis económica mundial del siglo. España, antes de convertirse en Iberia, no había terminado de recuperarse, y una nueva crisis asoló el país y el resto de Europa. La situación laboral ya era insostenible por los bajos sueldos. Además, era imposible adquirir viviendas dignas y nadie podía prosperar. El paro volvió a crecer hasta el 60% de la población. Muchos emigraron, pero la situación fue la misma en toda la comunidad europea. Más allá del viejo continente, no se admitían trabajadores europeos por la huida laboral en masa y así fue como muchas personas acabaron por quitarse la vida ante la desesperación.

Nuria siente lástima, las otras páginas hablan de numerosos atentados terroristas. Surgieron otros muchos grupos radicales exigiendo soluciones a través de la violencia. Coge otro periódico y ve la noticia del secuestro de cuatro ministros. Dos de ellos parece que fueron asesinados y los otros, según la noticia, siguen en paradero desconocido.

Eva busca, sin mucha esperanza, encontrar algo cómodo sobre lo que poder dormir. Ni siquiera hay insectos por la zona, más allá de las enormes telarañas que parecen muy viejas. Encuentran una zona de descanso. Debía de ser de los trabajadores donde hay un par de sofás rotos y mugrientos. Nuria extiende un par de mantas en cada uno y con las otras dos mantas se cubren el cuerpo entero. No pueden más y el cansancio las vence.

4

La luz del sol comienza a entrar por la gasolinera. Los colores escarlatas del amanecer con un cielo despejado hacen que la luz sea muy intensa e ilumine toda la gasolinera.

Nuria ya está despierta. Realmente, apenas ha dormido durante la noche, no necesita mucho descanso puesto que se ha acostumbrado a dormir poco al estar en una alerta constante. Y ahora, por raro que le parezca, está aún más en guardia que cuando estaba encerrada. Entiende que no deben pasar demasiado tiempo allí pues pueden volver a buscarlas, así que se levanta del sofá y va a despertar a Eva.

Duerme profundamente y la mueve el hombro con suavidad para ver si reacciona. Pero no. Así que recurre a su única opción. Sale al recibidor y coge un escombro ligero. Vuelve a entrar al cuarto de descanso y lo estampa contra el suelo. Eva se despierta de golpe y jadeando. Tarda en entender dónde está porque mira a Nuria como si fuera una desconocida.

—La próxima vez tienes permiso para hacerme cosquillas. Lo prefiero a tener la sensación de que ha caído una bomba —dice Eva, aun recuperándose del susto—. ¿Qué hora es?

—Deben ser más de las 8:30.

—Tenemos que darnos prisa. —Eva se levanta agitada. Tiene hambre, pero la ansiedad la puede—. Busquemos otro coche, rápido.

Las dos salen olvidándose las mantas en la gasolinera. Por la carretera, hay varios coches y ahora podrían comprobar si los cargadores solares funcionan. Caminan durante cuarenta y cinco minutos, con hambre y la ansiedad creciendo por las prisas. Algunos maleteros son imposibles de abrir y en otros los paneles solares portátiles están inservibles.

—¡Aquí Eva! —Nuria parece haber encontrado algo.

Eva camina rápido hasta la posición de Nuria. Es un coche con un diseño clásico, se pusieron de moda durante la época de cambios de motor. Los que podían permitirse mantener la carrocería en sus viejos coches y cambiar el resto de los sistemas lo hicieron sin dudarlo. Nuria ha encontrado un cargador moderno, plegable como una alfombrilla de ratón de ordenador y a su vez un pequeño panel donde puede verse el nivel de carga de la batería. De él, un cable va directo al interior del coche. Nuria lo pone en marcha y al principio el motor no da señal de vida. Eva se dirige al capó y mira el motor. Tiene un cable suelto y lo conecta.

—¡Funciona! ¡Funciona!

Eva ve a Nuria sonreír por primera vez y es que para ella las personas que son serias constantemente, en el momento en el que sonríen tienen un brillo especial en su rostro, por decirlo de alguna manera.

Eva vuelve hasta el maletero y coloca el cargador sobre el techo del coche. El voltaje y amperaje son correctos. El motor se está cargando y en veinte minutos podrán iniciar la marcha. El cargador tiene dos adhesivos muy potentes, así que podrán dejarlo en el techo y seguir recargando la batería en movimiento.

Eva entra en el coche y en la guantera hay un cable USB. Coge su *tablet* de la mochila pequeña y comienza a cargarla. Enciende el motor.

Tras cinco minutos en completo silencio, las dos observan el horizonte totalmente ensimismadas. Eva vuelve sobre sí misma. No puede esperar más, el coche ya está suficientemente cargado. Además, la frenada proporciona autorrecarga.

Eva abre la aplicación de GPS en la *tablet*. Marca veinte minutos, no están excesivamente lejos, pero deben esquivar cada coche que obstaculiza la carretera. Madrid las espera.

ACUSACIÓN

1

Son las 8:30 de la mañana. Un furgón militar y dos coches de policía aparcan a la entrada de la casa de Eva. Del furgón bajan ocho hombres uniformados y esperan a que la policía abra la puerta de la vivienda. Entre todos ellos, están Daniel y Luca. Los agentes abren la puerta con facilidad y los militares acceden los primeros a la casa, seguidos de Daniel y Luca.

—Esperad aquí fuera —les dice Daniel a sus compañeros, que obedecen y se colocan a unos metros de la entrada.

Los militares, en perfecta coordinación revisan toda la casa de Eva. Dos de ellos introducen en una caja todos los discos duros externos. Otros revisan las películas en busca de copias de seguridad camufladas entre los discos ópticos. Otros son los encargados de desencriptar las claves del ordenador principal de Eva. La seguridad es altísima y les llevará unos minutos conseguirlo.

Daniel observa como los dos portátiles conectados siguen ahí, Eva no los recogió. No puede avisarla. Seguramente tenga el teléfono pinchado para rastrear las llamadas que reciba o haga. Sabe de sobra que Eva se las apaña perfectamente sola, no obstante, es su amigo y no deja de preocuparle lo que le pueda ocurrir, y más en un momento delicado como en el que se encuentran.

—Señor. Hemos accedido a su sistema —se dirige el soldado a Luca.

Luca se acerca hasta el ordenador.

—Quiero ver las grabaciones de la caja negra. Saber cuánto conoce sobre el Sujeto 0. Y usted no ha oído nada de lo que he dicho, ¿entendido? —le dice a Daniel.

Daniel asiente. ¿Sujeto 0? Eva, en qué te has metido, piensa.

El asistente muestra a Luca las grabaciones en las que se ve como Ángel libera a Nuria de la cámara acorazada y cómo previamente ha saboteado la sala de máquinas.

—¿No hay grabaciones del interior de la cámara?

—No señor. Las imágenes grabadas en la cámara pertenecían a la documentación sobre la naturaleza del Sujeto 0 y los experimentos que realizaban con ella. Se perdieron en el naufragio y los buzos aún no han rescatado todo el material.

—De acuerdo. Gracias.

Luca se queda pensativo, piensa en cómo dirigir la investigación. No tienen nada con lo que rastrear a Eva. En ese momento se acuerda de lo que Elisa y Asier le dijeron sobre los mensajes cifrados.

—¿Existe algún correo cifrado en la *deep web*? —pregunta Luca a sus subordinados.

—Efectivamente señor.

—¿Salazar tiene alguno?

—Déjeme ver…

El militar se conecta a la red de internet profunda. Daniel siente más curiosidad y se acerca hasta la pantalla del ordenador, guardando las distancias con Luca. En la pantalla, consigue acceder al correo encriptado y abre el último envío.

Luca se aparta y coge el teléfono. Marca un número. Espera pacientemente.

—Sí. —Se escucha la voz de Asier al otro lado.

—Van a Madrid.

—Mierda. —Se oye un golpe con fuerza en la mesa—. Ven inmediatamente, hay que salir ya.

—Enseguida. —Luca cuelga—. Recojan todo lo que les quede y llévenlo a la base. Nos vamos a Madrid. —Se dirige ahora a Daniel—. Precinten esta casa y que nadie entre hasta que volvamos con Eva Salazar. ¿Está claro?

Daniel asiente. Tampoco puede decirle mucho más. Luca y sus hombres, perfectamente organizados, terminan de empaquetar todo y se marchan. Daniel sale de la casa y ve cómo se suben a sus furgones y se van. Llama a sus compañeros para explicarles lo que tienen que hacer.

2

A lo lejos se ven los pilares que sostienen la hiperautopista y como esta se pierde entre las montañas de la cordillera, atravesándola. La carretera ya está más despejada y han podido aumentar la velocidad.

Nuria sigue contemplando el paisaje, que ha cambiado conforme se han alejado de la valla. Hay vegetación y ven bastantes manadas de ciervos a su paso. Eva también se ha percatado y se pregunta si será así también en Madrid puesto que aún están en el norte de la península. Nuria busca algo en su mochila, encuentra unas barritas energéticas. Quita el envoltorio y le da una a Eva.

—Vaya, gracias. —Eva coge la barrita y le da un bocado—. ¿De dónde las sacaste?

—Estaban en la guantera del otro coche.

—Oye Nuria. —Eva aún mastica y no le importa hablar con la boca llena—. ¿Tú ayudabas a tu padre o te dedicabas a otra cosa?

—Pues… es algo complicado de explicar.

—Inténtalo, que tenemos mucho tiempo hasta llegar a Madrid —la anima Eva.

—Siempre he ido por libre, un trabajo aquí, otro allá. Nunca me ha gustado atarme a nada…

—¿Por ejemplo?

—No sé, Eva, he sido camarera, repartidora, emprendedora… pero antes de todo esto trabajaba en una iglesia.

—¿De verdad? No te pega nada.

—Muchas veces basta simplemente con estar tranquilo con uno mismo. Ahí ayudaba a preparar los servicios, limpiaba y recibía a los feligreses en las horas de culto. Todo a cambio de un techo, comida y un coche con el que poder desplazarme.

—¿Y a tu padre no le daba pena que no pudieras trabajar con él?

—¿Por qué iba a darle pena?

La pregunta de Nuria responde a Eva directamente; Nuria no es una persona de prejuicios y viene de una familia en la que ha podido elegir libremente lo que quería hacer. Se alegra por ella. No tiene envidia, ella también ha podido, pero está claro que Nuria se conforma con una vida mucho más sencilla sin necesidad de bienes materiales que la rodeen.

—¿Y tú?

—¿Qué quieres decir? —La pregunta pilla por sorpresa a Eva.

—Sobre tu familia. Tú eres periodista por vocación. ¿Pero ellos?

—Los dos eran empresarios. Cuando se conocieron fundaron una empresa dedicada a exportaciones de azulejos. Al parecer, muchas empresas quisieron expandirse fuera de Iberia y consiguieron hacer un buen negocio.

—Y… ¿qué pasó después?

Eva suspira. No le duele pensar en ello porque ya lo ha superado, pero no es fácil tratar de bloquear la oleada de recuerdos que le vienen. La nostalgia se apodera de ella sin poder revivirla. Echa mucho de menos a su familia.

—Cuando estalló la guerra y nos mandaron a todos al norte, fue un «sálvese quien pueda», como sabrás. —Nuria asiente—. He dicho «nos mandaron», pero realmente fue una elección nuestra. El agua escaseaba y una vez llegó el virus desde África la huida fue masiva. Al llegar al norte, la valla ya estaba creada. No fue de la noche a la mañana, llevaban tiempo levantando varias de ellas por todo el país mientras el virus ganaba terreno. Habían comenzado las políticas de racionamiento y no podían acoger a todas las personas. Ni siquiera les daban alternativas en otros países, en calidad de refugiados. Así que la forma más justa fue hacer un sorteo. Yo salí elegida, pero ellos no.

Se hace un silencio inmenso, apenas dura unos segundos, pero es un instante tan intenso que Nuria espera a que Eva vuelva a arrancar con nuevas palabras, respetando sus tiempos.

—No quise hacerlo, pero si no lo hacía otra persona lo haría y los dos me obligaron a irme para ponerme a salvo. Me dijeron que estarían bien y se quedarían cerca. Empezarían una nueva vida mucho más sencilla, la que siempre quisieron: su huerto, su casa, su jardín… y así fue. Me hicieron una transferencia del 70% de su fortuna, para que no tuviera problemas. Mantuve con ellos el contacto hasta hace un año, cuando dejaron de responder a mis correos.

Detienen el coche, han llegado a la hiperautopista, pero tienen que bajarse para abrir las barreras. Antes de salir, Eva prosigue con su relato.

—Investigué un poco con algunos colegas y descubrí que en las zonas de mayor intensidad del virus lanzaron bombas. Parece que tuvieron simplemente mala suerte, pero lo que yo creo es que no discriminaron zonas. Bombardearon núcleos urbanos con gran intensidad y las ondas expansivas llegaron hasta la periferia. Ellos estaban cerca de ciudades grandes, a pesar de vivir en el campo por si tenían que coger suministros urgentemente. Y eso fue lo que pasó. No supe más de ellos. —Eva mira a Nuria al decirle eso último.

Nuria tiene lágrimas en los ojos, está conmovida. Eva esboza una media sonrisa y mira hacia abajo.

—Pero aquí me ves, estoy bien. —Le toca el hombro para calmarla—. Tenemos que abrir las barreras. ¡Quiero ir a toda velocidad ya! ¿Tú no?

—Sí. —Nuria se ríe secándose las lágrimas.

Eva se baja antes. Nuria termina de recuperarse y aspira rápido por la nariz. Vuelve a respirar hondo para calmarse y baja del coche.

Eva se dirige a la caseta de control. Nuria contempla la rampa de entrada. Es una carretera que se alza en más de diez carriles casi en vertical. De frente parece una inmensa pirámide invertida. ¿Cómo vamos a subir hasta ahí? Nuria se acerca hasta la caseta y entra. Eva está buscando el botón que permite subir la barrera. Nuria lo encuentra antes y lo pulsa.

—Vaya. Gracias. —Sonríe Eva a Nuria.

Las barreras se levantan.

—¿Cómo vamos a subir todo eso? Nunca he ido por una hiperautopista.

—¿La pista de ascenso? Si tenemos suerte aún deben de funcionar los enganches. Fíjate que los carriles tienen unos raíles. Desde ahí mediante aceleración magnética el coche puede ascender sin problemas y sin usar el motor. Arriba, la propia carretera nos impulsará durante el primer kilómetro. Te va a encantar.

Nuria no alcanza a imaginarse cómo funciona el sistema que le ha dicho Eva. Ella parece muy concentrada en activar lo que sea que les impulsa por la pista de ascenso.

—Sé que tengo que pulsar aquí. —Señala un botón verde en el que pone «ascenso carril 3»—. No hace falta ser muy listo. Lo que quiero saber es si hay energía para ello. Pusieron este sistema para que los listos no pudieran colarse. Vamos, que alguien con menos luces lo encuentra antes. En condiciones normales, no hay motor que suba esta inmensa rampa. Tendría que tener la aceleración de un avión para poder hacerlo. ¡Aquí está!

Eva pulsa un interruptor y la pantalla se enciende. Pide una identificación, así que empieza a hacer lo que mejor se le da, piratear el acceso. En pocos segundos, accede al sistema desde su *tablet* y comienza a controlarlo en remoto.

—Vamos al coche. Conduces tú.

—¿Por qué?

—Porque tengo que subirnos hasta ahí arriba usando el control remoto. No me puedo quedar aquí abajo. ¿Ni siquiera viste en la tele cómo funcionaba?

—La verdad es que no.

—Te lo digo otra vez: vas a flipar.

Eva y Nuria salen de la caseta rápidamente. Nuria arranca el coche. Se coloca en el carril 3 y se detiene. Debajo de ellas no hay asfalto, sino varios cuadrados hechos de cristal unidos por metal. Eva toquetea la *tablet* y el suelo comienza a vibrar. Se escucha un sonido grave y metálico. Nuria jamás ha oído nada parecido y se agarra con fuerza al volante. Eva está emocionada, está claro que le gusta la velocidad. Debajo de ellas, notan como las piezas del suelo del coche giran.

—Todos los coches están preparados para circular por hiperautopistas —explica Eva a Nuria—. Lo que escuchas son cuatro piezas que rotan sobre si mismas para activar los imanes. Si sacas la cabeza por el coche vas a ver cómo flotamos.

Nuria siente curiosidad, baja la ventanilla y saca la cabeza.

Efectivamente flotan a unos pocos centímetros sobre el suelo. Está sorprendida. Pisa el acelerador y las ruedas delanteras de tracción se mueven, pero se deslizan en el aire. Delante de ellas, todo el carril se ilumina de luz azul blanquecina, compuesto también por los cuadrantes de cristal unidos por metal. Eva inicia la secuencia de ascenso desde la *tablet*.

—Ahí abajo tienen una palanca para hacerlo más progresivo. Yo lo hago con el dedo así que lo haré lo más suave que pueda. Lo prometo —dice Eva con una sonrisa de locura en su cara.

Nuria siente una adrenalina inmensa que recorre su cuerpo, tiene muchas ganas de saber cómo funciona finalmente. Le sorprende cómo Eva está tremendamente feliz.

El coche comienza a moverse lentamente. Nota un pequeño acelerón brusco.

—Perdón —dice Eva.

Comienzan a ascender mientras poco a poco el coche coge velocidad y se coloca prácticamente en vertical, como si subiesen por una montaña rusa. En el panel digital del coche, se enciende una pantalla.

—Bienvenidos a la hiperautopista Cantabria-León. Por favor, seleccione su destino final. —Es la voz masculina del robot de la pantalla.

—Si quieres podemos poner una voz de chica —bromea Eva ante la sorpresa de Nuria. En el fondo, le hace mucha gracia.

—No, está bien así. —Nuria no sabe ya qué pensar. Con tal de que se acabe ya el ascenso le vale cualquier cosa.

El coche da otro tirón y comienzan a ascender mucho más rápido.

—Esta vez no he sido yo. ¡Ahora nos movemos sin ayuda!

Eva baja la ventana y grita de júbilo. Nuria mira por el retrovisor y calcula que, fácilmente, estarán a más de doscientos metros de altura y continúan ascendiendo. Mira la *tablet* de Eva y todo parece que funciona con normalidad. Según llegan al final, el coche decelera y se coloca finalmente en horizontal. El corazón de Nuria va muy deprisa. Respirando mira a su alrededor y contempla las montañas y el paisaje a lo lejos. La vista es muy distinta desde esa posición, es casi mágica. La hiperautopista se pierde en el horizonte. Hay unas barreras de cristal que se dividen en dos para dar paso al coche y que circule por su carril designado. En los laterales, hay más cristal grueso y blindado para garantizar la seguridad de los pasajeros y permitir las vistas. Al fin y al cabo, las hiperautopistas son una experiencia turística.

—Así es imposible que nos salgamos del carril. Si hay cualquier accidente el coche no se precipitará, y si por algún casual nos cruzamos con alguien no podremos ni tocarnos. ¿Preparada?

—Más o menos.

—Por favor, especifique su destino final —habla la voz del coche.

—¡MADRID! —Grita Eva.

El coche comienza a acelerar a la par que se encienden más cuadrantes a lo largo del carril. El sonido que proviene desde abajo se hace más intenso. En diez segundos, el coche comienza a circular entre las barreras a doscientos cincuenta kilómetros por hora y continúa aumentando. La aceleración es tal que la fuerza de la inercia las ha pegado contra el asiento. Poco a poco, el coche deja de acelerar y sus cuerpos regresan a su posición normal.

Nuria respira agitada y Eva se muere de la risa por la cara que ha puesto. Nuria la mira jadeante y empieza a reírse con ella también. Es el inicio de una amistad a trescientos cincuenta kilómetros por hora.

3

Ángel está sentado en una sala de interrogatorios del cuartel. La sala es gris y poco luminosa, con un enorme cristal sobre el que se ve reflejado. Sabe que sus superiores lo han estado observando los últimos dos días. Está esposado y tiene moratones en la cara por varios golpes.

Merece estar donde está por haber liberado al Sujeto 0. Él siempre ha creído una causa noble poder ayudar a Nuria a escapar y que ella logre cumplir su objetivo. Incluso ha tenido compañeros que lo han apoyado.

Espera otra vez más a que sus interrogadores se dignen a aparecer, sin dejarlo dormir apenas dos horas al día, con el único fin de desestabilizarle para encontrar a sus cómplices. Pero Ángel es un hombre leal y de honor. Nunca va a revelar la identidad de sus amigos. Los protegerá hasta la tumba.

Lo consideran un traidor a su país. País al que decidió servir, ante todo. País que decidió participar abiertamente en una guerra que nadie quiso, llevando al frente a los más jóvenes para cubrir las bajas del ejército. País que se beneficia de las exportaciones de recursos y que raciona la comida a sus ciudadanos. Un país dividido entre los que defienden la guerra y el aislamiento y los que quieren acabar con ella y ayudar a los que han quedado atrapados al otro lado. Un país roto que considera traidores a aquellos que tratan de arreglarlo.

En la sala, entran dos hombres trajeados con carteras y un agente de la policía militar. Ambos hombres, altos, pelo perfectamente cortado y de mediana edad; cogen cada uno una silla, se toman su tiempo, sin mencionar palabra alguna. Se sientan frente a Ángel y abren sus carteras. El más alto de los dos es un abogado, el otro, un juez. El primero saca de su cartera un informe y se lo entrega al juez. Está repleto de imágenes acompañadas de texto que describe la secuencia de sucesos de todos los contactos de Ángel con Nuria en la cámara acorazada.

—Es usted responsable de la muerte de sesenta y tres personas, compañeros suyos y sujetos experimentales voluntarios —comienza a hablar uno de ellos—. Ha admitido haber mantenido contacto con el Sujeto 0, sabiendo que no estaba autorizado a ello. Ha implicado a otras personas, con menos honor que usted, a la liberación de este sujeto. Estos dos últimos días ha decidido no cooperar con su Gobierno y con sus superiores. Por lo que hemos dictado una sentencia firme.

—¡Esto es absurdo! ¡Tengo derecho a un juicio! —protesta Ángel con rabia, sabedor de su condena por traición.

—Cadena perpetua. Además de realizar trabajos forzosos donde nunca recuperará la vergüenza de haber traicionado a su país. Será aislado del resto de presos, sin posibilidad de contacto físico, solamente visual durante las jornadas de trabajo. Cuando acabe la guerra, será juzgado por un tribunal competente.

—No tienen ni idea de a quién se están enfrentando. No saben absolutamente nada.

—Por supuesto que lo sabemos —suena la voz de Elisa por megafonía, al otro lado del cristal.

En la sala de observación, se encuentran Elisa y Asier, acompañados de un alto mando militar. La sala está oscura. Solamente la luz del botón que permite comunicarse con el otro lado ilumina los rostros de los presentes.

—¡Entonces dejen que cumpla su objetivo! —dice Ángel mirando hacia el espejo.

Ni Elisa ni Asier se sienten intimidados. Para ellos Ángel solo es un peón más que ha salido defectuoso y es fácil deshacerse de él. Pero el protocolo los obliga a estar presentes ante la sentencia preventiva que han aplicado los jueces. Llaman a la puerta. Un cabo abre la puerta desde fuera y Luca entra con fuerza.

—¿Saben qué es lo que hay en Madrid? —pregunta Luca con visible prisa por actuar cuanto antes.

—Tranquilo, Luca. —Asier impone calma con sus palabras y su presencia—. Coge a tu equipo y salís a Madrid por la subautopista. Os dirigís a la sierra de Guadarrama en cuanto salgáis. En la ciudad, no queda nada; ahí existe un búnker que se creó para cuando estallase la guerra, hasta tener una situación controlada y poder trasladar a los líderes y sus familias. Fue alto secreto, tanto, que olvidaron ir a por ellos. Quizá sigan ahí.

—Sea como sea —continúa Elisa—, debemos dejar que averigüen dónde está el artefacto antes de capturarlas.

—Saldré en una hora. Nos vemos en un par de días. —Afirma Luca. Asier y Elisa asienten.

Luca sale de la sala. Los jueces se levantan de sus sillas y salen también de la sala de interrogatorios. Ángel cabizbajo se siente más impotente que nunca. Realmente creía que iba a poder salirse con la suya, pero no dejó ningún cabo suelto; siempre ha sabido todas las posibilidades que podrían ocurrir. Sólo así su equipo permanecería oculto hasta que fuera necesario actuar. Ojalá no llegue ese momento, piensa Ángel.

Una hora más tarde, dos furgones blindados salen a toda velocidad, seguidos por Luca en su moto. Uno de los furgones lleva a ocho militares pertenecientes al cuerpo especial de operaciones encubiertas. El otro, armas, munición y provisiones para varias semanas, en caso de que la misión se alargue más de lo habitual. En pocos minutos, cruzan el paso fronterizo con la gran valla y se dirigen hacia la hiperautopista por la que Eva y Nuria salieron hace un par de horas.

Al llegar, dos soldados bajan del furgón y se dirigen hasta la caseta de control. Ponen en marcha el protocolo de subautopista. La pista de ascenso abre unas compuertas situadas al inicio de los carriles. Las subautopistas son el mismo concepto que las hiperautopistas, pero creadas en secreto para uso militar y político bajo tierra.

Abren el furgón donde están las fuerzas especiales y Luca entra con la moto, la ancla al suelo del furgón y se sienta con sus compañeros en el lateral. Cierran las puertas. Los furgones se colocan en el inicio de la pista de descenso y el proceso es idéntico. Comienzan a acelerar a una mayor velocidad al ser hacia abajo y desaparecen. Las compuertas vuelven a cerrarse.

ALBERTO

1

Suena el teléfono móvil de Eva. Se despierta. Se había quedado dormida en la parte trasera del coche para poder tumbarse. Nuria aún sujeta el volante a pesar de que la aceleración magnética hace circular al coche por ellas. El teléfono sigue sonando y el tono de llamada no es precisamente agradable. Es similar al típico despertador que todo el mundo quiere estrellar contra el suelo, así que lo coge más por inaguantable que por urgencia. Es Alberto, el compañero con el que han quedado.

—¡Alberto! ¿Cómo estás? Nosotras en diez minutos salimos de la hiperautopista.

—Hola Eva. ¿Todavía funcionan? ¿Nosotras?

—Eso parece. En cuanto lleguemos te contamos todo y te presentaré a Nuria, la causante de toda esta locura.

—Está bien, te envío coordenadas para vernos. Hasta ahora, Eva.

—Ahora nos vemos.

Eva cuelga el teléfono. Le ha resultado una conversación muy fría con su viejo compañero. Siempre se ha caracterizado por mantener las distancias y las formas con sus compañeros de trabajo y colegas de profesión. Ha pasado demasiado tiempo desde que se vieron.

Alberto fue un compañero en la redacción de Eva. Un auténtico periodista de investigación de la vieja escuela. El hecho de no utilizar al cien por cien los medios digitales a su alcance y no formarse para piratear y hackear servidores gubernamentales, lo llevó a hacer mucho trabajo de campo. Tanto, que acabó por incordiar a las figuras de mayor poder. Sabía que eso podía pasar y por esa razón nunca mantuvo relaciones de amistad ni de pareja con nadie. Solamente sus padres eran sus seres queridos hasta que las amenazas se cumplieron. Alberto nunca quiso detenerse, en defensa de la verdad, y tras el asesinato de sus padres simplemente se desligó de cualquier empresa.

Fue el primero, entre todos sus compañeros, en investigar por su cuenta y vender noticias, sin asociarse con nadie. Poco a poco comenzaron a no saber mucho de él, salvo Eva, con quien ha colaborado todo este tiempo en la distancia.

Además de periodista, sabe pilotar cualquier vehículo y tiene licencias para ello. Seguramente las esté esperando con otro coche que podrán cambiar en cuanto lleguen.

Diez minutos más tarde, la pantalla digital del coche les indica que han finalizado su destino y el coche comienza a decelerar. Salen de la zona de seguridad de los paneles laterales. El proceso es exactamente el mismo, pero a la inversa. Ahora la pista de ascenso, desde su punto de vista, lógicamente de descenso, muestra una inmensa pendiente. Esta vez, Eva no está tan llena de júbilo. Nuria vuelve a agarrarse al volante. Un montón de sonidos se suceden y el coche comienza a descender lentamente.

A medida que bajan, Nuria vuelve a echar la vista atrás, esta vez para ver el descenso sin mirar el final de la pista sobre la que podrían estrellarse. Se detienen en seco. Eva abre los ojos. Nuria mira a los lados para saber qué pasa. Las barreras se cierran delante de ellas. Apenas quedan setenta metros para llegar al punto base. El sonido grave de las placas magnéticas comienza a desaparecer. Nuria ve por el retrovisor como las placas se apagan sucesivamente tras ellas antes de tiempo.

—Agárrate Eva.

Eva mira su *tablet*. Ya no tiene acceso al ordenador que controla la entrada y salida de la hiperautopista.

—Hijos de puta. Nos han cortado la red. Espero que sepas hacer un aterrizaje de emergencia.

Las placas se apagan debajo de ellas. No hay sonido grave y las ruedas del coche tocan el suelo. El coche comienza a rodar y en pocos segundos coge mucha velocidad. Tienen la suerte de que la curvatura de la pista no las haga chocar con el morro contra el suelo, pero tampoco pueden frenar porque podrían volcar. Atraviesan la barrera y Nuria tira del freno de mano. Gira el volante en el sentido contrario al que el coche está derrapando. La inercia es tan fuerte que el coche vuelca y da dos vueltas de campana en el aire. Eva está agarrada inútilmente a la puerta mientras un instante parece una eternidad. Nuria cierra los ojos. Agarra a Eva del brazo. Respira...

2

Eva se despierta de golpe. Respira fuertemente tras una bocanada fuerte de aire al recuperar la consciencia. Está tumbada en la parte de atrás de un coche. Delante están Nuria y Alberto, hablando. Nuria se gira. Eva no entiende la situación.

—Buenos días, dormilona. No hay quien te despierte cuando te quedas «en coma» —bromea Nuria, con una sonrisa.

Eva se reincorpora. Mira a Nuria y vuelve a mirar a Alberto. Tiene el pelo corto, rapado a los lados y perfectamente peinado hacia atrás. Es un clásico y para él, el estilo *undercut* no pasa nunca de moda. Por suerte, no lleva una barba abultada. Conduce con unas gafas de sol con forma de luna. Lleva una camisa con un chaleco de punto encima.

—Hola, yo también me alegro de verte otra vez, Eva. Nuria y

yo ya nos hemos presentado.

—Hola, Alberto. Perdón. Es que… —Eva está tan confusa que por primera vez siente que no sabe articular palabra—. Creo que he tenido una pesadilla.

—Vuelta a las aventuras, amiga mía. —Alberto la mira por el retrovisor. Es el mismo coche en el que iban.

—Tengo ganas de volver al lío. Nuria ya me ha contado qué debemos buscar. No hay de qué preocuparse. Sabía de la existencia de ese búnker, pero nunca he descubierto la entrada. Me vendrá bien vuestra ayuda.

—Primero iremos al refugio de Alberto, Eva. Las dos necesitamos comer bien antes. —Nuria vuelve a girarse para mirar de frente.

Eva sigue confundida. El sueño había sido tan real para ella que aún siente su cuerpo flotar en el aire mientras daba vueltas en el coche. Pero no tiene ningún rasguño, ninguna herida. Está confusa, es cómo si no se hubiera despertado con tanto ajetreo en su cerebro.

—¿Cuándo has llegado, Alberto? —pregunta Eva, con sospecha.

—Os estaba esperando al final de la hiperautopista. Por raro que te parezca voy a todos los sitios a pie o en bicicleta. Hay bastantes zonas de No-Humanos y es mejor no atraerlos con el ruido. Trabajo en un fotorreportaje sobre ellos y sus formas de comportamiento. Nos han engañado todo este tiempo Eva, son como nosotros, pero están enfermos, muy enfermos.

Nuria se gira de nuevo y mira sonriente a Eva, que tiene una pequeña risa y comienza a mirar por la ventana. Están por una carretera serpenteante que cruza la sierra y a lo lejos se ve la ciudad. No puede creer que vuelva a estar en su tierra. Esta vez, descubre que el paisaje sigue exactamente igual.

—¿Aquí el cambio climático no ha pasado o qué? —pregunta Eva.

—Claro, pero volvemos a lo mismo, Eva. Todos estos años que he estado trabajando por mi cuenta he visto la gran mentira con la que han engañado al mundo entero. No sé por qué ni cómo ni quién empezó toda esta masacre, porque no tiene otro nombre. Hace tiempo que no veo nevar aquí, en la sierra de Guadarrama. Nos levantamos, a finales de diciembre con 8° de mínima y llegamos hasta 23°. El panorama no ha cambiado mucho antes de todo lo que pasó como ves… a grandes rasgos, que ya de por sí eran malos. Pero si pruebas a bajar a Andalucía… fácilmente llegan a los 27° en este mes del año.

Alberto claramente ha tenido bastante tiempo para investigar. Al ser una persona solitaria, pero con tanta ambición, no ha tenido tiempo de aburrirse en ningún momento. Desprovisto de cualquier bien material que lo haya podido distraer, se ha dedicado los últimos cinco años a estudiar la península y los efectos del cambio climático.

—En fin, ya hemos llegado.

El refugio es una vieja casa de piedra totalmente blanca. Alberto ha tratado de llevar una vida normal todo este tiempo; sin grandes lujos. La colada está todavía sin terminar en una zona para tender, junto a un cubo donde parece que lava la ropa a mano. Pegado a la casa tiene una pequeña barbacoa, seguramente no haya otra forma de cocinar. La ceniza de leña es reciente por su olor y algunas brasas aún están encendidas.

Nuria está más pendiente de toda la naturaleza que rodea el refugio. Inmensos pinos que llegan a cubrir las cumbres de las montañas que hay alrededor. Al fondo, hay una fuente con un cartel que especifica que es agua de la montaña, pero la fuente está seca y llena de telarañas.

Entran al refugio, que resulta ser bastante luminoso. Su interior también es blanco, permitiendo a la luz rebotar en todas direcciones para iluminar la estancia. Hay varios bidones de agua, fácilmente de veinte litros cada uno. Están completamente llenos.

—Cuando llueve tengo que llenarlos todos al completo —les dice Alberto a Nuria y Eva—. La mayoría es para consumo propio; tengo otros tantos en el sótano que debo depurar con el paso del tiempo. La energía la saco de baterías de coche que encuentro sin dueños o de placas solares que aún funcionan. —Hace una pausa y mira el entorno—. Supongo que tendréis hambre. Seguidme.

Eva y Nuria siguen a Alberto. El refugio por dentro parece más grande de lo que es. No se detienen a observar por dónde pasan, el hambre apremia. Bajan por unas escaleras hacia el sótano, que está formado por un pasillo con tres puertas. Caminan hacia la más cercana, Alberto la abre. Es una habitación de piedra, la temperatura es fría y de ella cuelgan dos cerdos. La imagen es algo impactante para las dos, pero se acostumbran rápidamente.

—Sé que a priori no es lo más apetecible, pero sabéis que podemos aprovechar cualquier parte. Así que ¿preferís chuletas o hamburguesas? —Alberto ha mostrado por primera vez un peculiar sentido del humor.

—Lo que vayas a preparar está bien. —Sonríe Eva—. ¿Nuria?

Nuria ha salido de la habitación y observa la puerta del final del pasillo. Se ha acercado sin hacer el menor ruido y sin ser vista. Le parece escuchar una respiración profunda al otro lado. No hay pomo de puerta, solamente una cerradura. Va a pegar la cabeza a la puerta para escuchar mejor.

—Nuria.

Nuria se gira rápidamente y ve a Eva, y a Alberto detrás, mirándola muy serio.

—Hamburguesas estaría bien. —Sonríe y se aleja de la puerta.

Pasados cuarenta minutos, Alberto está terminando de cocinar las hamburguesas que ha hecho con la carne de la pata del cerdo que ha picado. Con una vieja sartén fríe algo de cebolla. Tan solo llevan un día fuera, pero la sensación de normalidad, tranquilidad y el olor a carne fresca de la barbacoa les ha abierto el apetito más de lo que ya lo tenían.

Están sentadas en un banco de granito. Hay varios situados alrededor del refugio. Alberto llega con las hamburguesas en dos platos.

—Lo siento, pero no tengo queso ni kétchup.

—Tío —dice Eva—, ¿desde cuándo te has vuelto tan simpático?

Alberto se ríe.

—Pasar tanto tiempo solo te permite conocerte a ti mismo en profundidad y tener menos miedo a mostrarte como eres.

Eva sonríe ampliamente. Le gusta esta nueva versión de Alberto.

—Bien. Pues a comer. Pronto anochecerá y es mejor quedarse dentro del refugio. —advierte Alberto.

No se habían percatado, pero al ver Eva la hora en su teléfono descubre que son las cinco y media de la tarde.

Durante la comida, Alberto les explica que ha llenado algunos bidones de gasolina por si dentro hubiera algún generador. La ha recuperado de viejas gasolineras donde los depósitos seguían llenos y de algunos coches cercanos a la zona que no habían cambiado el motor.

Eva y Alberto comienzan a ponerse al día de todos los compañeros de trabajo. Eva ha mantenido mucho más el contacto con ellos. Alberto se ha centrado mucho en mantener la cabeza fría ante la soledad. Ha estado ocupado desde que todo el mundo se marchó. Además, él mismo es la prueba viva de que el resto de la península es aún habitable.

—¿Y qué más has averiguado de los No-Humanos? —pregunta Eva. Nuria en ese momento se levanta, recoge los platos de los demás y se mete adentro—. Vaya, gracias Nuria.

—Gracias. —Sonríe Alberto tímidamente a Nuria—. Son nómadas. Se reúnen en grandes núcleos y nunca se quedan fijos. Siempre van en busca de comida fácil. Algunos de ellos están menos afectados por los virus y suelen ser los líderes de los grupos. Es como si hubieran vuelto a las cavernas, Eva. Viven en cuevas y solo salen de noche, el sol los ciega y les quema la piel. Debe ser otro síntoma del virus. Algunos grupos tienen miembros tan peligrosos que los llevan atados con cuerdas en el cuello, porque se han vuelto caníbales entre ellos.

—¿Nunca los has visto comerse a un hu… una persona?

—Sí… lo he visto.

—¿Y no hiciste nada?

—¿Para qué me comieran a mí? Pillaron a un pobre chaval, no debía de llegar a los treinta años. Eva, ahí arriba, aunque no te lo parezca, vivís como aquí hace diez años. Pero ahora, aquí en Madrid y más al sur, es la ley de la selva. Con suerte, cada tres días tengo que salir a cazar, ¿no has visto los arcos que tengo en la entrada?

—No me he fijado.

—Cuando estuve en la ciudad entré en una tienda deportiva y me llevé unos cuantos. Las flechas pueden reutilizarse, pero a veces se rompen y tengo que ir a por más. Las ciudades son un auténtico suicidio, porque los No-Humanos se reproducen como conejos y pasan el virus a sus bebés. He visto a madres y padres dar de comer a sus hijos con sus propios miembros —dice Alberto horrorizado. Esas palabras han provocado una imagen terrible en la cabeza de Eva—. Tengo documentación gráfica sobre ello. Pero mejor no te la enseño.

—¿Y aquí por dónde suelen moverse? —pregunta Eva, cambiando el rumbo de la conversación rápidamente.

—¿Tienes un mapa?

Eva saca la *tablet* de su mochila. Tiene poca batería. Mañana tendrá que volver a cargarla. Abre la aplicación de mapas y amplía hasta Madrid. Le deja la *tablet* a Alberto y él selecciona un color para hacer marcas por toda la región.

—No suelen moverse a grandes altitudes, están más centrados en los núcleos urbanos antiguos y los que viven en el campo viven en cuevas, casas abandonadas, refugios como este… Es más fácil cazar, básicamente es por eso.

—Es decir, que estamos rodeados de ellos.

—Completamente, por eso saldremos por la mañana, en cuanto salga el sol. Así que, yo me voy a acostar ya.

El sol cae entre las montañas. Las copas de los pinos dejan percibir la anaranjada puesta de sol que está teniendo lugar. Eva y Alberto se levantan. Él se dirige a la barbacoa y con una botella de plástico termina de apagar las brasas. Eva entra en el refugio directamente.

Nuria está sentada en un viejo sofá que Alberto ha colocado. Lee un libro con el título de *Breve historia de la humanidad*. A su lado, hay una estantería inmensa con lectura para toda una vida. Alberto entra detrás de ella.

—Si os parece, os enseño vuestras habitaciones. He lavado las sábanas que había guardadas así que podréis dormir sin frío. No podemos encender la chimenea, si necesitáis más capas de abrigo pedírmelo. Tengo varios edredones guardados.

—¿Puedo llevarme este libro? —pregunta Nuria. Parece que le ha dado exactamente igual todo lo que les acaba de decir Alberto.

—Sí, claro. Por supuesto, coge los que quieras.

Eva y Nuria siguen a Alberto, que le muestra a cada una su habitación individual. Hay siete en total. Tienen literas, pero él ha pensado que preferirían algo de intimidad. Las ha colocado una frente a la otra. Él duerme en otra, dos puertas más adelante. Se dan las buenas noches y cada una entra en su habitación.

Eva se tira en la cama y enseguida se arropa con las sábanas. Aún siente la hamburguesa en sus tripas, pero le ha sentado de maravilla. Su puerta se abre, es Nuria. Se acerca hasta su cama y Eva se reincorpora, algo preocupada por la prisa con la que ha entrado Nuria.

—No me fío de él, Eva.

—¿Por qué? Te aseguro que no planea nada malo. Me habría dado cuenta.

—Es demasiado amable. Llevas sin verlo tanto tiempo… a mí no me conoce de nada. Toda esta hospitalidad…

—Eh, eh. Tranquila. Nuria, aunque no lo creas, aún existen las buenas personas en este mundo, y Alberto es una de ellas. Yo también estoy sorprendida, solía ser una persona mucho menos comunicativa. —Nuria la escucha. Necesita más argumentos para ser convencida—. De verdad, puedes irte a dormir tranquila y mañana nos iremos a ese búnker. Me tiene intrigada saber lo que hay ahí.

—Tendré que creerte. —Nuria aún desconfía. Se levanta y Eva le coge de la mano.

—Dame un abrazo, anda.

Nuria no entiende muy bien esa reacción de Eva, pero obedece y le da un abrazo. Hacía tiempo que no sentía tal sensación de calor en su pecho. Lo cierto es que el abrazo de Eva la calma y destensa. Le gusta tanto que Eva tiene que darle palmaditas en la espalda para que se dé cuenta de que ese momento ha llegado a su final. Nuria se separa.

—Gracias.

—De nada, Nuria. Que descanses.

—Igualmente. —Nuria se levanta de nuevo y se marcha.

Eva se acomoda de nuevo en la cama, adopta una postura fetal entre las sábanas y cierra los ojos a la par que suspira.

3

La Bola del Mundo se ve en lo alto del cielo estrellado. Los furgones militares se desplazan cuidadosamente por el camino de piedra que asciende desde el puerto de Navacerrada. Es una calzada estrecha, por lo que circulan con paciencia. Al llegar aparcan a escasos metros.

Luca abre las puertas y sale el primero del furgón principal, seguido de los demás soldados que bajan rápidamente a trabajar. Luca observa el edificio, bastante antiguo y sorprendido de que en su interior haya un búnker. Parece bastante pequeño. Camina un poco más y rebasa el búnker, dejándolo a su izquierda.

Luca se queda fascinado con el paisaje. Sus ojos contemplan una inmensa explanada a pocos metros por debajo de él. A su izquierda, se extienden las cadenas montañosas de la sierra, y a su derecha, un camino de descenso seguido de una inmensa cresta llena de vegetación, con las estrellas de fondo. El aire es puro, libre de contaminación y siente cómo se llenan sus pulmones hasta tal punto que le produce una sensación de irritación por dentro muy placentera.

Siempre ha sido un gran aficionado a la fotografía analógica. En Italia siempre tuvo tiempo de hacer varias escapadas por los paisajes de la toscana. Cuando conoció a su mujer, muchas veces pasaban días al aire libre. Se acuerda de diferentes momentos con ella, todos pasan a una velocidad vertiginosa por su cabeza y lo hacen estremecerse, tanto como cuando ella le cogía de su mano en todos los momentos que han compartido. La extraña tanto que le encantaría poder enviarle imágenes de donde se encuentra ahora.

—Señor. —Luca se gira. Es el teniente Díaz—. El acceso es imposible, se necesita una huella genética. No hay forma de piratear el sistema.

—Está bien. Coloquen cámaras por todas partes y preparen el escáner biométrico adhesivo. Después nos largamos y esperamos a que lleguen.

—De acuerdo, señor.

El teniente Díaz se retira. Luca vuelve a contemplar por última vez el paisaje y a disfrutar unos segundos más hasta su retirada.

NO-HUMANO

Son las tres de la madrugada. Nuria no ha pegado ojo desde las 19:30 y en un par de horas Eva y Alberto se despertarán para terminar de prepararse e ir al búnker.

La madera del refugio es vieja. Se acaba de dar cuenta de ello a pesar de llevar varias horas con la mirada perdida en el techo. Posiblemente sea de finales del siglo XX, pero está bien conservada. Cruje cada vez que el viento sopla ligeramente más fuerte y su color marrón grisáceo hace que Nuria tenga un vago recuerdo de la cabaña de Dena. Apenas han pasado cuatro días desde el naufragio y la pequeña cabaña que encontró ha quedado arraigada a ella profundamente. Un pequeño hogar durante un breve instante en el que refugiarse.

Echa de menos a Ángel. Está preocupada por saber qué hará o qué le harán. Antes de liberarla le dijo que no le importaba si era juzgado. Nunca ha considerado que la vida de un ser humano valiera lo suficiente para salvar a todos los demás. Valores atípicos en tiempos complicados. Ella sí consideraba prescindible una vida con tal de salvar a todos. O no… realmente no lo sabe. ¿Debía de salvarlos ella a todos? ¿O simplemente dejar que se salvaran? No es tiempo de héroes ni de heroínas. Es tiempo de tomar decisiones. Decisiones que no gustarán a todos y que quebrarán amistades, parejas, familias, pero que al fin y al cabo podrían permitir un pequeño halo de esperanza. Eso es… esperanza… piensa Nuria, exhalando aire.

El libro que ha cogido es tan breve que ya lo ha terminado. Está apartado en su mesilla.

Se levanta de la cama. Su habitación tiene una ventana por la que puede ver el monte que los rodea. Están cercados por pinos, pero se pueden ver algunos tejos secos a lo lejos. Devorados por los hongos y los insectos seguramente, aportan cierto ambiente fantasmagórico a esa noche iluminada por media luna.

Nuria mira al cielo y a pesar de la luz que refleja la luna, algunas estrellas son visibles. El magnetismo del cielo estrellado es para ella una de las sensaciones más especiales que puede tener como ser humano. ¿Serían el resto de los animales conscientes de la magnitud de lo que les rodea?

Decide salir de la habitación y camina lentamente para evitar que los crujidos de la madera despierten a Eva y Alberto. Siente necesidad de investigar el búnker. Su padre le dijo que podía disponer de energía solar, pero tiene que comprobar que los paneles sigan en pie y sean funcionales.

Coge la *tablet* de Eva. Por primera vez en todo el viaje se ha despegado de ella. Está claro que Eva se siente segura en este sitio, piensa. La desbloquea, no le es difícil. Eva no usa pin, usa un patrón bastante sencillo uniendo siete puntos. La ha desbloqueado tantas veces que se lo ha aprendido de memoria. Accede a la aplicación de mapas y escribe «bola del mundo». El mapa se transporta a escasos seis kilómetros. Nuria sale a mirar por las ventanas, pero no la ve. La enorme altura de los árboles hace que sus copas tapen las cimas desde su punto de vista, tendría que salir de la cabaña y Alberto lo ha prohibido expresamente. Vuelve a la *tablet* y amplía el mapa. No encuentra los paneles solares, quizá sean desplegables desde el interior, automatizados en caso de emergencia. Eso no tiene sentido, son enormes y no se pueden ocultar tan fácilmente. Pero si la luz está completamente cortada, ¿habrá un generador? Por eso Alberto ha llenado los bidones de gasolina… él ya ha estado allí, lo dijo en el coche cuando veníamos. Nuria piensa casi en voz alta y baja la voz al darse cuenta.

Escucha un ruido. Un golpe sordo. Viene desde las escaleras del sótano. Nuria recuerda que esa misma tarde al final del pasillo le había parecido escuchar algo también en la puerta del fondo que Alberto no les enseñó. Otro golpe. Se levanta y camina lentamente hacia las escaleras.

Desciende mientras las escaleras de madera crujen aún más que el suelo y parece que se van a romper en cualquier momento así que salva sus pasos con más cuidado de lo normal.

Cuando llega al final del sótano, al fondo del pasillo ve la puerta. Parece un camino inmenso de recorrer. Nuria avanza muy lentamente, con cierta curiosidad y a la vez con temor sobre qué habrá detrás de la puerta. Vuelve a sonar otro golpe sordo más fuerte. Quizá tenga algún animal vivo desorientado. Pero no, haría ruido. Nuria se teme lo peor.

Llega a la puerta y pega la oreja. Otro golpe. Sea lo que sea no sigue un patrón de tiempo, de vez en cuando choca con la madera, por lo que no es un objeto. Nuria intenta empujar la puerta, pero es imposible, está completamente cerrada. Ni si quiera cede ligeramente. Otro golpe. Vuelve sobre sus pasos, con más confianza y sin tener en cuenta si despierta a sus compañeros. Sube las escaleras y comienza a buscar unas llaves. No hay llaves colgadas por ninguna parte y tampoco en ninguna mesa. Vuelve a bajar, no puede esperar más.

Los golpes han aumentado de ritmo y frecuencia, así como de volumen e intensidad. Nuria camina rápido y de una patada abre la puerta. Los golpes continúan, ahora más rápidos y fuertes. Cruza la puerta y descubre lo que Alberto tenía oculto: un No-Humano.

Casi sin pelo, con los ojos completamente rojos, atado con cadenas a la pared y la boca cubierta con cinta americana. Los golpes resultan cuando choca su cabeza contra una columna de madera, que parece que va a resquebrajarse. Está completamente desnudo, su piel está desgarrada con heridas infectadas. Algunas mal cicatrizadas. El horror paraliza a Nuria. Al No-Humano parece importarle poco su presencia.

Nuria reacciona y se acerca con cautela. A los dos pasos, el No-Humano la ve y se dirige hacia ella. Las cadenas le sujetan las manos, pero el hambre es tan fuerte que de la fuerza se disloca los dos hombros y grita de dolor. Se cae rendido ante el dolor y el hambre, y mira a Nuria, con lágrimas en los ojos. El corazón de Nuria se estremece. Es una imagen macabra, más de lo que ya conoce por haber visto en el buque. Todos esos presos con los que experimentaban estaban aterrorizados y desesperados por los efectos del virus. Una desesperación que curiosamente no provocaba en ellos ganas de quitarse la vida. El suicidio nunca es una opción para los No-Humanos, el Virus G acrecienta su instinto de supervivencia hasta el último aliento.

Se escuchan pasos por todo el refugio desde arriba a toda velocidad. Enseguida aparecen por la puerta Eva y Alberto. Eva da un grito que amortigua con sus manos en la boca al ver la escena. Alberto entra después.

—Mierda... ¿por qué cojones has entrado?

Nuria, presa de su propia ira corre contra Alberto y con una fuerza sobrenatural lo estampa contra la pared. Le sujeta del cuello, lo levanta sobre el suelo y Alberto le agarra las muñecas intentando soltarse. Nuria lo está ahogando. Eva mira entre sorpresa y terror a Nuria. No esperaba esa reacción y mucho menos ese poderío físico.

—Nuria... suéltalo. Por favor —pide Eva, manteniendo la calma. Pero Nuria no se mueve y Alberto se está ahogando—. Nuria, por favor.

Nuria reacciona a las palabras de Eva y suelta a Alberto, que cae al suelo de rodillas. Respira hondo y tose varias veces.

—¡Se te va la olla o qué! —exclama Eva, mientras ayuda a

Alberto a levantarse.

Nuria poco a poco comienza a calmarse. Observa al No-Humano; se retuerce de dolor.

—Vas a soltar a este hombre antes de que nos vayamos. —Nuria es imperativa y seca.

—No puedo hacerlo, nos atacaría, —Alberto habla aún con dificultad y carraspera.

—Lo sedas o lo calmas con lo que sea que tengas para hacerlo. Pero lo sueltas antes de irnos o te prometo que esta vez no tendré compasión contigo.

—¡Nuria! —Eva está horrorizada ante la actitud de su amiga.

Nuria sin mirar a ninguno de los dos sale de la habitación.

—¿Estás bien? —pregunta Eva a Alberto.

—Sí, tranquila. Ve a hablar con ella.

Eva asiente y sale de la habitación. Alberto le dirige la mirada al No-Humano. Se ha quedado hecho un ovillo entre sollozos. Alberto niega con la cabeza.

Nuria ha salido del refugio y la puerta la ha dejado abierta. Eva llega por detrás calmada y se coloca a su lado.

—Lo que Alberto ha hecho a ese… —Se detiene a cambiar lo que iba a decir—… A esa persona… es una crueldad. Lo admito. Pero sin él tardaremos más en encontrar la entrada al búnker y solo quedan tres días para localizar el artefacto de tu padre.

Nuria no contesta.

—¿De dónde coño has sacado tanta fuerza?

—No es mi padre—. Nuria la corta. Eva se sorprende aún más y espera callada, con la boca abierta para recibir más explicaciones—. Los dos desarrollamos el artefacto. Trabajaba con él y fue un proyecto en secreto, sin financiación. El resto de la historia que conoces es verdad. —Se gira a Eva—. Y sí, solo quedan tres

126

días y tenemos que fiarnos de un torturador mentiroso que no ves desde hace más de cinco años.

—Tú tampoco cuentas toda la verdad al parecer —sentencia Eva.

—Eva, y si a esa persona que está ahí dentro lo ha infectado él. ¿Sabes lo fácil que es contagiar el Virus G?

—Pues no, no lo sé, Nuria, pero lo que sí sé es que no puedes ir amenazando por ahí a toda persona de la que no te fías. No seas tan paranoica.

—¿Paranoica? Lo dice la mujer que se comunica con mensajes cifrados sin poder hacer una sola llamada de teléfono porque cree que la espían veinticuatro horas al día. La mujer que cree tener controlada a la policía, que piratea cajas negras de buques militares y vive aislada en medio de la costa para que nadie sepa que está ahí. Sí, llámame paranoica, pero tú no te has pasado los últimos siete meses encerrada en una cámara acorazada de un barco de guerra de aquí para allá, sin posibilidad alguna de hacer algo por salvar tu vida y viendo cómo infectan a otras personas con un virus letal mientras te sacan sangre cada día para ver si los puedes curar. Y no, no puedes ayudarlos porque simplemente tu sangre no funciona. ¿No me fío de nadie después de todo eso? No y tampoco me fío completamente de ti, mercenaria.

Eva le da una bofetada a Nuria. Nuria se queda quieta con la cara girada. Mira a Eva con una mirada tan fría que Eva se intimida, aunque mantiene una coraza exterior para que no se le note. Sus ojos azules se clavan en los de Eva con una intensidad pasmosa.

—¡Eh! —Alberto está en la puerta del refugio—. ¿Por qué no entráis y nos calmamos todos charlando un momento?

Dentro del refugio, con la puerta cerrada y sentados en los sofás magullados, Alberto está tomando un café. El reloj de agujas marca las 4:00 de la madrugada. Tendrían que haberse despertado dentro de una hora, pero ya ninguno de los tres va a conciliar el sueño, así que para ahorrar tiempo ha hecho otros dos cafés que, por el momento, se están enfriando sobre la mesa.

—Quiero que quede claro una cosa. Encontré a ese tío ya infectado. —Da un sorbo al café—. Me pidió ayuda cuando aún estaba cuerdo. Tuvo que matar a su hijo, que le había atacado y mordido previamente. —Nuria siente algo de vergüenza, pero sigue claramente enfadada—. No me ha agradado, los últimos tres meses, tener que escuchar lamentos constantes por la noche, por eso le puse la mordaza. Lo de las cadenas es una obviedad.

—¿Tres meses? Joder, Alberto. —Eva se lleva las manos a la cabeza.

—Antes de eso, le dije que andaba estudiando el comportamiento de los infectados y que, si él accedía, literalmente, a pasarlo un poco mal, quizá podría terminar por ayudarle.

—¿Y qué has averiguado? —Despierta la curiosidad de Nuria.

—La comida los calma, lógicamente. Ese cerdo que habéis visto, con el que hemos cenado, solo hemos sacado media pata para poder hacer la carne. El resto es para él. Cuando se sacian, los síntomas disminuyen y puedes hablar con ellos, pero poco tiempo, apenas treinta minutos. Y cada vez va a más, cada vez necesita más comida. No le sedo con nada, por cierto. Se queda dormido de puro agotamiento. No es un virus que los mantenga constantemente en vigilia.

—Estás escribiendo sobre ello, ¿verdad? —pregunta Eva, mientras coge su taza de café, finalmente.

—Fotografías. Y sí, algunas notas sobre ellos. Podéis leerlas y verlas en mi ordenador. —Eva se levanta a consultarlo—. La contraseña es 2699.

Alberto mira fijamente a Nuria que está cabizbaja, aparentemente con la vista fija en el café, puesto que realmente no mira a ninguna parte. Su mirada azul de cristal se ha perdido. Decide mirar a la cara a Alberto.

—Lo siento.

—No pasa nada, Nuria. En parte entiendo tu reacción. Por mi parte, no hay rencor.

—Gracias. —Sonríe Nuria tímidamente.

Nuria espera una intervención de Eva, pero está ensimismada consultando las fotografías y notas de Alberto sobre los No-Humanos. Ni si quiera ha escuchado la disculpa de Nuria.

Eva contempla enormes hordas de grupos en movimiento en una fotografía. En otra, justamente captada en el momento en que rodean a un grupo de personas mientras se ve que a otro le han arrancado el brazo. Son horribles. Todas están tomadas con teleobjetivos, los fondos no se aprecian al estar tan difuminados. Parecen todas tomadas en los bosques.

—¿Qué os parece si cargamos el coche con los bidones de gasolina? —pregunta Alberto para romper no el hielo sino el iceberg que se ha formado entre las dos.

Nuria realmente lamenta lo que le ha dicho a Eva, pero no cambia ni una sola palabra de lo que le ha dicho. Por supuesto, no le tiene en cuenta la bofetada, pero sí espera una disculpa por su parte en algún momento. No tiene que ser un «lo siento», le vale con intentar normalizar la situación.

Eva, por el contrario, tarda bastante en descargar sus cabreos. Son como un búfer que se llena cargando un vídeo en internet. Normalmente, cuando duerme se le pasa, pero sabe que el día que la espera es largo y es probable que no duerma en más de cuarenta y ocho horas, por la urgencia de la situación.

Nuria se levanta y sigue a Alberto; comienzan a sacar los bidones y los hacen rodar. Eva se une más tarde, una vez ha revisado todas las fotografías. Cuando empieza algo, lo acaba, por pequeño que sea el tiempo que tenga que invertir.

Terminan de cargar los bidones. Es momento de coger algunas provisiones. Alberto tiene una pequeña bolsa llena de conservas que ha encontrado en un supermercado abandonado. Aún aguantan y les permitirá alimentarse.

Los tres bajan hasta la habitación del infectado. Se ha quedado completamente dormido.

—No podemos hacer mucho más por él —susurra para no despertarlo—. Ahora desatornillo los enganches de las cadenas, pero no puedo colocarle los hombros y es demasiado arriesgado despertarlo. Tendrá que escapar él mismo.

Eva y Nuria asienten. Ven cómo Alberto comienza a desatornillar los enganches.

—Oye Eva… —Comienza a hablar Nuria.

—Dame un par de horas, Nuria. Son demasiadas cosas en muy poco tiempo. —Eva sale de la habitación.

Al terminar de aflojar las cadenas, Alberto sale con Nuria hacia el salón. Se reúnen con Eva.

—Seguidme —les pide. Ambas van con él hasta su habitación donde hay un baúl con un candado grueso. Alberto introduce una combinación y lo abre.

—Coged un par de ellas cada una. Solo por si acaso.

Eva y Nuria se acercan. El baúl está lleno de munición de pistolas, perdigones de escopetas, siete pistolas de nueve milímetros y dos escopetas de doble cañón. Eva opta por una de las pistolas y Alberto por una escopeta.

—No usaré ningún arma contra nadie —dice Nuria—. Vámonos, estamos perdiendo mucho tiempo.

EL BÚNKER

1

El día ha comenzado nublado. Se respira algo de humedad en el ambiente seco que rodea la sierra de Guadarrama. Los bosques cubiertos de un verde grisáceo, desde una vista general, muestran la escasez de lluvias en el último año. Así son los días ahora. El clima ha aumentado casi dos grados en los últimos quince años. La mayoría de las especies se han adaptado y otras tantas han emigrado hasta zonas de temperatura más baja y muchas otras hace tiempo que no son vistas en la península.

El verano ha sido caluroso, como siempre, y cada año más. En el norte, antes, los veranos eran frescos. Hoy son similares a la antigua ciudad de Córdoba. En el centro, especialmente en Madrid, las temperaturas medias del año se han acentuado en sus dos extremos, frío y calor, con inviernos largos y secos por las masas de aire caliente que empujan el aire frío desde los polos.

Eva observa todo el paisaje que la rodea a medida que ascienden por el camino de piedra, hay en un desvío desde el puerto de Navacerrada. Es estrecho y el coche se balancea de un lado a otro. Tienen que ir más lentos de lo normal por el peso que llevan con los bidones de gasolina en el maletero y en los asientos traseros.

La mirada de Nuria está perdida. Han llegado al ecuador de su viaje y van a contrarreloj. Hoy es 18 de diciembre y el artefacto podría estar en cualquier parte de la península.

Mira a Eva unos instantes. Está muy concentrada mirando el paisaje desolador. Vacía la cabeza de toda la tensión de estos días. Alberto va callado, sin dejar de respetar en todo momento el silencio. La pantalla digital del coche marca la altitud mientras ascienden, pero la brújula no es del todo precisa y la flecha que indica su posición a veces gira sin sentido. Realmente Alberto podría quitar el servicio de navegación GPS, pero no es un incordio para ninguno de ellos.

Comienza a llover ligeramente. Lluvia muy fina que cae rápido y empapa por completo el cristal con gotas pequeñas. Alberto pone en marcha el limpiaparabrisas. Nuria contempla la lluvia como si fuera la primera vez que la hubiera visto. Para ella, al contrario que para el común de los mortales, no tiene un significado negativo. La lluvia significa para ella la máxima expresión de vida del planeta: limpia el aire, la tierra y recarga sus ríos y lagos de agua. Baja ligeramente la ventanilla y el olor de la humedad la relaja ante el agotador traqueteo del camino de ascenso.

Apenas quedan unos metros y ya se ve el edificio. En lo alto, la lluvia es más intensa y no deja ver bien el horizonte. Se ha levantado una bruma. Cuando llegan, Alberto echa el freno de mano y se detiene a observar el edificio.

—¿Por qué no bajamos, cogemos los bidones y nos metemos dentro rápido? —Eva está visiblemente impaciente.

Los tres abren sus puertas y salen. La lluvia se pega en el pelo, arrastra contaminación. Entre Eva y Alberto descargan rápido los bidones mientras Nuria lleva el primero que ha tocado el suelo y lo hace girar. Alberto cierra el coche y arrastra otro bidón. Eva le ha cogido ventaja y lo espera junto a Nuria al lado de una puerta grande.

La puerta está cerrada y la única manera de entrar es embistiéndola. Entre Alberto y Nuria empujan con fuerza varias veces. Alberto se hace daño y Eva prueba junto a Nuria. Se miran. Vuelve a tocarles ser un equipo. Cuentan hasta tres y esprintan hacia la puerta. Con sus hombros consiguen romper la madera del marco que sujeta la cerradura.

El interior está oscuro y lleno de polvo. Hay humedades en los techos y algunas grietas. Es un sitio muy sombrío, y se percibe en el ambiente, a nivel sensorial, algo que les inquieta. Ninguno de los tres quiere estar ahí dentro, por lo que se ponen manos a la obra para buscar la entrada al búnker cuanto antes. Excepto Eva, cuya insaciable curiosidad le hace recorrer con la vista el entorno que la rodea.

Antaño, fue un centro de comunicaciones donde se distribuían las señales de televisión y radio a todo el país. Tiene en el centro del recibidor una mesa de mezclas antigua, a modo de exposición y bienvenida a los trabajadores.

El espacio es bastante amplio, la parte central está sustentada por cuatro anchas columnas de ladrillo. Han soportado, por las grietas que hay a su alrededor, el peso del tejado y de toneladas de nieve. La madera de las paredes está reforzada por una pared de ladrillo exterior. Debieron de intentar hacer un sitio acogedor. Quizá pasaron varias noches aquí, piensa Eva. Se gira hacia sus compañeros, buscando a Nuria.

—Nuria. ¿Te dijo algo…?

—Sergio. Se llamaba Sergio —completa Nuria la frase refiriéndose a su ex compañero de trabajo—. Al saber del posible peligro de ser interrogada no me dio excesiva información. Pero se me ocurre dónde puede estar la entrada.

—¿Dónde? —interviene Alberto, algo más nervioso de lo normal.

—¿A ti qué te pasa ahora? —pregunta Eva a Alberto.

—No me gusta este sitio. Y tengo la sensación de que no estamos solos. Hay huellas recientes húmedas por los pasillos. Fijaos.

Eva y Nuria observan los dos pasillos que comunican con

otras dos alas. En el de la derecha, efectivamente, hay unas huellas, muy leves que se pueden ver con el reflejo de la ligera luz que entra por las ventanas mugrientas. Nuria se apresura y va al centro del recibidor, donde hay una gran alfombra circular con dos sofás de piel llenos de polvo.

—Ayudadme a mover esto, por favor.

Alberto y Eva ayudan a Nuria a mover uno de los sofás, de tal forma que queda fuera de la alfombra. Nuria retira la alfombra, bastante pesada y mugrienta. A medida que la retira, en el suelo de madera se descubre un tirador. Nuria tira de él con todas sus fuerzas y levanta la madera del suelo. Eva y Alberto se han acercado y ven que debajo de la madera hay una compuerta de acero con un sensor biométrico.

—Si quieres ocultar algo déjalo a simple vista. Creo que puedo abrirlo —reconoce Nuria—. Pero necesitamos energía.

—Los bidones —recuerda Alberto—. Me encargo de traerlos. Buscad el generador.

Eva y Nuria se dedican a buscar el generador. Pero no parece que esté en este edificio principal. Van a tener que salir.

La lluvia ha cesado y hay algunos claros en el cielo, pero se ha levantado viento y les impide caminar fácilmente. Ven como el coche se tambalea ligeramente por las rachas de aire. Alberto vuelve a sacar los bidones mientras ellas encuentran el cuarto del generador.

Hallan una pequeña caseta con el símbolo de un triángulo que indica peligro. Tiene que estar ahí, piensa Nuria. La puerta está oxidada. Eva le hace un gesto a Nuria para que se aparte. Saca la pistola, dispara a la cerradura y se rompe. De una patada la puerta se abre de golpe. El generador está ahí. Hacen señas a Alberto y comienza a rodar los bidones de gasolina por la superficie.

2

Luca vigila a lo lejos con unos prismáticos todo el periplo de Eva, Nuria y Alberto. Llevan abrigos largos y verdes grisáceos para camuflarse entre los árboles. Detrás de él, cinco hombres armados esperan instrucciones, igualmente uniformados. Los dos furgones se han colocado en la base para salir directos a la carretera. Luca hace un gesto al teniente para que vaya junto a él.

—Han encontrado el generador. En cuanto vuelvan a entrar a la estación, nos moveremos tranquilamente hasta su posición. Dejemos que entren en el búnker y encuentren todo lo que busquen. Solamente tomaremos posiciones y esperaremos a que salgan. ¿Entendido?

—Sí, señor. Quedamos a la espera.

—No esperéis mucho. —Luca observa como salen de la sala del generador—. Nos vamos ya.

El teniente asiente y se gira a sus hombres.

—¡Nos vamos!

3

Eva cierra la puerta. Ha sobrado medio bidón de gasolina y lo han dejado dentro del cuarto eléctrico. Caminan difícilmente, el viento les hace saltar las lágrimas. Cuando llegan cierran la puerta con dificultad entre Eva y Alberto.

Nuria se apresura para llegar hasta la compuerta de acero. El panel biométrico está encendido, aunque su luz parpadea ligeramente. Eva y Alberto se acercan.

—Podemos intentar abrirlo nosotros, Nuria —recuerda Eva.

—No será necesario. Mi huella está registrada en el sistema y este escáner es relativamente reciente. Debería funcionar...

Nuria pone la mano en el escáner sin muchas esperanzas ni seguridad por el parpadeo. Siente una leve punzada en la mano y una quemazón. El sistema reconoce su huella, pero no ocurre nada. Repite el procedimiento y vuelve a ocurrir lo mismo. Nuria se queda quieta y se le ocurre que quizá tenga que usar su otra mano.

La compuerta, mediante un sistema hidráulico, se abre. Se levanta lentamente. Eva está nerviosa, no puede esperar más a acceder al ordenador principal. Unas escaleras metálicas y rígidas llegan hasta el fondo del búnker. Aparentemente sombrío también. Nuria decide bajar primero, la sigue Eva a varios metros de distancia. Alberto sigue a las dos. Se da cuenta de que ha dejado la escopeta en el coche. No quiere salir por si se encuentra a alguien, así que sigue descendiendo por la escalera.

Apenas se ve nada. Eva utiliza la linterna de su móvil para iluminar el camino. Encuentran el cuadro de luz y suben el botón general. Cada uno de ellos marcado con diferentes nombres. Ve que hay uno que indica «Servidores» y lo suben. Las luces interiores del búnker se encienden progresivamente. La sala queda totalmente iluminada. La entrada del búnker tiene una estructura semiesférica, similar a un iglú y da pie a un pasillo central con dieciséis puertas en total a los dos lados del pasillo. Al fondo, el espacio se hace más amplio. Eva mira a la puerta del búnker, que se cierra automáticamente de forma muy lenta. Advierte unas marcas en el acero, son arañazos de uñas. Muy suaves, pero ahí están.

Atraviesan el pasillo, algunas de las puertas están abiertas, pero no todas tienen la luz encendida. En una de ellas, las bombillas parpadean. Alberto repara en su interior desde fuera. Todo está desordenado, parece que se fueron rápidamente y dejaron todo tal cual está. Aunque no todo el mundo pudo escapar aparentemente.

Eva da un pequeño grito. Nuria y Alberto van con ella. Echa un vistazo al interior de otra habitación que sí está iluminada. Hay dos cadáveres totalmente consumidos, en los huesos, que se han quedado de un tono grisáceo. Es una vista inquietante, puesto que aún llevan puestas las ropas, pero están en posición fetal, como si se protegieran de algo. ¿Qué habrá pasado aquí?, se pregunta Nuria, que cierra lentamente la puerta mientras Alberto aparta a Eva de la horrible visión.

—Es posible que haya más —especula Alberto.

—¿Cuándo fue construido este búnker? —pregunta Eva horrorizada aún.

—Según lo que he podido averiguar, fue en la segunda década del siglo XX. Un búnker político en caso de catástrofe —contesta Alberto a Eva.

—¿Sabían lo que iba a ocurrir entonces? ¿Estaba planeado? —Eva mira a Nuria con esa última palabra.

—No lo sé, Eva. Estoy igual de sorprendida que tú.

Nuria ha notado perfectamente cómo Eva ha perdido prácticamente toda la confianza en ella. No le gusta, no cree que sea justo y le parece una actitud desmesurada. Está claro que Eva se ha lanzado a la aventura sin conocerla de nada, y Nuria simplemente dijo una excusa para no decirle a una periodista mercenaria, que formaba parte de la estructura científica del Gobierno. Quería ganar su confianza rápidamente y fue la única manera que vio posible. Pero Eva no le permite explicarse y la situación y el entorno no ayudan.

Llegan a la zona más amplia. Vuelve a tener una estructura semiesférica y en el centro de la sala hay unas escaleras que descienden. Las baldosas del suelo están rotas, de varios golpes fuertes. Hay algunos rastros de sangre en la pared, como si de una obra de arte abstracto se tratase. A la derecha, hay una cocina y dos grandes mesas con bancos. Es el comedor. A la izquierda, varias estanterías, prácticamente vacías con algunas latas de conserva y bandejas de carne podrida envuelta en plástico transparente. No se habían percatado, pero el olor es bastante fuerte. Sus cerebros han reaccionado al olor al ver la carne.

—Lo que debió pasar aquí fue un auténtico infierno —comenta Eva—. Parece que no pudieron salir. ¿Os habéis fijado en las marcas de la puerta de entrada?

—Esto es de locos. —Alberto sigue observando el entorno.

—No deberíamos perder más el tiempo —interrumpe Nuria—. Bajemos por estas escaleras, seguramente estén los servidores.

—¿Cómo estás tan segura? —interroga Eva.

—Las demás puertas ya habéis visto lo que son, las habitaciones de los que estuvieron aquí. ¿Vas a volver a confiar en mí o no, Eva? —Nuria es tajante.

Eva se queda cortada y se da cuenta de que ha exagerado. Baja la mirada, pero es tan orgullosa que decide no pedir perdón. Nuria espera que lo diga.

—Vamos ahí abajo —rompe Eva su silencio.

Eva es la primera en tomar la iniciativa y cruza a Nuria por su izquierda. Nuria la sigue con la mirada y va tras ella. Alberto las sigue. Comienzan a descender por las escaleras.

La estructura giratoria de las escaleras, unida a sus estrechas paredes les hacen sentir un poco de claustrofobia. Eva aumenta el ritmo para bajar más rápido. Al final, la pared se abre en otra sin vértices y una estructura de toroide se abre ante ellos, con la escalera situada en el centro.

Están en la sala de los servidores. Un inmenso equipo informático rodea todo el espacio. En el centro, varios puestos de trabajo con ordenadores. Todos desordenados. Pero los separa, entre las escaleras y la sala, un cristal circular con otro lector de huellas biométrico. Nuria pone la mano en el mismo y la entrada le es denegada. Utiliza la otra mano y ocurre lo mismo. Mira a Eva, que asiente. Saca su *tablet* de la mochila y se acerca hasta el lector biométrico.

Abre una aplicación y empareja la *tablet* con el lector y la apoya directamente sobre la superficie lectora. Mediante conexión NFC el aparato se sincroniza con la *tablet* de Eva. En la pantalla, comienzan a aparecer numerosos códigos que se escriben rápidamente. Es un sistema de hace varios años, seguramente de los primeros y el dispositivo de Eva tiene que hacer diferentes procesos para emular una máquina capaz de reconfigurarlo.

—Siento haberte pegado, Nuria —Eva se disculpa sin mirarla, mientras el dispositivo sigue trabajando.

—Eva… entiendo que te haya molestado que te ocultase parte de la verdad. Más allá de la bofetada, cuando te dije que era mi padre, era porque tenía miedo de que pensases que estaba ahí para venderte a los militares. Necesitaba ayuda desesperadamente y mira donde estamos. Casi lo hemos logrado. —Nuria hace una pausa—. Gracias por disculparte, siento también haberte mentido.

—No pasa nada. Te entiendo. —Eva la mira de refilón—. Te daría un abrazo, pero estoy algo ocupada. —Se ríe.

Nuria camina hacia ella y la abraza desde atrás. Ambas se reconfortan. Eva vuelve a recuperar la confianza en Nuria, es su mayor aliada, incluso más que Alberto.

El proceso termina. La *tablet* indica que pueden usar cualquier huella para que quede registrada en el sistema. Cada uno utiliza su mano para lo mismo y las puertas se abren definitivamente. El olor de la sala es peor. Se llevan las manos a la nariz. Alberto usa el cuello de su camiseta para cubrirse media cara. Hay más cadáveres en el suelo aun descomponiéndose. Esta imagen es aún más terrorífica. Conservan el cuerpo prácticamente intacto, con un tono de piel verde amarillento, pero a la cara solamente le quedan huesos y músculos. El proceso ha sido más lento en esta parte del búnker, quizá por la falta de oxígeno y el ambiente seco.

—Voy a ver si puedo activar la ventilación aquí abajo —dice Alberto, que sale rápidamente de la sala.

Eva y Nuria, aguantan el olor algo más, pero con caras desagradables se preguntan por dónde empezar. Las luces de los servidores están activas. Arriba, en el techo, hay un proyector enfocado directamente hacia una de las paredes. Encienden un ordenador para acceder al sistema. Una vez arranca, ni siquiera hay un *login* y el ordenador carga directamente el escritorio. Eva se sorprende de la chapucera seguridad, una vez más, del sistema informático de la administración gubernamental.

—¿Te apañas sola? Voy a ver si arriba queda algo comestible —le dice Eva.

—Sí. Puedo con ello. —Sonríe Nuria a Eva.

Eva se marcha de la sala. Las puertas de cristal se abren ante ella y vuelven a cerrarse. Nuria se ha quedado sola en la sala. Ahora puede averiguar dónde se encuentra el artefacto.

Los servidores aún estaban actualizándose, recopilando datos del resto de servidores gubernamentales. Lo ha visto en la barra de tareas, un pequeño icono en el que al pasar el ratón indicaba el estado de actualización del servidor.

Recuerda lo que le dijo Sergio. Primero debía acceder a la intranet. Lo hace sin ningún problema. Utiliza el usuario de Sergio para acceder y su contraseña para los permisos más elevados, ya que él perteneció a los altos estándares de la comunidad científica del Gobierno. El usuario sigue activo, por fortuna. Dentro de sus archivos, va a descargar un programa automático camuflado en forma de imagen. Una foto de su verdadera hija, Adriana. Una joven de pelo castaño que fue infectada por el virus G a los pocos días de estallar la guerra. Sergio no pudo hacer nada por salvarla. Nuria descarga la foto.

Los servidores ya están completamente actualizados. Ahora puede llevar a cabo la acción. Nuria busca algún dispositivo móvil que pueda coger para sincronizarlo con el servidor. En la pared, hay un estante con diferentes *smartphones*. Están completamente cargados, debieron de ser los últimos que fabricaron.

Coge uno, lo enciende y el sistema operativo carga rápidamente. Una vez dentro, hay una aplicación del Gobierno donde Nuria accede y selecciona «Sincronizar con el servidor». Deja la pantalla desbloqueada y abre la fotografía que ha descargado. Pulsa las teclas Alt+R+N+W. La fotografía se descompone en píxeles y comienzan a hacerse operaciones automatizadas en una ventana en negro. Arriba marca el porcentaje. Va rápido, pero Nuria tiene prisa.

Rememora por todo lo que ha pasado hasta llegar a este punto. Puede ponerle punto final a la guerra y devolver la estabilidad entera al planeta. Pero lo hará sola.

Se pregunta por su verdadera identidad, recuerda perfectamente su misión, pero hace tiempo que ha dejado de ser quien era realmente, con un único objetivo en la cabeza. Decidir qué hacer con el artefacto: usarlo y darlo a conocer o destruirlo. ¿Merece la pena tanto esfuerzo? Al cabo de los años estallará un nuevo conflicto, como siempre y seguramente más amenazante que el actual.

La cura para el Virus G no está desarrollada aún y quizá no era el momento. Podría consultar en los servidores si hay algo relacionado con una vacuna, pero no tiene tiempo. Debe que salir cuanto antes sin ser vista. No quiere dejar tirados del todo a Eva y a Alberto, así que coge un papel y un bolígrafo que tiene cerca y escribe una nota en él.

El porcentaje se ha completado. La pantalla en negro desaparece. Se abre otra pantalla en blanco. Una barra de progreso se llena de color amarillo rápidamente. Es un mapa y marca un punto. El artefacto está dentro de un faro, cerca de una cala en el cabo de Gata, la cala del Barronal. No es casualidad que esté allí. Sergio, había ido hasta su tierra. Si podía recuperar algo con su artefacto, egoístamente que fuera primero la tierra que lo vio nacer... y también morir.

Nuria sincroniza el servidor y el mapa aparece en la pantalla de su teléfono. Ahora consulta una ruta. Existe una hiperautopista que la llevará hasta Almería, ahí se desviará e irá directa. No tiene tiempo que perder.

PASADO

1

Te habrás dado cuenta de que he vuelto a traicionar la confianza de Eva.

Ahora mismo acabo de pasar de largo ante ellos dos, y cuando he salido he visto a los militares escondidos. No me han disparado ni han hecho ademán de ir a detenerme. Van a seguirme y no sé qué les va a pasar a Eva y Alberto por mi culpa. Me estoy subiendo al coche entre lágrimas. Arranco para irme sin saber si voy a volver a verlos, al menos una última vez y que sea diferente a esta, porque los estoy viendo por el retrovisor, inmóviles e impotentes al ver que me voy sin ellos.

Llegar hasta este punto ha sido necesario para poder contarte primero a ti la verdad, mi verdad. Antes que seguir engañándote, no estoy aquí solo por el artefacto que ideó Sergio. Estoy por una razón mucho más importante.

2

Era de noche. El mar estaba embravecido y los destellos de las estrellas en el cielo se hacían notar en el cabo de Gata, sin luna que las ocultase. Una noche fría con fuertes vientos. Alrededor, todo era naturaleza virgen. Los humanos apenas habían interferido en esta zona, solamente la carretera que estaba a más de medio kilómetro de la costa.

El mar arrastró un cuerpo desnudo de una mujer hasta la orilla. La arena se había pegado a su piel por todas partes tras haber llegado arrastrada por la marea. Nuria estaba consciente, pero por dentro sentía que podía romperse en cualquier momento.

Cogió confianza y comenzó a mover los brazos para incorporarse. Consiguió girar sobre sí misma para después contemplar el cielo estrellado. Hizo otro esfuerzo y la energía del entorno, poco a poco, volvió a fluir en ella. Las fuerzas regresaban lentamente y se puso en pie. Miró hacia el mar y respiró hondo. Nuria volvía a sentir dolores musculares, las contusiones eran múltiples y tenía varios hematomas. Su misión acababa de comenzar.

El estómago le rugía con fuerza, tenía que alimentarse y además la piel comenzó a erizársele por el frío. Tenía que encontrar dónde poder pasar la noche y hacerse con ropa.

Nuria caminó durante dos largas horas, hasta que a lo lejos vio las luces de un pequeño pueblo. No podía ver nada a su alrededor. El asfalto descuidado le hacía daño en los pies, pero caminar por tierra no era ni mucho menos mejor opción.

Lo cierto es que hacía muchísimo tiempo que no se sentía tan sola. Pero en ese momento lo primordial era encontrar algo de ropa, no llevaba nada de dinero así que tendría que robarla en la primera tienda que viese y pasar la noche en cualquier sitio. Pero las fuerzas volvían a fallarle.

Nuria se tropezó en el asfalto. Respiró hondo y trató de aguantar las lágrimas, era demasiado pronto aún para sentirse sin fuerzas. La rodilla comenzó a dolerle, e instintivamente se llevó la mano a ella. Se había hecho una herida y su mano quedó ensangrentada. Ahora también debía curarse para evitar una infección. Su sistema inmunológico aún no estaba a punto, debían pasar unos días más para que se adaptara por completo a su entorno y poder funcionar con normalidad.

Fue entonces cuando escuchó el sonido de un motor de coche a lo lejos. Tendida en el suelo, con hambre y las fuerzas flaqueándole, Nuria se vio obligada a pedir ayuda al conductor que iba en el coche. Era un pequeño coche negro de tres puertas, con un diseño bastante cuadrado y antiguo. Se detuvo unos metros por delante de ella. Cuando el conductor se bajó, Nuria se fijó en que iba completamente de negro y llevaba un alzacuellos. Era un sacerdote. Las costumbres no habían cambiado mucho desde la última vez que volvió a materializarse.

El sacerdote se apresuró rápidamente a socorrer a Nuria. Nuria no alcanzó a entender lo que le decía el hombre mientras se quitaba su chaqueta y cubría a Nuria con ella. Parecía buena persona a su juicio, pero el hambre era tan extrema que Nuria comenzó a perder el conocimiento mientras el sacerdote la sostenía en brazos y la llevaba hasta el coche.

3

Nuria se despertó cuando el coche comenzó a decelerar. Estaba cubierta por unas mantas blancas de tela gruesa que el sacerdote llevaba en el maletero. Era un hombre mayor, de unos sesenta y tres años, con claras arrugas en su rostro. Iba con una boina negra que le cubría la cabeza del frío. Sus manos estaban magulladas por el paso del tiempo. Respiraba con algo de dificultad, por eso lo hacía con la boca la mayor parte del tiempo. Parecía bastante preocupado.

—Hola, ¿te encuentras mejor?

Nuria reconoció el idioma, era castellano. Enseguida su mente se amoldó al lenguaje. La voz del sacerdote era rasgada, pero cálida y agradable.

—Sí. Gracias por ayudarme.

—Por favor, no me des las gracias. En cuanto lleguemos a mi casa llamaré a la policía para que puedan ayudarte.

—No. Por favor no la llame —insistió Nuria, con urgencia.

El sacerdote la miró con desconfianza y nerviosismo.

—Mire, no soy una criminal ni nada por el estilo. No le daré problemas, solamente le pido algo de comer y ropa. Después me iré y no lo molestaré más.

—No es molestia… —Sus palabras se quedaron suspendidas en el aire, esperando a conocer el nombre.

—Nuria.

—No es molestia, Nuria. Pero ¿puedo preguntarte qué te ha ocurrido?

—Padre… —Pronunciar esa palabra le resultó muy raro—. De verdad, solamente busco un poco de su ayuda. Le estoy eternamente agradecida por ello.

—De acuerdo, de acuerdo. Mi nombre es Andrés. —Nuria asintió—. Ya hemos llegado.

Cuando Nuria se bajó del coche, contempló la fachada de la pequeña iglesia que regentaba el padre Andrés. Parecía de varios siglos de antigüedad. Todos los ladrillos que la componían estaban algo deteriorados por el paso del tiempo y la falta de mantenimiento.

—Sígueme. Vivo en esta casita de al lado.

Andrés señaló una vieja casa de pueblo, totalmente blanca y con unos pequeños muros que se completaban con una valla de metal por encima del ladrillo para evitar que entrasen a robarle. Tenía el suelo encharcado por el riego automático. El pequeño patio que rodeaba la casa estaba lleno de macetas con diferentes plantas, algo marchitadas por el frío.

Andrés abrió la puerta. Su casa parecía más acogedora y cuidada que el exterior. Las paredes también totalmente blancas habían sido pintadas hacía poco. Nuria lo notó por la ausencia de manchas y el blanco total de las mismas. El recibidor estaba conectado al salón donde había dos pequeños sofás orejeros, junto a una televisión y un calefactor que Andrés encendió al instante. Ofreció a Nuria sentarse en uno de los sillones.

—Voy a conseguirte algo de ropa. Es de hombre, pero servirá. Mañana puedo comprarte algo.

—Muchísimas gracias. Pero no es necesario, mañana la compraré yo misma.

—¿Con qué dinero? No parece que tengas mucho encima. —Nuria le pidió un poco de espacio con un gesto—. Cómo quieras. Quédate ahí, te calentarás enseguida. Te prestaré algo mío.

—Gracias.

Nuria estaba abrumada ante tanta hospitalidad de un hombre que no la conocía absolutamente de nada. Por el momento, las sensaciones eran buenas. Una amabilidad impropia de muchas personas que había conocido tiempo atrás.

Andrés se marchó en busca de ropa. Nuria oía el chirrido de las puertas que abría el sacerdote. No era una casa muy grande, pero parecía que había muchas habitaciones. El calor del calefactor comenzó a ser agradable y su piel dejó de estar erizada por el frío. Poco a poco Nuria volvía a sentirse bien.

Andrés trajo unos vaqueros, una camiseta gris y un jersey azul. Nuria había estado todo este tiempo completamente desnuda, cubierta por la chaqueta de Andrés y su manta. Andrés se marchó enseguida a lo que parecía la cocina. Todo le quedaba enorme, pero el jersey era caliente y reconfortante. Era como un niño pequeño, necesitaba dormir profundamente para recuperarse por completo. Levantó sus pies y se acurrucó sobre el sillón.

—Tenía un caldo con fideos que te he calentado en el microondas. Espero que no seas alérgica a nada.

Nuria estaba completamente dormida sobre el sofá. Andrés sonrió levemente y dejó el plato con el caldo en una pequeña cómoda de madera que tenía a su lado. Fue de nuevo hasta su habitación. Abrió su armario y cogió un par de mantas de lana más gruesas que las del coche. Cuando volvió al salón se las echó por encima a Nuria y con mucha delicadeza y suavidad, reclinó el sillón para que estuviera tumbada.

Andrés tragó saliva, era la primera vez que acogía a un desconocido en su casa para pasar la noche. Abrió un cajón de la cómoda y cogió un pequeño candado. A pesar de todo, no podía fiarse de una persona que no quería ayuda de la policía. En su habitación, al cerrar la puerta colocó el candado. Además, era una medida de seguridad que había tomado hacía tiempo por precauciones en caso de robo. Ya no era joven, ágil y fuerte como para poder enfrentarse a un posible ladrón, así que prefería que le robasen sin él enterarse.

Se sentó en su cama sin quitarse aún la sotana. Estaba también agotado, venía de visitar a unos familiares durante todo el fin de semana pasado. Sus sobrinos podían ser de lo más agotador si realmente se lo proponían. Los quería demasiado y a su hermana le venía bien un pequeño respiro mientras él jugaba con ellos.

Realmente, no eran sus sobrinos biológicos. Sus verdaderos sobrinos ya eran adultos con sus trabajos, y de vez en cuando iban a reunirse con toda la familia. Su hermana y su cuñado tenían ganas de poder criar a dos niños otra vez, una forma como otra cualquiera de devolver la vida a la casa en la que estaban. Adoptaron a dos hermanos hace cuatro años para darles una vida digna y evitarles el abandono.

Andrés se quitó los zapatos y sin desvestirse para ponerse el pijama cayó rendido, con la sotana puesta. Volvió a abrir los ojos y cogió su teléfono móvil. Eran las once y media de la noche. Pleno 21 de diciembre de 2022 y aún no había preparado las actividades de Navidad que tenía en su iglesia para los niños. Programó una alarma a las 7:00 de la mañana. Iría a comprar ropa para Nuria.

4

Eran las once y cuarto de la mañana y Andrés entró de nuevo a su casa. Nuria estaba ya despierta, de pie en el salón mientras esperaba al sacerdote para agradecerle que le haya dejado pasar la noche.

—A pesar de que no estabas interesada, te he traído algo de ropa de una tiendecita de aquí. No tengo muy buen ojo para la moda, pero creo que te servirá —dijo Andrés, con una sonrisa leve, ya característica de él.

—Muchas gracias, padre. Voy a cambiarme entonces y a devolverle su ropa.

—¿Quieres un café? ¿Desayunar algo?

—No, gracias. Ya es demasiado. Me cambio y me voy.

Nuria cogió la bolsa de ropa que había traído Andrés y se desplazó hasta el servicio. Había tenido tiempo para recorrerse la casa y curiosear algunos detalles. Al sacerdote le gustaban las novelas de misterio del siglo XX. Tenía varias colecciones. También parecía ser un fanático de los aviones, por todas las revistas que tenía acumuladas en otra estantería. Parecía un hombre muy práctico. En la cocina, Nuria se sorprendió de la exquisitez para colocar los cubiertos en el cajón. Perfectamente apilados, ni un solo centímetro fuera. También tenía varios relojes de agujas por la casa, todos iguales, circulares, de madera y con unas agujas finas de diseño sencillo.

Nuria sale del baño ya cambiada. Andrés había sido discreto y se aseguró de no comprar nada que llamase la atención. Unos vaqueros que le encajaban perfectamente con unos calcetines y unas deportivas blancas. Encima llevaba una camiseta de tirantes blanca y un jersey gris de lana. Además, le había comprado un abrigo largo beige y una mochila de piel para llevar cosas. Pasaba perfectamente por una persona normal.

Andrés preparó un pequeño desayuno, café y dos tostadas

con mermelada. Demostró que no hacía mucho caso a Nuria cuando se trataba de modestia. Nuria se sintió abrumada de nuevo.

—Tienes que comer algo, Nuria. Ayer te desmayaste.

—Gracias.

Nuria, agradecida, se sentó junto a la mesita que había en el salón. La mermelada era de fresa y comenzó a untársela con el cuchillo en las tostadas. Andrés recogía la cocina. Había un periódico sobre la mesa y Nuria lo cogió para ojear e informarse de la actualidad.

El primer titular hablaba de un nuevo ataque terrorista en Bruselas. Se trataba de un grupo que se hacía llamar EES o Ejército Europeo Separatista. Su objetivo primordial era controlar las principales potencias europeas para hacer frente a las supuestas amenazas asiáticas. Habían matado a tres eurodiputados y secuestrado al ministro de Interior belga, además de dejar por el camino diecisiete heridos en su huida en furgoneta. Sin embargo, cada vez surgían más.

—Es terrible ¿eh? —Andrés se sentó junto a Nuria en otra silla—. Apenas llevan tres años en activo y han puesto en jaque a occidente.

—¿A qué se refiere?

—Hombre, han asesinado a más de veinte personas, todas ellas cargos políticos, intentan que no haya víctimas civiles, pero siempre hay daños colaterales. Es de lo único que se habla hoy en día en la televisión. ¿No lo sabías?

Nuria negó con la cabeza. En parte, se sentía algo avergonzada ante la mirada de incredulidad del sacerdote.

—Los mercados asiáticos se aprovechan esta inestabilidad en occidente e instauran políticas de precios muy agresivas dentro de los países occidentales. La gente está obligada a trabajar prácticamente sin descanso para poder competir contra ellos, que dedican horas y horas con la cantidad ingente de población que tienen.

»Cada vez hay menos dinero público y más paro, porque las empresas privadas son incapaces de dar trabajo a tanta gente y la vivienda no ha bajado su precio. Tengo la suerte de que mi cuñado tiene mucho dinero ahorrado y me presta algo cuando lo necesito realmente. Los sacerdotes, la Iglesia, ganamos dinero cuando los ayuntamientos contratan nuestros servicios, si son requeridos por los ciudadanos en una votación. Hay lugares en los que la palabra de Dios es desconocida ya. Así funciona el mundo ahora. ¿De qué planeta eres?

Nuria no sabía si la pregunta iba en serio o en su sentido figurado, pero Andrés empezó a reírse rápidamente, puesto que la había formulado en su sentido literal. Su risa era muy contagiosa, la de una persona alegre a pesar de las circunstancias, que se conformaba con lo suficiente. Nuria también se rio.

—Hace tiempo que no estoy… actualizada.

—Me he dado cuenta. —Hizo una breve pausa y respiró para decir algo más—. Nuria, vas a tener que decirme por qué andabas a esas horas caminando desnuda o tendré que llamar a la policía. No puedo confiar en ti si no me cuentas nada.

—Creo que es el momento de marcharme.

Nuria se levantó rápido de la mesa, dejó una tostada sin acabar y el café sin beber. Andrés la sigue con la mirada, no puede evitar que se marche, pero aún no ha dicho todo.

—Cuando estabas desmayada y te llevaba en el coche, me fijé en que te habías hecho una herida muy fea en la pierna. —Nuria se queda quieta—. Esa herida cicatrizó en cuestión de minutos delante de mis ojos. —Nuria se giró hacia Andrés—. No soy tu enemigo y quiero ayudarte, pero tendrás que confiar en mí como yo lo he hecho esta noche en ti.

Nuria dudó lo que para ella fue una auténtica eternidad. Su misión mantenía unas reglas y era no establecer vínculos emocionales fuertes con ninguna persona. Pero quizá ese hombre podía ayudarla a salir adelante y ponerse al día.

—Si le cuento de dónde vengo no habrá vuelta atrás. Si se va de la lengua desapareceré y dará igual que avise al mismísimo presidente del Gobierno. Nunca me encontrará —dijo Nuria, formulando un contrato verbal.

—Bien, trato hecho. No diré nada. Pero yo pondré mi única norma: tutéame.

—Es usted... Eres un hombre de Dios, ¿verdad, padre Andrés?

—Así es.

Andrés no mostró ninguna prisa por escucharla. Esperó a que continuase Nuria.

—Pues ten fe para todo lo que te voy a contar y mostrar.

5

A partir de ese momento, el padre Andrés, ese hombre de Dios en el que confié ciegamente, hizo un pacto de silencio para ayudarme en mi causa. Tenía la esperanza de que fuera capaz de tomar la decisión correcta.

Durante el mes siguiente, en enero, lo ayudé con el pequeño huerto que tenía detrás de su casa. Las verduras y las frutas tenían un sabor increíble que jamás volví a experimentar. También hicimos unas pequeñas mejoras dentro de la iglesia, pintar, muebles nuevos, figuras santas nuevas y desarrollamos varias actividades para los niños del pueblo.

Mientras tanto, cada mañana madrugaba para ir a la biblioteca e informarme de cómo funcionaba el mundo actual en todos sus aspectos. Había habido grandes avances científicos que me sorprendieron, pero no por su innovación, sino por la doble moral que se generaban en torno a ellos. Los seres humanos y su dualidad natural estaban presentes en cada elemento de este mundo.

Parecía que a lo largo de los siglos sus costumbres sociales se habían configurado de tal manera que acabaron por asemejarse más a autómatas que a seres propiamente vivos y conscientes.

Y ese patrón se repetía en todos los lugares que visité. En marzo, me despedí de Andrés para seguir poniéndome al día sobre el mundo actual. Hablase con quien hablase, en occidente y oriente siempre ocurría lo mismo. ¿Eso era lo que buscaban y querían? Había personas con las que hablaba que decían que no. Buscaban ser emprendedores y desarrollar nuevas vías de negocio, hasta que se daban cuenta de todas las dificultades por las que tenían que atravesar y, entonces, abandonaban sus ideas. Otros decían que sí, que con tal de poder alimentar a los suyos les bastaba con esclavizarse. Era como si no se dieran cuenta de que el verdadero poder de cambiar la situación lo tenían ellos si se organizaban y se hacían notar.

Pero yo no debía interferir. Al menos, por el momento. Y lo más probable, es que durante todo este tiempo te hayas estado preguntando qué demonios es «mi misión». Es algo complicado… supongo que podré contártelo mejor si volvemos al presente.

SEGUNDO RENACIMIENTO

1

Luca y su equipo ven a lo lejos, ya en posición y ocultos tras varios árboles y rocas grandes, cómo Nuria abandona el búnker, coge el coche de Alberto, se va sola y desciende el camino lo más rápido que puede. Luca da la orden a un furgón con el resto de los soldados que están en él de seguirla y averiguar a dónde se dirige.

—¿Entramos, señor? —le dice el teniente Díaz.

—Díaz, es usted un impaciente. Espere a que entren Salazar y el hombre que la acompaña. Por cierto, ¿sabemos ya su identidad?

—Voy a preguntarlo, señor. Enseguida vuelvo.

Díaz se marcha a consultar, algo mosqueado por la condescendencia que ha mostrado Luca en sus palabras, pero asume que está por encima de él en la cadena de mando y filtra sus emociones.

El viento es fuerte y la lluvia ha cesado hace tiempo, pero el cielo sigue cubierto de nubes. La tierra está excesivamente húmeda y los uniformes de los militares y el traje de misión de Luca están totalmente embarrados. Ninguno está preocupado por ello.

Luca se quita los prismáticos y ve a su equipo de cuatro hombres tras él. Todos ellos están ahí por la misma razón: familias a las que cuidar desde la distancia. Todos estos años, cumpliendo con su condena y con los diferentes trabajos sucios que le han encargado, jamás ha conocido a un solo hombre o mujer ligado al ejército sin tener algo por lo que luchar. Solamente los altos cargos tienen más secretos que nadie y Luca los desconoce.

Cuando estuvo en la mafia, aprendió a evaluar rápidamente la personalidad de cada compañero suyo, a analizar cada gesto y valorar el tono de sus palabras al hablar. Todo eso le proporcionó habilidades únicas a base de observar y escuchar. A su vez, cuando visitaban a sus «clientes» sabía perfectamente si le ocultaban algo o simplemente tenían miedo.

—Señor, el individuo se llama Alberto Gascón Rubio. Se le daba por desaparecido tras la huida masiva al norte. Es la última persona con quien se comunicó Salazar.

—Gracias, Díaz.

Luca vuelve a colocarse los prismáticos. Eva y Alberto ya no están y la puerta está cerrada.

—Díaz. *Andiamo.*

2

—No puedo creer que esto esté pasando.

Eva está sentada en el suelo con las manos en la cabeza, totalmente desesperada y repitiendo la misma frase una y otra vez. Alberto intenta templar la situación, pero no encuentra el modo de calmarla a ella.

—Me enfadé por una mentira piadosa, quería que la ayudase y lo entiendo, pero ahora nos ha dejado tirados. ¿Y cómo coño se supone que vamos a volver?

—Eva, podemos conseguir otro coche. Pasamos la noche aquí y salimos mañana. Aún hay cosas comestibles.

—Si el búnker se cierra no podremos salir, Alberto. Solo ella puede abrirlo y hay que ir cada veinte minutos a impedir que la puerta se cierre. Ya lo has visto, con empujoncitos. Tenemos que irnos cuanto antes. —Se levanta desesperada.

—Espera Eva. —Alberto la coge del brazo y Eva se suelta de mala gana—. Bajamos a la sala de los servidores e intentamos averiguar qué es lo que ha descubierto para que se haya ido así. Lo copias y lo envías a tu servidor. No vamos a irnos con las manos vacías, Eva.

Eva está centrada en su ira y rabia. Siempre ha odiado ser traicionada por los más cercanos a ella, y Nuria había empezado a ser algo parecido a una amiga. Por esa razón, nunca quiso relaciones personales más allá de poder tomarse unas cervezas por la tarde, ni amigos con los que contar para todo. Siempre se ha guardado sus problemas para ella sola, con noches enteras llenas de lágrimas de rabia e impotencia para descargarse. Solo así ha conseguido sobrevivir todos estos años.

Sin embargo, las palabras de Alberto vuelven a resonar en su cerebro: no iban a irse con las manos vacías. Respira hondo y se calma.

—Bajemos a ver qué nos podemos llevar.

Eva se adelanta a Alberto, que la sigue cual sombra. Bajan a toda velocidad por las escaleras. Al llegar, Eva pone su mano en el escáner biométrico pirateado y entran. Para su sorpresa, encuentran una *tablet* y una nota de Nuria sobre la mesa:

Sé que acabamos de arreglar las cosas, y ahora me acabo de marchar sin daros alguna explicación. Pero es evidente que nos siguen desde que nos fuimos de Dena y es mejor que encuentre el artefacto yo. He dejado una *tablet* donde podrás ver mi ubicación y la del artefacto. Te pido por favor que no vengas, es solo para que sepas en todo momento que estaré bien.

También he dejado todo lo que necesitáis saber sobre el origen del Virus G en la pantalla del proyector y el origen de esta guerra.

No sé si nos volveremos a ver Eva. Te he conocido poco, pero lo que sé de ti es muy bueno y positivo. Espero que la vida te trate como realmente te mereces.

Nuria

Eva deja la nota en la mesa y coge la *tablet*. La enciende y, efectivamente, ve como la posición de Nuria es rastreada a tiempo real. En la pantalla, aparece un mapa simplificado de carreteras con el punto que simboliza el otro dispositivo de Nuria y el nombre del modelo de este. Eva bloquea de nuevo la *tablet*. Da dos golpes a una tecla del ordenador para que la pantalla en negro vuelva a encenderse.

En ese momento, el proyector también deja ver en la pared la pantalla expandida del ordenador. El documento PDF abierto y proyectado tiene un nombre tan sugerente como aterrador: PLAN SEGUNDO RENACIMIENTO. Alberto traga saliva y Eva, antes de nada, en la pantalla del ordenador, ve las carpetas abiertas con todos los archivos que Nuria les ha dejado preparados.

Eva no podía simplemente arriesgarse a que estuviera en sus servidores, así que selecciona la carpeta contenedora de los archivos, los comprime e introduce una clave para encriptarlos. A continuación, abre el navegador y entra en la dirección web donde introduce sus datos de correo. Seguramente esté interceptado ya por el Gobierno, pero no podía ahora descargarse el navegador de la *deep web* para enviar un correo seguro. Demasiado tiempo que perder para superar todos los cortafuegos del sistema informático gubernamental. Teclea las direcciones de solo aquellos compañeros de los que se fía, también fuera de España y adjunta el archivo comprimido, que pesa veintisiete *megabytes*.

Eva vuelve su atención al Plan Segundo Renacimiento y comienza a bajar el documento con la rueda del ratón.

Hay trescientas cincuenta y ocho páginas y evidentemente no tiene tiempo de leerlas todas, así que lee en diagonal y muy por encima hasta que llega al punto donde quiere estar, el Sujeto 0.

En el documento, aparecen varias fotos de Nuria rodeada de científicos. Son informes donde se le hacen pruebas de resistencia electromagnética y se le inyectan cepas mutadas del Virus G. Eva ve el sufrimiento de Nuria en las fotografías y en otras tantas ve cómo está hasta el cuello de drogas para sedarla.

Los informes hablan de su inmunidad al Virus G y, sin embargo, su sangre acaba por deteriorar los recipientes que la contienen. No pudieron hacer pruebas y programaron una cirugía para comprender el funcionamiento de su cuerpo directamente desde dentro. La cirugía estaba programada para dos días después de cuando estalló el buque. Este documento debe de estar en una nube privada, alguien lo ha ido actualizando, advierte Eva.

—Eva, hay vínculos cada vez que aparece «Virus G» —le dice Alberto—. Ve mirando qué son, voy a ir a la salida para evitar el cierre de la puerta.

Eva gira la cabeza y asiente a Alberto para volver de nuevo, concentrada, a la imagen del proyector. Hace clic en uno de los hipervínculos y se abre un nuevo documento. Cuatrocientas setenta y seis páginas sobre todo lo que saben del virus.

A Eva le da un vuelco un corazón. En el índice ve un apartado que dice "Potenciación del virus y ensayo en humanos". Decide obviar esa parte, pero la palabra *potenciación* la ha alarmado. Va al apartado de registro. Se trata de un virus que estuvo activo en el periodo de preglaciación en el pleistoceno. Quedó completamente congelado y fue descubierto cuando algunas poblaciones de leones marinos empezaron a enfermar por un agente vírico entonces desconocido. El análisis de la sangre de estos mamíferos y los síntomas que manifestaron no eran aparentemente peligrosos. Diversas pruebas confirmaron que solamente afectaba a mamíferos.

Eva vuelve al documento del segundo renacimiento. Va hasta el apartado del Virus G y lee. Lee tan rápido como nunca lo había hecho. En ese momento, solamente existen todas esas palabras que le revelan el porqué de la situación internacional de hoy, ideada por occidente para acabar con el crecimiento económico desmesurado que ha surgido de la alianza entre China y las dos Coreas.

Tras ser descubierto, el virus fue llevado a diversos laboratorios, donde fue potenciado para que actuase en los humanos con más fuerza. La cepa fue liberada en Asia inicialmente, pero les interesaba también reducir parte de la población occidental: delincuentes, inmigrantes ilegales... Así que comenzaron por el sur de Europa. Controlaron su paso hacia el norte y más tarde lo expandieron hacia Centroamérica.

Fue un ataque directo de los gobiernos contra sus propios ciudadanos y los de otros países, alegando que se trataba de un ataque biológico terrorista. Culparon a los terroristas islámicos de este suceso, los gobiernos populistas y extremistas tomaron el control y pasaron a erradicar a las poblaciones árabes sin ninguna contemplación. Medidas imperialistas medievales en plena mitad de siglo XXI. Eva siente una enorme vergüenza por ser un ser humano.

Sin embargo, dejaron que el contagio del virus se expandiera hasta la pandemia. El virus traspasó las fronteras delimitadas sobre su actuación y la población tuvo que ser erradicada con bombardeos en aquellas zonas donde su erradicación fue incontrolable. A Eva, en ese momento, se le escapa una lágrima de rabia, se ha acordado de sus padres.

La guerra estalló en oriente, atribuyendo a países asiáticos y a Rusia la financiación del ataque terrorista. Todos los países occidentales los acorralaron dentro de los territorios rusos, chinos y árabes para evitar el mayor número posible de ataques en sus poblaciones. La guerra estaba planeada para un par de años después de la pandemia, según el documento, pero problemas grandes requieren soluciones aún más grandes y decidieron actuar cuanto antes.

Con todo ello, el escenario para las élites fue incluso mejor una vez que controlaron la pandemia con las bombas. Reactivaron la economía de occidente por medio de la venta de armas de los países autodeclarados neutrales y la importación de nuevas tecnologías. De esta forma, crearon diferentes bancas de ahorro para luego repartir los beneficios entre los países miembros. Los países neutrales fueron los encargados de hacer avanzar la tecnología y al quedar obsoleta dentro de las fuerzas armadas, sus avances se traspasaron al mercado convencional.

Cuanto más tiempo durase la guerra, mejor para establecer un nuevo orden y enriquecerse económica y tecnológicamente. El problema era que el virus continuó su expansión, aunque a un ritmo más lento y sin una cura aparentemente desarrollada.

Eva cierra el documento, no tiene tiempo de leer más. Desbloquea la *tablet* para ver dónde está Nuria. Ha entrado en una hiperautopista del mediterráneo, tendrá que esperar hasta ver el desvío que toma. Deben ponerse en marcha antes de que sea demasiado tarde para ello.

Escucha la puerta de cristal abrirse. Eva se gira y se encuentra a un militar sujetando a Alberto desde la espalda, apuntándolo con una pistola e inmovilizándolo, junto a otros tres militares apuntándola a ella. Por la escalera desciende Luca, sonriente.

—Al fin nos conocemos, Eva Salazar. Mi nombre es Luca Cinnoti. Tenía ganas de poder charlar contigo, pero antes permítenos detenerte.

El teniente Díaz indica a un soldado mediante un gesto que detenga a Eva. Este baja el arma y se acerca a Eva, que no opone ninguna resistencia mientras le colocan las esposas. A continuación, el soldado la lleva junto con Alberto y los hacen arrodillarse en el suelo. Luca se coloca frente a ellos.

—Supongo que a estas alturas ya estáis de sobra familiarizados con la naturaleza de vuestra amiga… Nuria. Nosotros la llamamos Sujeto 0. —Luca comienza a pasear mirando las instalaciones—. Estoy sorprendido, el búnker que prepararon en Roma no era tan amplio. Aquí en Iberia son todo privilegios. Pero vamos a dejarnos de intimidaciones, no es mi estilo. Me llamo Luca y estoy aquí para llevaros de vuelta a casa. En tu caso... —refiriéndose a Alberto—... Seguramente vayas directo a prisión por violar unas cuantas leyes que no vienen al caso enumerar. Pero a mí no me corresponde juzgar eso. No tenemos mucho tiempo, ¿dónde está el Sujeto 0?

—No lo sabemos. Se marchó sin más —habla Alberto en defensa de Nuria. Tiene miedo a morir a manos de Luca, pero cree que la causa es lo suficientemente significativa como para llevarse el secreto a la tumba.

—Encienda la *tablet*. —Eva se lo dice con la mirada perdida mientras Alberto la mira horrorizado—. Está detrás de usted.

Luca, seriamente, camina hacia el escritorio que tiene detrás de él y coge el dispositivo. Lo desbloquea y aparece un mapa. El punto de seguimiento de Nuria es claro.

—Vaya, se dirige a Almería —dice Luca—. ¿Es ahí donde está el artefacto? Por cierto, Salazar, tutéame. Entiendo que eres una persona educada y lo respeto, pero en cierto modo ya hay confianza.

—Solo he podido ver que cogió la hiperautopista hacia el mediterráneo. Puede encender el proyector y ver todo lo que sabemos. En unas horas todo el mundo lo sabrá.

—¡Eva! —grita Alberto, y un soldado lo golpea.

—¿A qué te refieres? —pregunta Luca con mucha curiosidad.

—Al plan Segundo Renacimiento. El nombre se las trae, sí, pero tú y tu gente, si es que se os puede llamar así, sois un maldito cáncer y ese documento lo demuestra. Sé quién eres Luca, tú fuiste el asesino de la masacre de Hong Kong. Se te fue la olla, es normal con toda esa presión. Ahora te han asignado el trabajo sucio, por lo que deduzco que no te cuentan todo porque solo hay dos opciones, o no tienes nada que perder o estás a punto de perderlo todo.

Luca, muestra frialdad ante las palabras de Eva; se muere por la curiosidad de leer lo que dice el documento a pesar de la certera, aguda y superficial deducción de Eva. Así que da a una tecla para que el ordenador vuelva a ponerse en marcha y el proyector ilumine la pared del fondo con la imagen extendida.

Luca y todos los presentes leen el último párrafo que ha leído Eva, donde se detalla a la perfección la idea y el germen del plan que ha llevado a la humanidad hasta su máxima caída. Es en ese momento cuando las palabras de Eva calan con retraso en Luca, «… estás a punto de perderlo todo». Ahora Luca sabe toda la verdad y comprende más que nunca por qué lo han usado como un auténtico peón. Le habían prometido el oro para más tarde darle migajas. Ahora que acababa de leer esas líneas, ha sentenciado su futuro y el de su familia, tras haber leído esa información clasificada para oficiales y funcionaros de alto rango entre los que él no se encuentra.

¿Qué debía hacer en ese momento? Las dudas lo asaltaban mientras sus compañeros seguían asimilando, estupefactos, todo lo que tampoco debían leer. Nuria, Eva y Alberto solamente han tratado de sacar la verdad por delante, porque si alguien tiene el verdadero poder son los civiles que se han quedado al margen de todo, mientras cumplían con sus obligaciones ciudadanas. Ellos podrían acabar con todo esto paralizando el sistema si dejasen de producir y trabajar. Los empresarios los seguirían puesto que están ahogados a impuestos para mantener lo insostenible y todo el planeta se colapsaría.

Nadie quiso esta guerra, solamente los hombres y mujeres como Asier y Elisa, sedientos de poder y control. Las dos personas que acaba de detener se han convertido en la fuerza motriz para que su familia y él puedan vivir libres al fin, sin mentiras, sin chantajes ni amenazas.

Aun así, el Sujeto 0 es un peligro para todos. Y a pesar de ello, se siente un auténtico demonio, un miserable. Durante los últimos años ha estado al servicio de genuinos dictadores, ha matado a numerosos inocentes y esto ha llegado a su fin. Tenía familia que cuidar, pero la línea que ha rebasado durante todo este tiempo está ahora a kilómetros de distancia, y debe hacer algo para volver hasta ella.

—Dime una cosa Salazar, ¿durante estos días no has notado nada diferente en el Sujeto 0? —pregunta Luca, cortando toda la avalancha de pensamientos y emociones que le invaden.

—Es igual de mentirosa que todos. ¿Inmune al virus? ¿Y qué más da si su sangre no sirve?

—¿Y no te llama la atención que su sangre precisamente deteriore cualquier recipiente?

A Eva tampoco le encaja.

—Ahora que lo dices… ayer demostró tener una fuerza impropia.

Luca arquea una ceja sobre sus gafas de luna.

—Tampoco sé todo acerca del Sujeto 0. Solamente rumores. —Piensa en alto Luca. El teniente Díaz lo mira extrañado—. Debo deciros que vuestra amiga no es un ser humano. Al menos tal y como lo entendemos la mayoría.

—¡Señor! —El teniente Díaz reprocha a Luca.

—Díaz, cállese. Seguramente esté entre estos archivos.

Luca mira, en el ordenador, la carpeta de documentos donde aparecen los informes del Sujeto 0. Busca durante unos instantes unas imágenes y las abre.

—Esto son radiografías que le hicieron, preoperatorias. Su esqueleto es metálico y tiene lo que los médicos han denominado un «intraesqueleto», que recubre todos sus huesos de metal a modo de musculatura, compuesta de un material que desconocemos. Pero si vamos a las imágenes de la resonancia… —Luca baja más sobre el documento—. Vemos que ese intraesqueleto está repleto de circuitos y un fluido transparente.

Eva y Alberto miran las imágenes con tanta sorpresa que son incapaces de emitir algún sonido. Eva comprende que su amiga no le haya contado toda la verdad, no solamente fue para ganarse su confianza en poco tiempo, sino para protegerla. Ahora mismo, Luca dictamina su propia sentencia de muerte o cadena perpetua al contarle cada detalle a todos los presentes. Seguramente la primera opción sea mejor.

—Somos testigos… vivimos en un tiempo en que este aparente ser humano ha aparecido en diversos registros históricos de diversas culturas. Todos se refieren a ella con la misma descripción, una mujer pelirroja con una fuerza sobrenatural, venida de otro mundo, una diosa. Escrituras antiguas clasificadas que nunca se han dado a conocer, al coincidir escandalosamente con otras culturas muy distantes. Ha aparecido en Egipto, Babilonia, México, China, Grecia, Escandinavia… Pero sobre todo mi país la dio a conocer a través del arte, como Venus.

El teniente Díaz apunta a Luca con su fusil.

—¡Señor! ¡Lo siento, pero tengo órdenes de ejecutarlo si desvela el origen del Sujeto 0!

El teniente Díaz va a apretar el gatillo cuando el soldado que esposó a Eva le dispara en la cabeza con su pistola. El teniente Díaz cae fulminado ante los gritos de Eva y Alberto debido al susto. Díaz forma un enorme charco de sangre a su alrededor. El soldado que estaba más cerca del otro alzó su arma, preso del pánico sin saber a quién apuntar. Luca saca su pistola y lo apunta mientras el otro soldado también lo hace.

—Baja el arma, Márquez —advierte Luca, sin dejar de apuntarlo—. Has leído lo mismo que nosotros, hemos sido utilizados y no tendremos garantía de nada cuando acabemos el trabajo.

—Por eso prefiero acabar con ello antes —dice Márquez aterrorizado.

Márquez se coloca el fusil debajo de la garganta y se suicida. La sangre salpica al soldado, a Eva y a Alberto. Luca apunta al otro soldado fríamente.

—Férriz, ¿estás con nosotros?

Férriz asiente. Luca y el otro soldado bajan el arma.

—Perdonad este incidente. Entiendo lo impactante que puede ser ver, por primera vez, morir a dos personas en tan pocos segundos, pero necesito vuestra atención de nuevo.

Eva y Alberto respiran hondo, sin dejar de temblar. Los oídos les pitan y duelen.

—El dolor de oídos se os pasará en un momento. —Luca prosigue con su relato—. El Sujeto 0 no es una diosa, no sabemos de dónde ha salido ni quién ha hecho posible todo lo que oculta su cuerpo, pero se la puede manipular, herir y matar como a cualquier persona. Y por eso vamos a ir a por ella, pero vosotros vais a hacer otra tarea. Férriz, García, quitarles las esposas.

Los dos soldados obedientes hacen lo que Luca les ha pedido. Eva y Alberto se masajean las muñecas por el dolor que el hierro apretado les ha causado. Se reincorporan.

—¿Por qué nos sueltas? —pregunta Eva.

—Porque cuando recuperemos el artefacto necesito que me ayudéis a ponerlo en marcha y darlo a conocer a todo el maldito planeta. No voy a quedarme de brazos cruzados sabiendo lo que está en juego. Soy un asesino a sueldo, al fin y al cabo. Acepto mis crímenes y quizá otra cosa no tenga, pero el sentido de la justicia está innato en mí.

—¿Y nos pides que nos fiemos de vosotros? —pregunta Alberto.

—No tenéis muchas más opciones. ¿Eres piloto verdad? —Alberto asiente—. Seguidme, hay un hangar en el búnker con un helicóptero.

3

Eva, Alberto, Luca y los dos soldados se dirigen hasta el fondo contrario al proyector en la sala de los servidores, por detrás de las escaleras y la entrada. Delante de la pared, Luca golpea siete veces con el puño sobre la misma. La pared se vuelve translúcida y un holograma solicita identificación ocular. Luca acerca su cara y el holograma reconoce el iris. Acto seguido se abre la puerta verticalmente. Ante ellos se descubre un largo pasillo blanco descendente. Se adentran en él mientras la puerta se cierra de nuevo.

—¿Tienes pruebas de todo lo que has dicho? —pregunta Eva a Luca, aún algo desconfiada.

—Déjame la *tablet*.

Eva le da la *tablet* a Luca enseguida. Luca la desbloquea y accede a una aplicación del servidor. Introduce un código y la aplicación desvela una carpeta llamada «0».

—Envía esa carpeta a tus compañeros si quieres. El Sujeto 0 siempre ha aparecido en periodos de conflictos bélicos, tratados de paz internacionales y…

—Pandemias —corta Eva.

—No encontrarás fotografías, sino grabados, óleos que se desconocían y estaban custodiados en cámaras secretas y, sobre todo, representaciones artísticas debido a que el último registro data de hace doscientos setenta años, en escrituras británicas. No está claro su propósito de entonces, ahora tampoco.

Eva no puede creer todo lo que Nuria es realmente. ¿Sería posible objetivamente que fuera un humano hiperdesarrollado? Luca parece de fiar, a pesar de saber quién es, y normalmente ella sabe cuándo le están mintiendo. Demasiadas investigaciones a sus espaldas como para no conocer a los mentirosos. Luca iba en serio, también en ayudarlos y estaba muy agradecida por ello. Alberto, sin embargo, seguía pálido.

—Ey… —Eva coge a Alberto por los hombros—. Tranquilo, vamos a salir de aquí.

—Esto me queda un poco grande Eva. ¿Qué se supone que vamos a hacer ahora?

—No lo sé. De momento coger ese helicóptero que dicen.

—Ya hemos llegado —Luca interviene en la conversación.

Luca se detiene a unos metros, donde de nuevo la pared se vuelve translúcida y otro holograma le da la bienvenida al hangar. Según se abre la puerta, a lo lejos, unas compuertas se despliegan lentamente con un sonido grave que recorre todo el hangar. Entra una corriente de viento suave y fresca.

Está construido como todo el búnker, bajo la montaña, pero en este caso el interior está prácticamente conservado. Numerosas vigas recorren el techo sosteniendo el peso de la tierra. El techo es alto, de unos treinta metros, lo suficiente para poder elevarse. Hay dos helicópteros, uno de ellos eléctrico.

—No creo que el motor eléctrico esté disponible después de tanto tiempo, pero tienes bidones de gasolina por si necesitas cargar el otro —explica Luca—. Os deseo buena suerte, pero por favor, id hacia el norte, tanto como podáis y escondeos. Intentad que no os descubran. Cuando consiga el artefacto, os localizaré.

—¿Cómo? —pregunta Eva.

El soldado Férriz saca una pistola más pequeña y dispara hacia el helicóptero. Ha colocado un localizador.

—Vosotros tenéis recursos para todo —dice Eva.

—*In bocca al lupo.*

Luca y los dos soldados se dan la vuelta y vuelven por el pasillo que han bajado. La puerta se cierra tras ellos.

Alberto va directo al helicóptero, abre la puerta, está helada. Se mete dentro y arranca el motor. Un HUD se despliega en el cristal. Es un helicóptero de gasolina, pero equipado con tecnología más moderna. Alberto ve que tienen combustible a tope.

—Podemos llegar hasta el sur de Francia si cogemos un par de bidones para no llevar mucha carga.

—¿De verdad piensas huir Alberto? Esperaba por tu parte algo más de espíritu aventurero.

—¿Quieres ir a por Nuria y su dichoso artefacto? —Alberto se altera—. Si quieres ir a Almería puedes poner en marcha el otro helicóptero, seguramente puedas llevarlo sola con el piloto automático. Es más moderno que este. Conmigo no cuentes.

—No discutiré contigo. Que te vaya muy bien, amigo.

Eva se marca hacia el otro helicóptero.

—¡Si no tienes ni idea de ponerlo en marcha! —Alberto grita para que lo escuche. Eva sigue caminando decidida—. Me cago en todo. ¡Te llevo!

Eva se detiene y se gira a escucharlo.

—¡Sí venga! ¡Te llevo!, pero vamos a ir en este. ¡No te quedes ahí parada y trae esos bidones!

Eva sonríe y ahora se dirige hacia los bidones de gasolina. Alberto inicia el programa de precalentamiento desde el HUD y el motor comienza a rotar suavemente las aspas. Se baja del helicóptero y se dirige hasta los bidones para ayudar a Eva.

—De todas formas…—Eva se detiene en seco.

—¿Qué? —Alberto intenta desbloquear el cerebro de Eva, que parece que ha colapsado.

—Aquí tiene que haber un laboratorio o algo que pueda… Sígueme.

GOLPE
DE REALIDAD

1

Nuria desciende por la rampa de la hiperautopista. Está peor conservada que la de Madrid. Algunas raíces de enormes árboles han agrietado parte del asfalto y las placas magnéticas están completamente resquebrajadas. Sin embargo, el sistema modular de esta tecnología permite que las demás placas funcionen con independencia de las otras.

A lo lejos, se ve el paisaje árido que asola a toda Andalucía. Edificios enterrados entre rocas y arena, destruidos por los lanzamientos de bombas contra los No-Humanos. Las paredes de estos ahora son negras. Algunos coches sobresalen como escombros entre la arena. Se acaba de fijar en que el color de la arena es grisáceo. Está llena de restos de hormigón y acero y el asfalto se deja entrever en algunas partes.

Polvo eres y en polvo te convertirás, pensó Nuria. Un paisaje apocalíptico. Desde el mismo, el localizador que señala el artefacto aún marca la misma posición en el mapa. Nuria emprende la marcha nada más terminar el descenso de la rampa. Su velocidad se ve reducida al circular entre arena y asfalto y al encontrar numerosos obstáculos en su camino.

La concentración que emplea es altísima y le faltan horas de sueño para poder recuperarse bien de tanto desgaste emocional. Además, el cielo está nublado, muy oscuro, por lo que puede llover en cualquier momento. Nuria no ve ni un solo claro a su alrededor o alguna zona. La nube es inmensa. Tanto como la bruma que hay dentro de ella.

Sus emociones siempre le han pesado, a lo largo de toda su existencia. Muchas veces el hecho de no haber podido exteriorizarlas con nadie la ha llevado a grandes periodos de depresión, y otras tantas veces, como con Eva, a conflictos. Sin embargo, en su misión las emociones son lo único que no deben interferir en ella, aunque ya es demasiado tarde para eso.

Vuelve a fijarse en el paisaje. A pesar del aspecto árido, apenas hay calor en el aire que entra por las ventanas del coche. Es una temperatura agradable, alta para ser finales de año, pero no demasiado. En parte lo agradece en esos momentos, mientras deja que el viento choque con su cara y haga ondear su largo pelo anaranjado. Su mente se relaja y vuelve a recordar.

2

Habían pasado varios años desde que me fui de la casa de Andrés. Falsifiqué varios currículums con tal de poder ganar algo de dinero. Empecé como simple repartidora de comida a domicilio. Este trabajo me permitía observar, en cierto modo, durante unos instantes la vida familiar en diversos hogares y atender a numerosas personas en la tienda mientras observaba cómo se comportaban entre ellos y las diferentes personalidades que existían en esta época. Más adelante conseguí otro trabajo en una empresa de consultoría de negocios donde pude entender cómo se movía el dinero en ese instante. Después, comencé a trabajar directamente con Sergio.

A veces, me gustaba ir a congresos sobre ciencia para ver los progresos en el mundo. En uno de ellos, en Londres, conocí a Sergio, que por entonces planteaba lo que sería el germen del artefacto que permitiría descender la temperatura del planeta. Apenas un diseño previo, solamente algo conceptual que contaba a sus diferentes colegas que lo miraban como a un loco. Él pensaba diferente al resto, incluso su forma de ser era totalmente distinta y eso fue lo que me hizo confiar precisamente en él, y, por tanto, ser la otra persona a la que contarle mi verdadero origen.

No tardé demasiado en ganarme su confianza, tras una larga conversación en la barra del bar del hotel en el que tenía lugar el evento. Sergio se quedó fascinado con todas las propuestas que le hice sobre cómo podría llevar a cabo la construcción de su invento, y a mí me fascinó toda su ilusión por buscar un verdadero cambio a mejor dentro de la civilización.

Sergio y yo colaboramos durante los siguientes cuatro años. Desarrollamos el artefacto mientras todo el planeta se iba a pique la pandemia del Virus G. No podíamos alzar mucho la voz, puesto que seríamos eliminados antes de conseguir nuestro objetivo, así que terminamos de construirlo y lo probamos en una cámara de contención.

El artefacto funcionaba perfectamente en los ensayos de laboratorio. Las simulaciones por ordenador que hicimos estimaban que podríamos enfriar el planeta entero en diez años, reducir la temperatura hasta 5° y ser capaces de mantenerla con las ayudas de los gobiernos, gracias a la producción de energía limpia. Aunque… ya conocéis el resto de la historia.

Un poco más atrás en el tiempo, cuando Sergio y yo supimos lo que estaba por llegar, volví hasta la casa de Andrés para advertirle y ofrecerle asilo.

3

Nuria estaba sentada ante la mesa con un plato caliente de lentejas. Andrés las preparaba de maravilla. Dedicaba horas a cocer lentamente las semillas y luego la carne a fuego lento junto con las verduras. El sabor y el color eran únicos. Nuria se sentía como en casa cada vez que las comía.

Andrés se sentó junto a ella con su plato ya servido, con una sonrisa por tenerla de nuevo en su casa tras varios años habiendo mantenido el contacto por teléfono. Andrés rompió el silencio y fue al grano, como siempre había hecho:

—Se habla mucho de que ese virus puede llegar hasta Europa.

Nuria comió un poco más del plato de lentejas. Lo disfrutó, probablemente porque sabía que sería el último que comería cocinado por Andrés. Se limpió los labios con su servilleta de tela, suave y casi perfumada, con su olor a la madera del cajón donde el párroco las guardaba.

—¿Vendrás conmigo?

Nuria fue tan directa como él. Con esa pregunta, contestó a Andrés claramente, pero sabía que era imposible hacerlo marchar, así que su pregunta sonó más a esperanza que a una orden imperativa camuflada. Andrés dejó la cuchara dentro del plato a medio terminar.

—¿Qué sabe sobre ti ese tal Sergio?

—Todo.

—Comprendo… —Andrés da otro sorbo.

—Sinceramente, Andrés. No sé cómo afrontar todo esto y necesito saber tu opinión.

—Nunca hubiera imaginado que acabarías pidiéndome consejo.

—Quiero saber si he hecho lo correcto desde tu punto de vista.

Andrés suspiró y esta vez el estómago se le cerró. Apartó su plato.

—Si le dices a cualquier animal, por ejemplo, al lince, que le vas a arrebatar su hábitat porque hay que remodelarlo, pero mientras tanto tendrá un parque solamente para él, su descendencia, nunca le faltará comida, podrá convivir con otras especies, sobrevivir al fin y al cabo… pero sin salir de sus fronteras, como en una cárcel, porque si lo hace morirá. ¿Qué crees que te respondería?

Nuria agachó la cabeza.

—No se trata de lo que yo opine Nuria, sino de lo que es necesario.

Andrés se levantó, recogió su plato y lo llevó hasta la cocina. Una lágrima recorrió la mejilla de Nuria y cayó hasta que se precipitó contra el suelo. Andrés volvió y se asomó por la ventana a contemplar el vacío pueblo, sin vida alguna ya.

—Tu propósito escapa a mi comprensión, jamás podré entenderlo y mucho menos compartirlo. Será un reinicio total. —Andrés se gira hacia Nuria—. ¿Pero por qué decidiste aparecer aquí, en Iberia y no en cualquier otro lugar?

Nuria se giró también, ya recuperada de su malestar. Una lágrima recorrió su mejilla y lo miró fijamente.

—Donde yo nací no existían ya las fronteras. Todos éramos uno solo, formábamos parte de un todo como especie. Nunca he elegido donde reaparecer, salvo esta última vez, porque dio la casualidad de que el contexto geopolítico era, y es, más favorable para llevar a cabo el golpe de realidad.

—¿Siempre fuimos más manipulables? —Andrés estaba visiblemente ofendido.

—En parte, y aunque me duela decirlo, sí. Pero por otro lado sois la única nación capaz de resistir tantos golpes constantes viniendo de todas partes. Siempre os mantenéis a flote aún sin el capitán. Y eso es honorable.

Hay una breve pausa.

—No soy yo quien necesita recibir elogios, Nuria. Son todas

esas personas que perderán su vida por una causa que nunca conocerán. Llevo treinta años dedicado a servir al Señor, y sé que no es una cruzada contra mi camino, ni un castigo. Sería de un egocentrismo mayor aun que tu propósito. Pero no puedo dejar de sentir rabia e impotencia por pagar los pecados de otros.

—Mi decisión no está tomada, Andrés.

—¿Acaso será favorable a nosotros? Nos habéis dado un ultimátum, Nuria, y por primera vez en mucho tiempo, he dejado de tener fe.

ΛNTES DE PΛRTIR

1

—¿Por qué estás tan segura de que hay un laboratorio?

Alberto está más nervioso de lo habitual. Es normal, a pesar de haber quedado libres, hasta hace unos minutos un arma le apuntaba directamente a la cabeza. Quiere salir cuanto antes del búnker y la tozudez de Eva no ayuda a calmarlo.

—Joder, Alberto, piénsalo. No se iban a encerrar aquí con la posibilidad de que alguien cayese infectado y no tuviesen al menos algo con lo que frenar el virus.

—¿Y todos esos muertos que hay repartidos? ¿Qué me dices de ellos?

—Ahí es donde entras tú. Puedes volver a la sala del servidor a recuperar las grabaciones para saber qué pasó aquí y hace cuánto.

—Diez minutos Eva. Solo diez minutos y nos largamos.

—Ya veremos —sentencia Eva, ante las prisas de Alberto.

Al volver a la entrada del pasillo que lleva hasta el hangar, con la *tablet* Eva accede al sistema del servidor para buscar un mapa tridimensional del búnker. No tarda demasiado en conseguirlo mientras sigue escuchando a lo lejos a Alberto maldecir cada cosa que le ocurre desde la sala de servidores.

Las escaleras centrales descienden a los niveles inferiores. Eva se detiene al pisar el primer peldaño y se da cuenta de que no hay luz en esa zona, así que enciende la linterna de su móvil y se dispone a descender por los peldaños metálicos. En total, recorre tres plantas hasta llegar al laboratorio. La primera parecen ser habitaciones y la segunda un almacén de armas. Ninguna de ellas con luz. Qué distribución más extraña. Todo parece improvisado, piensa.

A medida que desciende, se le acelera el pulso. Eva y la oscuridad no se llevan bien desde que ella era una niña. Con el móvil, puede manejarse y aunque tiene la certeza de que no hay no-humanos cerca por el hecho de que ya se habrían hecho notar horas antes, su autosugestión la devora poco a poco mediante el miedo.

Al llegar a la tercera planta, Eva ilumina con el teléfono en la pared un letrero que le indica que está en el laboratorio. Las puertas están abiertas y la luz del móvil deja distinguir algunos cuerpos, papeles y sillas tirados por los suelos. A pesar de estar situado en la planta más baja del búnker, el agua se ha filtrado a través de las paredes y la humedad es alta. Quizá la red eléctrica de cada planta estaba independizada y por eso tampoco había luz en las otras dos de arriba. Lo extraño es que se haya mantenido en las plantas principales. Seguramente la sala del servidor tenga un mayor recubrimiento contra el agua filtrada.

Eva percibe una tenue luz parpadeante. Se dirige hacia ella lentamente. Además de humedad, la sensación de frío cada vez aumenta y el entorno no ayuda a calmar sus pulsaciones. El latido de su corazón es tan fuerte en este momento que le duele el pecho. Pero Eva se mantiene firme y camina lentamente hasta que, sin darse cuenta, en un despiste, se tropieza. Al caer contra el suelo, su cabeza choca contra las baldosas. Su cráneo es duro y la baldosa se parte. Por suerte no se ha hecho ninguna herida, pero el dolor es muy fuerte.

Durante un rato se queda desorientada sin saber dónde está.

Mira a su alrededor sin ver nada y en contraposición sus pulsaciones bajan. Prefiere quedarse quieta hasta recuperar completamente la noción del espacio y el tiempo.

Eva recapitula, en pocos segundos, todo lo que le ha ocurrido. El dolor es cada vez más fuerte a medida que se hace consciente de sí misma. La luz parpadeante había quedado desenfocada, pero ahora puede verla con claridad. Procede de una sala no muy lejos de ella.

Eva apoya la mano sobre el suelo para reincorporarse y nota que está mojado por algo viscoso. Utiliza su móvil y ve el horror.

Un cadáver completamente desfigurado y en descomposición. Parece que la mira desde el suelo. Eva ahoga un grito para no alertar a Alberto y se levanta rápidamente, evitando la mirada vacía mientras se echa hacia atrás y vuelve a dirigirse hacia la sala de donde procede el parpadeo de la luz.

La sala es una habitación rectangular de cristal, reforzada en sus vértices por acero. El cristal es bastante grueso, parece a prueba de balas. En su interior, hay un par de cadáveres alrededor de un estante que soporta una caja de contención biológica. ¿Sería eso la cura? Al lado del estante, hay un pequeño escritorio con un ordenador. Eva puede abrir la puerta fácilmente ya que al no haber corriente no está sellada.

El hedor a muerto es insoportable y se coloca la camiseta por encima de la nariz. La luz procede de la caja de contención, que parece estar conectada a una batería de larga duración, pero Eva descubre que su fuente eléctrica procede de un cable que se extiende por la sala y sube hasta el techo. Seguramente conectado a la red principal para no perder la refrigeración.

Eva intenta poner el ordenador en marcha, pero es inútil. Abre la tapa de la torre y saca los dos discos duros sólidos de grafeno. Eva vuelve sobre sus pasos hasta llegar de nuevo a la escalera y rápidamente asciende por ella para llegar hasta la sala de los servidores. Al llegar, ve a Alberto más relajado de lo normal.

—¿Sabes ya qué ha pasado? —pregunta Eva

Alberto se asusta. Ha estado tan concentrado hasta ese momento que no se había dado cuenta de la llegada de Eva.

—No he encontrado nada relevante en las imágenes. Solamente sé que la compuerta de salida falló y se murieron de hambre. Alguien desconectó la grabación de las cámaras hasta hoy. El sistema se ha reiniciado y ha vuelto a grabar. ¿Ves? Aquí estamos nosotros entrando.

Eva se ve a sí misma junto con Alberto y Nuria.

—Échame un cable para colocar estos discos duros.

Alberto se levanta y sigue a Eva. Ambos buscan a través de la vitrina que envuelve al servidor dos ranuras disponibles de discos duros. No tienen tiempo de reemplazarlas por otras puesto que tendrían que comprobar previamente qué información perderían. Eva las encuentra finalmente. Mientras Alberto vuelve a la silla enfrente de la pantalla, Eva abre la puerta de cristal y coloca los discos duros en paralelo en las bahías. Empuja fuerte hasta escuchar dos clics.

Automáticamente, una nueva ventana se abre en la pantalla principal. Los discos funcionan como uno solo. Eva vuelve hasta donde está Alberto y la ventana contiene un *petabyte* de información. Eva divide la información y la mayoría son archivos de vídeo en alta definición, seguramente de pruebas con sujetos y simulaciones de bioingeniería.

—¿Qué había ahí abajo?

Alberto pregunta a Eva con el fin de definir un parámetro de búsqueda que los ayude a acabar antes. Eva le cuenta lo que ha visto y su teoría sobre la cura del Virus G. Alberto prueba diferentes palabras. El buscador del sistema operativo es bastante rápido, pero no han afinado lo suficiente como para encontrar el archivo que buscan. El problema es que no saben qué buscan exactamente y dan algunos palos de ciego.

Mientras Alberto sigue insistiendo, Eva desbloquea su *tablet*. Abre la aplicación que marca la posición de Nuria. Parece que ya ha llegado a donde quería estar. Un pueblo cercano al Cabo de Gata. El punto que marca su posición parece no desplazarse, así que Eva amplía el mapa hasta que ve cómo se mueve a lo largo de la pantalla al ritmo de una persona que va caminando.

¿Por qué no nos ha dicho toda la verdad desde el principio? La habría creído, Eva se lamenta. En el fondo cree que puede volver a recuperar a Nuria, pero sus esquemas de valores internos le dicen que no debe hacerlo.

Mira la hora. Son las 19:21. Se les hace tarde. ¿Tarde para qué? Ahora pueden centrarse en encontrar una cura y darla a conocer. Si toda la población supiera realmente que funciona, la revolución estaría servida. Pero ¿por qué Nuria no se quedó a ayudarlos con esto? El artefacto es importante y Eva lo sabe, puede ayudar también a revertir la situación medio ambiental a largo plazo.

También está rondando en su cabeza, ahora mismo con miles de pensamientos que bloquean la respuesta a qué hacer, todo lo que Luca les había contado. ¿Venus? Están chalados, piensa. Eva ha creído muchas cosas, pero Luca le hablaba de un ser humano que trascendía al espacio y al tiempo. Y aunque fuera cierto, ¿qué hacía entonces aquí? ¿Por qué razón aparecía en distintas épocas? ¿Y el intraesqueleto de metal? ¿Acaso era un *cyborg*? Si Alberto le dijese ahora que está echando humo por las orejas, se lo creería sin dudarlo. Pero Eva no puede creer todas estas afirmaciones de Luca, ¿podría haber dicho semejante disparate para que simplemente dejase de interesarles todo lo que rodea a Nuria y se centrasen en lo que él quería? Nada tiene sentido. Ellos son el Gobierno y saben a lo que se enfrentan, pero ¿de verdad esperan que creamos esto? Voy a seguir investigando, se dice.

Sin embargo, Luca tiene que saber lo que esconde este

búnker. Los ha dejado campar a sus anchas, con la esperanza de que se fueran cuanto antes. No, quiere que encontremos algo. Si no habrían esperado a vernos partir. Quizá no sea un simple peón, pero sí es una torre prescindible, llegado el momento, para los reyes. Así que tiene razones de peso, como le había dicho antes, para dejarlos seguir investigando en este lugar.

—Eva. —Eva se gira hacia Alberto, saliendo de su ensimismamiento—. Si encontrásemos realmente una posibilidad de curar a todos los No-Humanos entre todos estos archivos, tendríamos que experimentar previamente con alguien. No podemos darlo a conocer sin que se nos eche antes encima el Gobierno.

—¿Qué palabras has buscado? —Eva Tiene un momento de lucidez. Ignora lo que le propone Alberto.

—Pues siendo un virus: vacuna, virus, retrovirus…

—Y si realmente… ¿no es un virus lo que debemos buscar?

—¿Una bacteria?

Eva asiente.

—¿Sugieres que toda esta pandemia se acaba con antibióticos?

—Piénsalo, los estábamos tomando por tontos. Hemos creído que se les había escapado el control de la enfermedad y en parte es cierto, se les ha ido de las manos, pero porque no contaban con la resistencia que han desarrollado las bacterias, no porque no supieran cómo acabar con ello.

—Eva, ¿te estás escuchando? Son dos cosas totalmente distintas, ¡es de primaria! ¿De verdad iban a confundir un virus con una bacteria?

—No, no lo han confundido. Simplemente han cambiado el nombre para crear control sobre sus propios círculos de poder. Tener a toda la comunidad científica ocupada, sin encontrar una vacuna capaz de erradicar al virus, y haciendo desaparecer a aquellos que descubriesen la verdad, solo daría notas de prensa como hasta ahora, aterradoras para todo el mundo. «No hay cura, lo dice la ciencia». Pero…

—Pero habrá cura —interrumpe Alberto—… cuando a nosotros nos convenga.

—Eso es.

Alberto se gira e introduce la palabra «bacteria» en el buscador. La ventana del buscador comienza a buscar rápidamente entre todos los archivos. Encuentra uno. Un solo archivo entre todo ese montón de información. Hace doble clic para abrirlo. Sale una nueva ventana que solicita una contraseña.

—Mierda —se lamenta Alberto.

—¿Perdona? ¿Desde cuándo supone un problema averiguar una contraseña?

Eva sonríe para sí misma. Conecta su *tablet* por USB al servidor y vuelve a abrir su aplicación para descifrar claves.

—Oye, cuando pase todo esto…

—No pienso darte esta aplicación. La cree yo con fines profesionales.

—Es que me gustaría ver algunas cosas de viejos enemigos… ya sabes…

—Te jodes. —Eva le sonríe. Alberto se ríe, sabe cómo es Eva.

La aplicación ha obtenido cuatro dígitos en forma de asteriscos. Eva había desarrollado la aplicación con el fin de nunca recordar una contraseña, así que el propio dispositivo a través del cable introducía automáticamente la clave sin dejar ver los caracteres. Es una forma que tiene ella de sentirse mejor al invadir la privacidad de las empresas y personas.

El archivo se desbloquea.

El documento se abre y se cargan tan solo treinta páginas. La salvación de la humanidad se resumía en tan solo treinta páginas y las tenían delante de la pantalla.

Con la rueda del ratón descienden por el documento, hasta llegar a unas gráficas donde se muestra el sistema de contención que Eva ha encontrado en el laboratorio. Efectivamente, todo este tiempo ha aguantado con unas baterías de bajo consumo. Al reactivar la red eléctrica principal con el generador, han dejado de funcionar y han pasado a recargarse de nuevo.

Más abajo, descubren que los antibióticos son muy potentes y el tratamiento por persona dura aproximadamente 21 días, administrando las dosis progresivamente. Además, hay que aislar a cada enfermo para evitar la propagación de la bacteria y que transmita la información genética para desarrollar la resistencia al antibiótico. Un proceso lento, pero no imposible. Aunque tampoco tienen 21 días para ensayar con cualquier No-Humano.

—Deberíamos ayudar a Nuria, Eva. Nos habrá dejado tirados, pero mira lo que hemos encontrado. Podemos mandar esta información cifrada a cualquiera de nuestros amigos para que vengan a por la cura. Así matamos dos pájaros de un tiro.

—Quizá no consigan traspasar la frontera.

—Está bien, dame dos minutos. Programaré la energía del búnker desviándola toda al sistema de contención del antibiótico. Cuando el generador se quede sin gasolina las baterías estarán cargadas y aguantarán lo suficiente, incluso para que nosotros podamos volver.

—Si es que volvemos.

—Por eso tenemos que ayudar a Nuria. Eva, sé qué hace un rato solamente quería largarme de aquí, pero llevo toda mi vida huyendo de los problemas, engañándome a mí mismo en la forma de enfrentarlos. Y sí, por una vez tengo la oportunidad de remediarlo y sentirme realmente útil en esta mierda de mundo que nos ha tocado vivir. Además, quizá así Nuria nos confiese realmente todo lo que Luca nos ha dicho.

Eva tiene sentimientos encontrados, pero Alberto tiene toda la razón. Deben ir a ayudar a Nuria, aunque sea lo último que hagan. Enviarán de forma segura todos los datos y cómo acceder al búnker.

2

Tras finalizar el proceso de desviación de energía, cogen sus mochilas cargadas previamente de provisiones y se dirigen de nuevo al hangar. Las puertas están abiertas durante diez minutos, que es el tiempo que Alberto ha dejado en cuenta atrás.

Se suben al helicóptero de gasolina. Alberto despliega el HUD y arranca los motores. Se colocan los intercomunicadores. Alberto acelera la rotación de las hélices y el helicóptero se eleva brevemente. Con mucho cuidado, desplaza el helicóptero hasta la salida del hangar.

Ya en el exterior, Alberto se eleva y Eva le indica que dirección tomar según mira en su *tablet*.

Es la primera vez que Eva ve la sierra de Madrid desde lo alto. El paisaje es simplemente alucinante. El verde grisáceo se extiende por hectáreas ante sus ojos, que se relajan al observar el horizonte. Vuelve la vista a la *tablet*.

—Vas a tener que acelerar, Alberto.

—¿Pasa algo?

—Hay dos puntos en el GPS que acaban de salir de la hiperautopista a Almería. Entiendo que Luca no iba solo con esos dos.

ANDRÉS

1

Nuria atraviesa la carretera por la que Andrés la recogió años atrás, cuando acababa de volver. La arena que antes tapaba el terreno ha desaparecido. Cerca de la costa el asfalto no está cubierto, pero en el horizonte se ven grandes dunas que cubren edificios y casas.

Nuria se siente una extraña. La misma sensación con los primeros días que estuvo con Andrés. Esta vez el pueblo está desierto, abandonado. Ni una sola luz encendida, ni si quiera en la iglesia. ¿Estaría aún Andrés allí? Debe comprobarlo antes de ir definitivamente a por el artefacto, quizá incluso pueda ayudarla en su misión.

Las calles inspiran soledad pero no miedo al estar completamente desiertas. El aire ondea algunas persianas rasgadas que han quedado por fuera de las ventanas. Parece que el pueblo fue abandonado de la noche a la mañana. En todo este tiempo, no ha podido mantener el contacto con Andrés, se alegrará de verlo si es que aún vive en el mismo sitio.

Una particularidad del pueblo es que su calle principal daba al oeste, y el sol se ponía dando lugar una puesta de sol espectacular a través de las montañas. La luz, en ese momento del día, hacía que, por unos instantes, la vida tuviera aún más sentido en su dimensión contemplativa. Un planeta hermoso, pensó Nuria.

Nuria llega a la iglesia. Los ladrillos de adobe que la componen están deteriorados por la falta de mantenimiento. Aparca el coche, apaga el motor y contempla la fachada sin salir.

El viento ha parado. Sale del coche y el silencio es abrumador. Total y absoluto silencio. Cuando decide caminar, solamente sus pasos en el asfalto agrietado son los que se escuchan.

La iglesia está abierta. La madera se ha conservado mejor, seguramente el padre Andrés aún mantiene el interior. Nuria tiene demasiados pensamientos en la cabeza y emociones en el pecho. Así que antes de entrar, se detiene y cierra los ojos. Respira varias veces y su caos interior se reordena parcialmente, calmándola. Vuelve a abrir los ojos y con más seguridad se adentra.

Dentro, la luz que entra por las vidrieras forma diversos tonos de color con diferentes intensidades del sol, que se mueven mientras el astro rey cae paulatinamente por el horizonte. El interior está intacto. Todos los bancos, los pilares de agua bendita y los óleos están perfectamente cuidados. A pesar de las dificultades económicas que Andrés siempre había mencionado para mantenerla, se las ha arreglado durante todo este tiempo para conseguirlo. Nuria avanza hacia el altar con la figura de Cristo al fondo. Se detiene a mitad del camino, sin dejar de mirarle.

¿Quién es Dios? ¿Un hombre torturado y crucificado? Dudo bastante que le guste que lo adoren con esta imagen tan triste. Entiendo el sacrificio que hizo por la humanidad, pero no creo que lo hiciera para comprometer a las personas a través de la pena disfrazada de amor. Sí, amor. La mayoría ven en estas figuras un acto de amor absoluto. Cuesta creer que el amor verdadero conlleva sacrificios enormes por los demás. Es maravilloso. ¿Cómo una emoción tan poderosa es capaz de crear y destruir a partes iguales? Es la eterna dualidad del Todo, las fuerzas opuestas que no existirían sin las demás. Estas pequeñas reflexiones me han acompañado toda mi existencia. Puntuales, pero me hacen mantener los pies bien atados al suelo.

Nuria se sienta en los bancos de la quinta fila a, simplemente, escuchar el silencio. Nunca se ha sentido devota de ninguna religión, pero tampoco ha negado absolutamente todo. Solamente escucha lo que las personas tienen que decir.

Nuria baja la mirada en un intento por encontrarse con ella misma, pero en la trayectoria que siguen sus ojos encuentra unas gotas de sangre cerca del altar. Están recientes, aún brillan ante la luz que atraviesa las vidrieras. Se levanta alterada, no hay descanso. Podría estar en peligro o quizá tener que ayudar a alguien.

Sigue el rastro que la lleva hasta la puerta que conecta con la casa de Andrés. Se teme lo peor.

Nuria abre la puerta y cruza el blanco pasillo iluminado por una bombilla que cuelga del techo. Apenas son cinco metros, pero nunca le ha gustado, ya que es tremendamente estrecho y claustrofóbico. El rastro de sangre sigue y hay marcas de la mano ensangrentada en las paredes. Cruza la siguiente puerta que ya estaba entreabierta y vuelve a la casa que la acogió durante tres meses.

El aspecto es distinto. Mucho más sombrío, con grietas en las paredes. Los cuadros que había colgados ya no están. Todo está lleno de polvo. En la cocina, hay varias cacerolas y platos mugrientos que llevan tiempo sin ser lavados. En una esquina superior, ha empezado a salir moho negro y, en general, el ambiente está cargado por un fuerte olor. El reguero de sangre cruza la vivienda hasta el baño. Nuria escucha un quejido. El corazón le da un vuelco y las pulsaciones se aceleran de golpe. Le duele el pecho de la velocidad a la que late.

Camina con cautela, Andrés no habría dejado que la casa empeorase de esta forma por lo que podría ser otra persona la que esté en el baño, incluso podría tratarse de un No-Humano. Según se acerca, escucha las respiraciones de alguien a quien le cuesta inhalar el aire. La puerta no está cerrada del todo y Nuria, con el corazón a punto de estallarle, mira entre el marco y la puerta para ver de quién se trata.

2

Eva y Alberto atraviesan la Sierra de Cazorla con el helicóptero. La vegetación se mezcla con grandes cantidades de polvo y escombros de los diferentes pueblos que rodean la zona. Hay algunos cráteres de los impactos de bombas lanzados. Un destello desde la superficie llama la atención a Alberto.

—Ahí abajo hay gente.

Eva mira y ve el destello también.

—Será cierto… —se lamenta Eva.

El hecho de que haya comunidades de personas indica que la vida es perfectamente posible. Eva se detiene a observar que hay un muro que rodea un perímetro pequeño en la sierra. Es perfectamente visible desde el aire ya que no vuelan a una altitud excesiva. Habían construido su propia fortaleza contra los No-Humanos y parecían haber esperado todo este tiempo la oportunidad de comunicarse con el exterior. ¿Serían ellos las primeras personas del exterior que veían en mucho tiempo? Podría haber incluso niños que jamás hubieran visto un helicóptero.

—Estaría bien que, al volver al norte, comunicásemos lo que acabamos de ver.

—Primero tenemos que volver. —Eva prefiere ir paso a paso en el presente antes de hacer planes de futuro.

—¿Nuria sigue moviéndose?

—No, está detenida en un punto concreto. Los convoyes militares van más lentos de lo normal. No entiendo nada. Aun así, ¿no puedes ir más rápido?

—Está máquina no da más de sí, Eva. De hecho, tendrás que reponer el primer depósito en breve.

—Tendríamos que haber ido en el eléctrico.

—Entonces tardaríamos más. Créeme. Además, en caso de

quedarnos sin batería tendríamos que buscar el sol por encima de las nubes.

—¿Y eso habría sido un problema?

—Con esa tormenta que tenemos ahí delante, sí, lo habría sido. Esos trastos son muy ligeros. Joder Eva ¿por qué me cuestionas todo?

—Perdona. Sigue a lo tuyo.

Alberto tiene razón. Eva comprende que ir a mayor altitud supondría problemas de estabilidad, y no se había detenido a pensar en las posibilidades de que una tormenta podría matarlos. Lo mejor es que siga callada y controlando la posición de Nuria, por si volviera a moverse. No le interesa entrar en una discusión.

3

—¡No!

Nuria entra al baño apresurada. Andrés está metido en la bañera, desangrándose. Tiene una herida en el costado que se ha vendado malamente. La sangre sale a borbotones. Está pálido, pero aún tiene fuerzas para reconocer a Nuria. Una sensación de alegría y orgullo lo invaden a la par que el dolor, y los mareos se intensifican.

—Nuria… que sorpresa… verte. —Andrés tirita. Hace frío.

Nuria lo cubre con una toalla que tiene colgada en un radiador de pared.

—Gracias…

Andrés le toca la mejilla a Nuria. Ella le coge el brazo cariñosamente.

—¿Qué te ha pasado?

Andrés traga saliva y reúne fuerzas para poder hablar con ella. Respira hondo varias veces mientras se duele. Nuria mira la herida. La piel de Andrés, blanca como las nubes, se vuelve negra mientras las venas se marcan cada vez más cerca de la herida.

—Te han mordido. Puedo curarte, Andrés. Déjame. —Nuria le aparta el brazo y va a poner las manos en la herida.

—No.

Andrés la detiene. Nuria insiste, pero él niega. Nuria cede.

—Estoy… muy cansado Nuria. Muy cansado. —Se retuerce de dolor con un grito—. Hay una familia… cerca del faro… Tienes que ayudarlos. Él quería sacrificar a su mujer y sus hijos… —Andrés tose—. Están infectados. Fui a darles la extremaunción. Están muy enfermos. —Vuelve a toser y se retuerce más del dolor—. Y tienen algo que te interesa…

—¿El qué?

—Esa cosa que inventaste con Sergio… Ve, por favor…

—Está bien. Iré… Pero déjame curarte antes. —Nuria es insistente.

—Nuria, por favor… —Vuelve a detenerla—. Ya he cumplido con mi vida. Aquí… aquí no queda nadie… Estoy en paz Nuria… y tú tienes que acabar lo que viniste a hacer…

Nuria no puede evitar que las lágrimas se le caigan y recorran sus mejillas dejando un tenue brillo sobre su piel hasta que acaban por caerse sobre el cuerpo de Andrés, cuya respiración cada vez es más lenta.

—¿Has… decidido ya?

—No… no sé si estoy tomando la decisión correcta Andrés —Nuria habla entre lágrimas y sollozos—. No sé qué hacer.

—Tienes… la causa más noble que he conocido nunca, Nuria… solamente… ten fe…

—Así es como todas las cosas se han torcido. —Nuria recupera algo el aliento, pero sigue llorando—. Cuando me he dejado llevar por mis emociones. Y era la única norma que tenía que seguir.

Andrés sonríe y la mira.

—Después de todo, Nuria… sigues siendo humana… No dejes de serlo… Cuídate…

Nuria se despide de Andrés besándole el dorso de la mano. Andrés expira su último aliento y su mirada, que ha estado siempre llena de vida, ilusión, ganas y fuerza por mejorar el mundo desde su posición, como ha podido y hasta donde ha podido, se desvanece. Su rostro está vacío, sin alma.

La muerte, vista de cerca para Nuria, siempre ha sido aterradora y hermosa al mismo tiempo. El ciclo para Andrés ha finalizado. Nuria le cierra los ojos y lo tapa con la toalla hasta arriba.

Se levanta y abre el grifo, aún hay agua corriente, aunque sale un poco sucia al principio. La deja correr mientras se sostiene en la encimera del lavabo y se mira al espejo, respira hondo y trata de recuperarse. Necesita acabar ya y encontrar el artefacto cuanto antes.

El agua ya sale limpia y Nuria quita la sangre de sus manos y su cara. Se moja la cara para quitarse las lágrimas, y con la misma manga de su abrigo se la seca. Echa un último vistazo al cuerpo de Andrés cubierto por la toalla y sale de la habitación.

De su mochila, saca la *tablet*. La desbloquea y abre la aplicación que le permite localizar el artefacto. La cobertura no es buena así que se desplaza hasta la salida de la vivienda. Entra un mensaje cifrado de *tablet* a *tablet*. Es Eva.

> Hola Nuria… En fin, sigo alucinada contigo y con tus mentiras… pero esa conversación puede esperar, la verdad. Hazme un favor y cuando encuentres el artefacto quédate quieta, vamos de camino en un helicóptero para recogerte. Tenemos tu posición. Después de todo buscamos lo mismo ¿no? De todas formas, ándate con ojo, los militares te pisan los talones pacientemente hasta que encuentres el artefacto. Escóndete y escribe por este mismo canal cuando tengas todo listo. Nos vemos pronto.

Nuria se siente en parte alegre por saber que Eva vuelve a por ella y todavía quiere resolver la situación. Cierra la burbuja de la conversación y vuelve al mapa. La baliza que lleva el artefacto emite una señal algo débil. Se está quedando sin batería y ha pasado al modo de ahorro energético. La señal proviene del faro que hay cercano a la cala del Barronal como vio en el búnker, al que ha prometido dirigirse.

La puesta de sol ya está en el horizonte y pronto será 19 de diciembre. Debe darse prisa. Vuelve a guardar la *tablet* en la mochila, cierra la cremallera y se cuelga la mitad de ella a la espalda.

Sale decidida por la puerta y la deja abierta. Abre el coche y deja la mochila dentro. Vuelve a la casa. Va a la habitación de Andrés y coge las sábanas de su habitación. En el baño, saca con cuidado el cuerpo del sacerdote de la bañera y lo envuelve en la toalla y las sábanas. Con una asombrosa fuerza, Nuria carga con el cuerpo en brazos y sale de la casa.

Abre el maletero. No le gusta cargar ahí el cuerpo, lógicamente, parece un asesinato con el que deshacerse de las pruebas, pero sería mucho más complicado colocarlo en los asientos traseros. Cierra el maletero. Vuelve para limpiarse la sangre rápidamente.

Al salir de nuevo, echa un último vistazo, porque no sabe si será la última vez que verá la que fue su casa… Tras finalizar su particular despedida, agradecida por los momentos que ha pasado dentro, se sube al coche y arranca.

Nuria atraviesa el pueblo almeriense en ruinas y vuelve a alejarse una vez más de él por la carretera. Ahora mismo, su mente ha focalizado solamente la idea de recuperar el artefacto y ayudar a la familia que le había pedido Andrés. El resto está bloqueado intencionadamente por su cabeza.

El faro se ve a lo lejos. Parece que aún funciona porque acaban de encenderle la luz. Nuria pisa el acelerador, la carretera que la lleva a su destino está despejada. Mira a su alrededor y por los retrovisores, atenta a que nadie la siga. Confirma que va sola y vuelve a centrarse en conducir.

EL ARTEFACTO

1

Nuria llega al faro. Ha reducido la velocidad considerablemente con el fin de no llamar demasiado la atención puesto que no sabe lo que se va a encontrar. Apaga el motor y contempla el mar que la vio nacer, de nuevo, a lo lejos. Los tonos anaranjados de este lugar son para ella inigualables a ningún otro sitio del mundo.

Sale del vehículo. Recorre el camino de piedra que hay hasta el faro mientras observa la cala a su izquierda. Tan solitaria y misteriosa como cuando llegó, el sonido de las olas retumba en sus oídos y le transmite tanto paz como inquietud.

El tiempo se acaba. Al llegar, la entrada al faro está cerrada y al lado está la casa de los fareros, de estructura similar a la de Andrés. Tienen la puerta abierta y su cerradura choca constantemente con el marco de la puerta por las corrientes de viento que se forman desde el interior de la casa. Nuria se adentra en ella.

La luz que entra es mínima. Hay una pequeña mesa a la entrada, con unas figuras de metal viejas. Una de ellas está rota. El suelo es de piedra y se siente el frío a través de las botas. Escucha a alguien respirar fuertemente a su izquierda. Se gira y Nuria ve una habitación de la que sale algo de luz anaranjada. Se acerca muy lentamente mientras la respiración se hace más fuerte y entrecortada. Se parece más a un jadeo por ansiedad.

«Están muy enfermos», le había dicho Andrés, «ayúdalos, por

favor».

Nuria entra en la habitación y ve a una mujer atada a la pared con cadenas y dos niños dormidos en un extremo de la habitación, también encadenados, separados un metro de distancia y sin posibilidad alguna de moverse al estar sus brazos completamente pegados a la pared por las cadenas. Están así para evitar que se coman entre ellos. Los ojos de la mujer están inyectados en sangre, sus venas están completamente ennegrecidas y a flor de piel. Las ojeras son fruto de cientos de horas sin dormir. Los niños huelen a Nuria y se despiertan con el mismo aspecto en sus ojos. Uno de ellos es un adolescente, el otro, no debe de llegar a los diez años. Todos están vestidos con ropas viejas y mugrientas. La mujer al ver a Nuria se altera más y trata de soltarse de sus ataduras sin ningún éxito y haciendo mucho ruido.

—Quién eres.

Nuria se da cuenta de que tiene el cañón frío de un revolver apoyado en su cabeza con consistencia. La voz es la de un hombre que estaba escondido.

—Me llamo Nuria, vengo de parte del padre Andrés.

—¿Eres militar?

—No, lo juro. Viví durante dos años con el padre Andrés.

—Pero él no puede probarlo ya porque está muerto en tu maletero ¿verdad?

—Sé que puede parecer otra cosa, pero me pidió en su último aliento que ayudase a una familia que vivía en el faro. Te digo la verdad.

—¿Cómo puedo fiarme de ti? ¡Dame buenas razones!

—Puedo curarlos. Son tu mujer y tus hijos ¿verdad?

—¡Demuéstralo!

Nuria se acerca, con los nervios a flor de piel y sin dejar de sentir el revolver sobre su cabeza. La mujer se mueve mucho más, sus ataduras están menos fuertes en comparación con las de los niños, que están completamente inmóviles. Sin embargo, los brazos están parcialmente fijos a la pared y no puede alcanzar a Nuria.

Se coloca a una distancia de seguridad con respecto a la mujer. Nuria alza los brazos lentamente para que el hombre que la apunta pueda ver que no hace nada malo. Él la observa con impaciencia y desconfianza. Nuria coloca las manos en la cabeza de la mujer mientras trata de detener su locura por comerla. Mueve la mandíbula y el cuello intentando morderla, pero Nuria aplica la suficiente fuerza para inmovilizarla. Los gritos de la mujer aumentan. Los niños se alteran, hambrientos.

—¡Vamos! —dice el hombre, cuya paciencia se agota.

Nuria respira profundamente y sus pulsaciones, que estaban disparadas, bajan ligeramente. Se concentra y cierra los ojos. Su piel se vuelve translúcida y una energía anaranjada y amarillenta recorre sus brazos hasta sus manos. La mujer cesa en sus gritos y pone los ojos en blanco.

El hombre no puede creer lo que ve. Las venas vuelven a su color normal paulatinamente, su piel deja de estar completamente demacrada y sus ojos vuelven a ser normales. Su iris se vuelve verde, tiene unos ojos increíbles y una lágrima cae a medida que Nuria elimina cualquier vestigio del Virus G en su cuerpo. Nuria abre la boca para coger aire, su piel envejece ligeramente y su pelo pierde su color anaranjado, volviéndose canoso en algunas capas.

Nuria acaba y la mujer respira aliviada y empieza a llorar. Nuria se aparta y da dos pasos hacia atrás.

—¡Óscar! —dice la mujer a su marido.

Óscar deja de apuntar a Nuria y va hacia su mujer. Ambos lloran, se besan.

—Es… es un milagro.

Ambos se funden en un abrazo. Pero Óscar mira a sus hijos aún infectados tratando de soltarse. Se gira hacia Nuria.

—¿Puedes ayudarlos a ellos también?

—Sí. —Nuria aún se recupera—. Incluso, será más fácil. —Les sonríe.

Nuria se acerca al mayor. Tiene magulladuras en el cuello y sangre coagulada en la cabeza, posiblemente de darse golpes contra la pared al haber marcas en la misma. El más pequeño, apenas a un metro, parece que lleva menos tiempo infectado. Óscar quita las cadenas a su mujer.

—Paula, siento mucho haberos encadenado. Era la única manera.

—Tranquilo. Todo está bien.

Nuria se arrodilla y coloca sus manos en los dos chicos, cada una en uno distinto. Paula, esta vez, puede ver con claridad como de los brazos de Nuria se desprende una energía que llega hasta los niños. El proceso es el mismo, desaparecen sus venas negras, sus ojos vuelven a ser normales con el mismo iris de su madre y, cuando Nuria acaba, vuelven a recuperar la conciencia de sí mismos. Nuria se aparta completamente agotada, se deja caer al suelo y se arrastra hasta la pared perpendicular para apoyarse y descansar. Ha vuelto a envejecer y su pelo es más grisáceo.

—¡Papa! ¡Mama! —El mayor de ellos está completamente recuperado.

El más pequeño mira a los lados desconcertado. Óscar, lleno de alegría besa a cada uno y rápidamente les suelta las cadenas. Los cuatro se juntan en un abrazo. A Nuria toda esa felicidad le compensa el cansancio que arrastra por lo que acaba de hacer. Ha usado parte de su energía vital para curarlos por completo. Todos se giran hacia ella. Nuria vuelve a recuperar su aspecto normal poco a poco y ahora tiene fuerzas para sonreírles.

—Mamá ¿es un ángel? —dice el más pequeño. A Nuria le provoca una sonrisa.

Óscar y Paula le sonríen. Él le besa la cabeza.

—Gracias —le dicen ambos.

2

Alberto y Eva sobrevuelan ya la ciudad de Almería. Hay rachas de viento fuertes, pero el helicóptero resiste las embestidas de las corrientes.

—Nuria se ha desplazado hasta una cala. Hacia nuestro Oeste.

—Enséñame el mapa —le pide Alberto.

Eva le pasa la *tablet*. Con una mano Alberto sujeta el timón de la máquina perfectamente.

—¿Puedes poner la vista del relieve por favor?

Eva recupera el dispositivo y carga la vista. Vuelve a dársela a Alberto.

—Lo más seguro es que aterricemos en la playa, pero con este viento y la marea empezando a subir puede que no sea del todo seguro.

—¿Qué propones entonces?

—Si no recuerdo mal, hay un aeródromo pequeño cerca. He estado otras veces por aquí. Pero debería ser nuestra última opción.

Eva vuelve a coger la *tablet*. Reactiva la vista normal y vuelve a ver el punto de Nuria.

—Lleva ya un rato quieta en el faro. —Eva mira los marcadores de los militares—. Mierda, están ahí.

Se da cuenta de que pueden verse los convoyes desde donde están. Es fácil distinguirlos al ser los únicos puntos negros móviles sobre una carretera.

—Déjame a mí en tierra en una zona segura y cercana. Iré con Nuria en el coche hasta el aeródromo.

—Ni hablar. ¿Cómo piensas ir hasta allí?

—Ya me las apañaré, Alberto.

—De eso nada. Antes estrello el helicóptero.

Eva lo mira porque no sabe si es una de sus bromas sin ninguna gracia.

—Yo te recordaba con más sentido del humor, Eva.

—¡Es que no es el momento para hacer bromas, Alberto! ¡Joder!

La reacción de Eva se debe a que el viento ha movido el helicóptero fuertemente. Alberto recupera el control rápidamente con un sobreesfuerzo sobre el timón. Eva se recupera del susto.

—Me apunté a toda esta movida por las ganas que tenía de jugármela a todo o nada en una aventura. Y sin riesgo, no hay aventura, compañera. ¿Por los viejos tiempos?

Eva sigue con cara de incredulidad.

—Cuando te pones peliculero das pena, compañero. —Eva sonríe al final con ironía.

—Creo que es lo más cariñoso que me has dicho nunca. Pero lo tomaré como un sí.

El helicóptero acelera la marcha ligeramente rumbo a la posición de Nuria.

3

Óscar y Paula ayudan a Nuria a volver a ponerse en pie.

—Perdona que te haya apuntado con el revolver. No puedo fiarme mucho de quien no conozco últimamente.

—No te preocupes —lo calma Nuria.

Nuria respira hondo. Por fuera ha recuperado su aspecto natural, pero por dentro sigue débil. Paula y Óscar la llevan hasta un pequeño salón y la sientan en el sofá. No está excesivamente decorado, pero es acogedor. Tiene una chimenea, un cesto con mantas y lámparas encendidas para iluminar la estancia, que también tiene ventanas pequeñas.

—¿Cómo podemos ayudarte? —pregunta Paula.

—Para seros sincera… de varias maneras.

—Adelante, dinos.

—No sé qué relación teníais con el padre Andrés.

—Estos últimos años me ha ayudado mucho. —Dice Óscar—. Hemos mantenido muchas charlas y nos hemos ayudado mutuamente a buscar comida para nosotros mientras ellos han estado enfermos.

—Está bien. —Nuria comprende que hay cierto aprecio.

—Creo que fui yo la que le mordió. Lo siento mucho —Paula pide disculpas a Óscar y a Nuria.

—Paula, tú no eras consciente de tus actos. No tienes culpa de nada —Óscar consuela a su mujer, también con un beso en la mejilla.

—Necesito despedirlo. Eso es lo primero que os pediría, poder incinerarle para que no se coman un cadáver enterrado. En la playa, podría ser. Le encantaba el mar. Os pido que lo hagáis por mí, puesto que no podré quedarme aquí mucho más tiempo.

—Cuenta con ello —le dice Óscar.

—Voy a preparar algo caliente, la casa está fría. —Paula se levanta y se va.

—Perdonad que sea tan directa, pero tengo mucha prisa. El padre Andrés me habló de un artefacto que habéis encontrado. Vengo desde el norte de Iberia para recuperarlo.

—Me habías dicho que no eras militar.

—Y no lo soy, pero si no lo recupero yo antes, serán ellos los que lo hagan. Para resumírtelo mucho, ayudé a crearlo y con él podemos hacer descender la temperatura media del planeta en pocos años.

—Suena a ciencia ficción. —Óscar se ríe.

—Desde luego. Necesito cargarlo en el mar, las baterías se están agotando.

—¿En el mar?

—¿Puedo explicártelo de camino? No nos queda tiempo.

Óscar asiente y ayuda a Nuria a levantarse. Paula aparece con la taza de té. Óscar le hace un gesto para que los siga.

—Javier —dice Óscar a su hijo mayor—, quédate en casa cuidando de tu hermano. Enseguida volvemos. No salgáis de aquí. —Javier asiente.

Óscar deja a Nuria con su mujer, y va hacia una habitación. Cuando vuelve lo hace con el artefacto en sus manos. Tiene forma cilíndrica y es robusto. Sus paredes de vidrio y acero están algo dañadas con diversos arañazos y golpes. Se lo entrega a Nuria. No recordaba que fuera tan pesado. Al fin, lo tiene en sus manos.

Óscar, Paula y Nuria salen de la casa del faro y caminan hacia la playa. La noche ha caído prácticamente ya, y el cielo se ve estrellado. El viento ha despejado las nubes de tormenta.

—La máquina… —Nuria está visiblemente débil y le cuesta tenerse en pie—. La máquina puede cargarse con cualquier tipo de energía. Podríamos cargarla con el viento, pero es intermitente. El oleaje es más constante y lo cargará antes.

—Ya entiendo.

—Perdona —interrumpe Paula. ¿Tienes nombre?

—Nuria. Lo siento, no me había presentado.

Cuando llegan a la playa Nuria se cae al suelo. Le cuesta respirar.

—¿Qué te ocurre? —Óscar intenta volver a ponerla en pie.

—Llevadme…

—¿Nuria? ¡Cómo te ayudamos! —dice Paula agitada.

—Llevadme a mí primero al agua —dice Nuria finalmente con respiraciones cortas.

La marea está subiendo. El camino al agua se le hace eterno. Su visión es borrosa por momentos y camina con una sola pierna.

—Tengo que… —Nuria da una bocanada fuerte de aire—. Tengo que quitarme la ropa.

Óscar y Paula ayudan a Nuria a desvestirse. Los dos ven un cuerpo joven con una piel translúcida en su espalda y algunas manchas negras en diferentes partes de su cuerpo. Una luz anaranjada intermitente se deja ver a través de su epidermis. Están sorprendidos a pesar de lo que han visto antes.

Con la ropa quitada, la ayudan, apoyada sobre sus hombros, a caminar hasta la orilla. Cuando Nuria entra en contacto en el agua les hace un gesto para indicar que ella puede seguir sola. Con dificultad, se mete poco a poco en el agua cojeando, hasta que queda completamente cubierta.

Óscar y Paula se alejan del agua. El viento comienza a ser más fuerte.

Dentro del agua del mar, Nuria flota en postura fetal con los ojos cerrados. Su cabello se mueve lentamente con las corrientes. Dentro de ella, pasan por su cabeza los últimos días con Eva. Por fin tenía una amiga, y lo había echado a perder. Se acuerda de Sergio y Andrés, los dos hombres que la han ayudado estos años a los que jamás podrá devolverles el favor que le han hecho a ella. Se acuerda de Ángel, la única persona de la que se ha enamorado en toda su existencia y posiblemente, haya sido el mayor error de su vida.

Comienzan a surgir burbujas por todo su cuerpo. Se forma una corriente a su alrededor que aumenta poco a poco su intensidad. Su piel absorbe el agua directamente y todas las manchas negras desaparecen. La luz anaranjada intermitente también se ve en su pecho y acelera el ritmo de pulsaciones, hasta que queda completamente cubierta por su piel de nuevo. Vuelve a recuperar el color de su pelo, y su piel vuelve a mostrarse joven. En su interior, sus músculos recuperan el tono. Vuelve a tener fuerzas. Nuria abre los ojos de golpe. Está recuperada y acaba de tomar su decisión.

En la superficie, la marea retrocede como si de un tsunami se tratase. Óscar y Paula se asustan, pero los dos esperan a ver qué ocurre. El agua se divide en dos y forma unas paredes de líquido que dejan ver a Nuria sobre un camino directo a la orilla. Se cogen de la mano. Nuria camina hasta ellos, con una sonrisa de tranquilidad en la cara.

Al llegar a la orilla coge su ropa y se viste. Cuando acaba, ve que Óscar y Paula están arrodillados ante ella. Nuria no puede evitar la risa.

—Levantad por favor. —Nuria los coge por los brazos para hacerles el gesto de ponerlos en pie. Ellos obedecen.

—¿Quién eres? —pregunta Paula, fascinada. Óscar está sin habla.

—Soy igual de humana que vosotros. Pero… es mejor que no os cuente más. —Óscar y Paula asienten aún atónitos—. Vamos a cargar el artefacto.

—¡Sí! Enseguida. —Óscar se gira rápidamente a por el objeto.

Óscar trae el artefacto y se lo da Nuria. Vuelve a la orilla, y lo sumerge parcialmente. En la parte superior, se ve la cuenta atrás en una pequeña pantalla LCD. Nuria coloca su dedo índice. Es un sensor de huellas dactilares. El aparato se desbloquea y la cuenta atrás cesa. Aparece un mensaje: «Hola de nuevo, Nuria».

Luego aparecen tres iconos, uno para apagarlo, otro para iniciar la congelación y otro para recargarlo. Al ser un prototipo, su interfaz es bastante simple, tan solo para hacer muestras. Pulsa el icono de recarga. En la pantalla aparece: «Detectando fuente de energía…». «Fuente de energía detectada: mareomotriz».

El artefacto despliega tres patas puntiagudas de sus laterales que se anclan en la arena. «Cargando… Carga completa en 10 minutos».

«¿Iniciar prueba tras terminar carga?». «Sí». «No».

Nuria selecciona la opción «Sí». Se aleja de la orilla y se reúne de nuevo con Óscar y Paula.

—En unos minutos podremos ver si aún funciona. ¿Puedo preguntaros dónde lo encontrasteis?

—Fui con mi hijo mayor en busca de comida. Había demasiados infectados y tuvimos que escondernos y pasar la noche en el monte —relata Paula—. Entonces, escuchamos el sonido de un coche y después una horda entera de infectados. Decidimos seguir el sonido. Hubo una explosión, el coche era de gasolina. No vimos a la persona que lo transportaba porque los infectados se lo estaban… —Hace una pausa—…comiendo. Otros tantos estaban congelados, la carretera era hielo… Lo siento, supongo que conocías a esa persona.

—Si, pero no te preocupes, hace tiempo que acepté que ya no estaba entre nosotros. —Nuria sonríe y Paula le devuelve la sonrisa.

—Si estáis de acuerdo, voy sacando el cuerpo del padre del maletero. —Nuria y Paula asienten. Óscar se aleja.

—Cuando los infectados se dispersaron por la autopista. Javier vio el artefacto a lo lejos y fue a cogerlo, con la mala suerte de que aún quedaba un infectado que lo mordió. Usé el revolver para matarlo y atraje a todos los demás. Javier cogió el artefacto aun con la herida en su brazo y lo trajo hasta casa. Ni siquiera intentamos usarlo porque me mordió a mí al intentar curarle la herida. Aguanté más tiempo que él sin cambiar mi ser, pero desde que me transformé definitivamente no recuerdo nada. Supongo que Óscar, en ese momento, nos encerró e hizo lo que pudo. No sé si fui yo o fue Javier quien mordió a mi hijo pequeño. Pero gracias a ti ya estamos bien.

Nuria vuelve a sonreír. Se fija que hay un pequeño velero a lo lejos a su derecha.

—Si las cosas se ponen demasiado feas podremos irnos bordeando la costa hasta encontrar un lugar seguro. El pueblo se vació rápidamente y los infectados no frecuentaban esta zona, parece que el agua no les gusta demasiado.

—¿Por qué todo el mundo se fue?

—Buscaron ir al norte. El Gobierno llegó al principio y dio la opción de marcharse a unos pocos, seleccionaron a los que tenían estudios y aptitudes profesionales útiles. Otros podían elegir ir a la guerra. Otros decidimos quedarnos. Pero algunos enfermaron y el miedo hizo que la mayoría abandonase, incluso, a sus propios familiares.

—Fue terrible —recuerda Óscar, que llega con el cuerpo del sacerdote envuelto sobre su hombro izquierdo.

—Nosotros nos quedamos, podíamos autoabastecernos, tenemos un pequeño huerto.

—Sois muy valientes. —Nuria aprecia todo lo que le acaban de contar.

Se escucha un bip a lo lejos.

—El artefacto está listo. No os acerquéis más a la orilla.

—¿Cómo funciona exactamente?

El artefacto emite otro bip y muestra una luz azul. Otro bip y la luz cambia a blanco. El artefacto se divide en tres partes por la separación magnética de sus anillos. Tres… dos… uno…

Un estruendoso estallido libera una onda expansiva que congela el agua del mar en un radio de treinta metros. La arena también se congela. El hielo del agua es fino, empieza a escucharse cómo se resquebraja. Otro bip. La luz cambia a verde. Otro estallido. El agua se congela por completo, el hielo es totalmente blanquecino tras haberse formado cristales de agua.

—En resumen, ha creado un bloque de hielo de unos treinta metros. Pero solo es un prototipo y empezará a derretirse pronto. La idea es crear una máquina mucho más grande, y producir otras tantas iguales una vez perfeccionemos la tecnología. De esta forma, podemos situarlas por diferentes regiones a lo largo del planeta, enfriando los océanos y las corrientes de aire. Poco a poco, la temperatura del clima teóricamente descendería 5°. Sería ideal ahora que hemos cambiado nuestras fuentes de energía y son más sostenibles en el tiempo.

—Aun así, quedaría la guerra —se lamenta Paula.

—Sí, pero esa parte de la historia no depende de nosotros.

Nuria se queda cabizbaja. Óscar y Paula se miran y él asiente.

—Nuria, si crees que ahora es el momento… despidamos al padre Andrés.

—Está bien —confirma Nuria.

Óscar saca una caja de cerillas que ha cogido antes de sacar el cuerpo del maletero. Directamente, con el cuerpo situado de cara al mar y sobre la misma arena, enciende varias cerillas sobre el cadáver envuelto en matas. Comienza a arder. Óscar se coloca al lado de su mujer, con su brazo izquierdo por encima del hombro para abrazarla. Nuria se cruza de brazos y, en su interior, despide a su amigo para siempre.

Comienza a levantarse aire y el fuego se vuelve más violento.

Algunas cenizas comienzan a volar. Nuria respira profundamente.

Se escucha un helicóptero y se giran rápidamente. A lo lejos lo ven en el cielo.

—¡Se me había olvidado!

Nuria coge su mochila y saca su dispositivo. Lo desbloquea y tiene un mensaje de Eva: «Te vemos, quédate donde estás. ¿Quiénes son esas personas? ¿Y ese humo?».

«Son buena gente. Ellos tenían el artefacto. Estamos despidiendo a un viejo amigo. Os espero aquí abajo». Responde rápidamente Nuria.

Desde el cielo, Alberto comienza a descender el helicóptero al otro extremo de la playa. Es la zona más segura al estar las rocas más alejadas. Eva ve a Nuria recoger el artefacto en el hielo, que ha empezado a romperse. Alberto desciende con dificultad y Eva se quita el cinturón de seguridad para saltar cuando queden pocos metros e ir a por Nuria. Sin embargo, cuando alza la vista tras desabrocharse, ve los convoyes a lo lejos. Esta vez, Luca no les dará otra oportunidad. Eva coge su *tablet* y escribe rápidamente: «Diles que se escondan en el faro. Rápido».

REVELACIONES

1

—Cuando recupere el artefacto, encárguese de todo su equipo —ordena Asier, vía telefónica.

—Recibido, señor.

Luca cuelga el intercomunicador del casco de moto. Conduce a dos kilómetros de distancia del convoy. Acaba de informar de que el Sujeto 0 tiene ya el artefacto en sus manos y se disponen a recuperarlo.

El convoy se ha mantenido a una distancia prudencial del Sujeto 0 todo este tiempo. Se habían preocupado de colocarle un localizador en el coche previamente, cuando estaban en el búnker y ahora el humo también les ha servido para ubicarla con más precisión aún.

Luca podría, finalmente, terminar el trabajo, ver de nuevo a su familia y volver a Italia para pasar el resto de sus días allí. Buscaría un trabajo y vería crecer a sus hijos. Ya se ha perdido parte de su infancia y ahora no quiere perderse lo que les quede hasta que salgan del nido.

Un helicóptero sobrevuela. Se da cuenta de que es el helicóptero del búnker. Luca se mantiene impasible, en el fondo ha sabido que Eva y Alberto irían en busca de Nuria, pero su plan seguía intacto, aunque debía de darse prisa para evitar contratiempos y daños colaterales. Luca aprieta con fuerza el puño derecho de su moto para acelerar con potencia.

2

Alberto desciende el helicóptero con dificultad. La presión es enorme ante las prisas de Eva y los furgones militares acercándose por el horizonte a toda velocidad. Cada vez se hacen más grandes.

Cuando está a una distancia de dos metros, Eva no lo duda y salta directa a la playa, rueda por la arena para evitar que sus rodillas se resientan del impacto. Aun así, se hace algo de daño y al levantarse cojea levemente.

Nuria se despide rápidamente de Paula y Óscar para después marcharse rápidamente en dirección al faro.

—Gracias. Muchas gracias, Nuria.

—Gracias.

El matrimonio está eternamente agradecido por lo que ha hecho.

—Daos prisa.

A Nuria le encantaría una despedida larga, pero el convoy ya se escucha a lo lejos. Los rugidos de los motores de alta cilindrada de los furgones no son aptos para pasar desapercibidos. Con el artefacto entre los brazos, corre hacia Eva.

Una ráfaga de viento impulsa a Alberto hacia las rocas. Las hélices pasan a escasos centímetros de la piedra gracias a una violenta maniobra de Alberto por enderezar el helicóptero. El viento aumenta su intensidad.

—No me queda otra. ¡Mierda!

Alberto eleva el helicóptero para evitar las corrientes de aire bajas. Eva se gira al escuchar el motor acelerar. Entiende perfectamente que ahí no es seguro el rescate. Tiene que pensar rápido. Se encuentra con Nuria a mitad de la playa y la abraza. Nuria se sorprende inicialmente, pero agradece el gesto espontáneo de Eva. Las situaciones de riesgo y tensión revelan emociones verdaderas.

—Dime que conservas el coche. —Eva está muy agitada.

—Sí. Sígueme.

Eva y Nuria corren todo lo rápido que pueden. Nuria visiblemente más rápido que Eva. Nuria ve que la familia ya está escondida dentro de la casa del faro y al llegar la primera, arranca el coche. A los pocos segundos, llega Eva. Los militares ya están encima de ellas. Salen dos desde la parte trasera del primer furgón en movimiento y con sus fusiles de asalto disparan a las ruedas. Nuria acelera bruscamente, derrapa con el coche y se incorpora rápidamente a la carretera. Comienza la persecución.

—¡¿El del helicóptero es Alberto?!

—¡Sí! ¡Síguelo!

Nuria reduce una marcha para acelerar el coche más al pisar con fuerza el acelerador. El motor eléctrico las impulsa con ímpetu y pasa de un sonido suave a escucharse la descarga de la batería por la intensidad que alcanza. La inercia es tal que Eva se da un golpe en la cabeza en la sien. No le ocurre nada más aparte del dolor. Los militares siguen disparando sin descanso, hacen turnos de dos entre las recargas de los fusiles. Luca se coloca entre los dos furgones a la izquierda a toda velocidad. Eva lo ve por el retrovisor.

—¡Siento haberme marchado de esa forma, Eva! ¡Quería evitar precisamente esta situación!

—¡¿Habrías salido tú sola de este gallinero?!

Nuria se ríe. Eva no pierde nunca su sarcasmo.

—¡Aun así… —sigue Eva—… no te vas a librar de contarnos toda la verdad! ¡Ese tío que va en la moto detrás nos ha contado quién eres, Nuria! ¡Pero sigo sin creerme que no seas humana!

Nuria reflexiona un instante si debe decírselo o no. Desde luego, no era un farol lo que acababa de contar Eva. Pero no quería hablar demasiado en una situación tan tensa como en la que estaban en ese momento.

—¡¿Realmente quieres saber por qué estaba presa en una cámara acorazada?! ¡¿Es eso?!

—¡Sí! Y saber ¿por qué desapareciste tan deprisa aquella noche del naufragio? ¿Por qué te infiltraste en el hospital? ¿Por qué me has mentido dos veces? ¿Y por qué mierdas ese tío te llama Sujeto 0?

—¡Demasiadas preguntas! Deberíamos ponernos a salvo antes. Luego os contaré todo. ¡Lo prometo!

—¡Más te vale! O si no, me llevo la gloria de haber inventado yo este cacharro.

La broma de Eva hace gracia a Nuria durante unos segundos. Vuelve a concentrarse en la carretera.

Alberto lleva el helicóptero por encima de una ladera. Nuria se fija en que hay un camino de tierra y puede seguirlo. Antes, mira por el retrovisor a Luca entre los dos furgones. Ese hombre otra vez. Nuria lo reconoce, participó la primera vez que fue secuestrada por el Gobierno. Recuerda al motorista de negro que había delante del coche de seguridad en el que la llevaron amordazada y esposada, con un sistema de seguridad especial del que no podía escapar. No se había dado cuenta que era el mismo que las persiguió cuando escaparon de Dena.

En todo este tiempo, Nuria podría haber desatado su poder, pero las reglas de su misión le han impedido interferir más de lo que ya ha hecho. Debe seguir concentrada en tratar de no volcar el vehículo en la tierra mientras sigue a Alberto. Los furgones van algo más lentos por la arena y cogen ventaja respecto a ellos.

Suben hasta que llegan al punto más alto del camino. El helicóptero se aleja y Eva y Nuria ven a lo lejos el pequeño aeródromo abandonado. También se fijan en que no van a estar solos, hay una comunidad de No-Humanos cerca del aeródromo que han escuchado los disparos y han empezado a movilizarse a toda velocidad.

—¡En el búnker descubrimos que no se trataba de un virus! ¡Es una maldita bacteria lo que les vuelve locos!

—¡Lo sé Eva! ¡Fui yo quien liberó esa bacteria del ártico!

Entonces, Eva pasa de haber estado dispuesta a mejorar su relación con Nuria a tenerle un odio profundo e imperdonable. Mira a Nuria, incrédula ante sus palabras, los ojos se le acristalan ante las lágrimas, al igual que a Nuria, que se seca rápidamente con el brazo derecho para poder seguir conduciendo mientras descienden a toda velocidad por el camino de tierra.

En ese instante, todo el ruido de las armas, el motor del coche, las ruedas girando por el asfalto y el helicóptero a lo lejos descendiendo para poder recogerlas en el aeródromo, todo ese ruido que las había obligado a hablar a voces durante los últimos minutos se convierte en un silencio sepulcral para Eva. Ella ha provocado este desastre humanitario. Luca tiene razón.

Nuria atraviesa la valla que limita la extensión del aeródromo con el morro del coche. Vuelve a acelerar todo lo posible para acercarse al helicóptero cuanto antes. Eva sigue mirándola impasible, pero Nuria se centra en llegar, ignorándola. Por el retrovisor, ve que los furgones han descendido y ya disparan directamente a matar. Una bala atraviesa el coche por el centro y eso hace reaccionar a Eva. Nuria frena bruscamente y deja la marca de los neumáticos en el asfalto del aeródromo hasta detener el vehículo. Alberto ya está preparado con el helicóptero en tierra. Salen del coche mientras los furgones han entrado y corren hacia el transporte.

Luca se queda rezagado en lo alto del camino al ver al grupo de No-Humanos. Los furgones se colocan en paralelo y salen un total de cuatro hombres por cada furgón. Unos disparan a Nuria y a Eva, los otros al helicóptero. Una bala alcanza la pierna de Eva y cae a la par que se le escurre el artefacto de entre las manos.

—¡NO! —grita Alberto. Y sin dudarlo, baja del helicóptero

para ayudar.

Los furgones se frenan y salen de ellos todos los militares: un total de dieciséis hombres disparando sin cesar mientras avanzan hasta la posición de los tres amigos. Alberto llega hasta Eva, que recupera el artefacto del suelo con dificultad. La levanta, pero las balas les sobrevuelan mientras otras impactan en el coche, que hace de escudo.

Nuria se gira rápidamente hacia los soldados y eleva sus dos manos con un movimiento semicircular vertical de sus brazos. Crea una barrera de energía que frena las balas al entrar en contacto con la misma y termina por desintegrarlas completamente. Eva y Alberto presencian el verdadero poder de Nuria. Manteniendo la barrera de energía, Nuria usa su mano derecha para crear una onda expansiva que hace volcar los dos furgones y a algunos soldados salir por los aires. Desde lo alto del camino de tierra, Luca contempla la escena. Con los soldados restantes aun disparando, Nuria cierra su puño derecho y sus armas se desintegran en polvo. Ahora no pueden hacer nada.

Cesados los disparos, Nuria ayuda Alberto a levantar a Eva y juntos suben al helicóptero ante las miradas atónitas de los soldados. Nuria coloca a Eva en el asiento trasero y el cinturón le sirve como torniquete.

—¡Aprieta fuerte, Eva!

—¡Vamos, Nuria! —grita Alberto.

Nuria se coloca a la derecha de Eva, a la vez que Alberto se coloca el cinturón y el intercomunicador. Nuria sigue los mismos pasos mientras Alberto se eleva. Una vez en el cielo, ven como la horda de No-Humanos invade el aeródromo y ataca a los soldados que han quedado desarmados al tratar de huir inútilmente.

A lo lejos, ven a Luca observarlos. Él no ha cumplido su misión aún y su vuelta a Italia tendrá que esperar. Solamente puede informar de que el Sujeto 0 debe ser eliminado por completo.

EL HIPERVERSO

1

Eva aguanta el dolor como puede, casi sin dejar de gritar. Nuria comprueba que hay un orificio de salida, por lo que la bala no se ha quedado dentro, pero todo apunta que el fémur de Eva se ha fracturado parcialmente.

—Tengo que colocarte el hueso antes de curarte.

—Pues hazlo, joder.

Nuria mira a Eva, soporta el dolor completamente inmóvil. Respira varias veces y de un movimiento, Nuria coloca el hueso de Eva correctamente.

—¿También eres médico? ¿Algo más que no nos hayas contado?

—Vale ya, Eva. Pareces una niña de quince años. Aguanta un poco. —dice Nuria, sin dar pie a continuar la conversación.

Nuria se quita el abrigo y la sudadera para estar más cómoda únicamente con la camiseta de manga corta. Pone las dos manos sobre la pierna de Eva y la energía fluye a través de sus brazos hasta sus manos. La herida de Eva se cierra y el hueso se remodela perfectamente. El proceso es más sencillo que eliminar la bacteria, por eso Nuria esta vez no envejece. Aun así, para Eva es doloroso. Cuando acaba se sienta frente a Eva, para recuperarse de la tensión vivida. El helicóptero cuenta con cuatro asientos traseros además de los dos delanteros. Eva jadea y se recupera del dolor e incrédula.

—¡Alberto! ¡Me ha curado con sus manos! ¡Me ha curado solo con sus manos!

Alberto se gira y, maravillado, mira como Eva ya no sangra. Traga saliva. La energía de Nuria también le ha hecho recuperarse del *shock* y templar la cabeza.

—¿Vas a decirnos de una maldita vez quién eres y por qué coño has dicho que tú liberaste la bacteria?

Nuria vuelve a mirar a Eva y después a Alberto, que de reojo las mira con la vista al frente. Nuria vuelve a estar cabizbaja.

—¿Qué os dijo ese hombre sobre mí?

—Que eras inmune a la bacteria y que viajabas literalmente por el tiempo.

—No dijo exactamente eso Eva —Alberto la corrige, pero recibe una mirada fulminante de Eva—. Mejor os dejo hablar.

—¿Y bien?

Hay una pequeña pausa en la que Nuria ordena sus pensamientos y busca la forma más correcta de explicar todo el origen de su verdadera identidad.

—Hace mucho tiempo, pero no aquí, no en este espacio, no en este planeta, no en este universo... un grupo de personas decidió acelerar la evolución humana por medio de tecnología. Entre ellos se encontraba mi padre, un científico que sacrificó una gran cantidad de vidas con el fin de crearme a mí.

»Cuando nací, era igual que vosotros, pero mi genética permitía que los implantes cibernéticos, con los que mi padre había estado ensayando, no fueran rechazados por mi cuerpo en forma de diversas enfermedades, como pasó con otras personas. Por así decirlo, fui un experimento ilegal, pero él me protegió siempre de los agentes gubernamentales que querían poner fin a su causa. Cambió todo mi cuerpo por completo, poco a poco, a medida que mi desarrollo biológico como adulta se completó, pude mejorar mi propia genética e implantes.

»Los años pasaron y los *cyborgs* fuimos cada vez más numerosos, pero la mayoría de nosotros perecía por rechazo social. Al final, solo quedé yo. Había conseguido mejorar tanto mis implantes que alcancé la inmortalidad. Solamente cambiaba piezas para seguir viviendo.

»Este hecho hizo que pudiera avanzar entre las élites hasta convertirme en una especie de líder de la civilización. Desarrollamos tecnología con la que nos dedicamos a explorar el universo y más tarde, encontramos rastros de otras civilizaciones que habían existido. Las buscamos durante siglos por diferentes galaxias y planetas, hasta que comprendimos que ya no estaban entre nosotros, sino que habían ascendido a planos superiores existenciales, pero no sabíamos cómo. Más adelante, encontramos otras especies inteligentes, no estábamos solos. Al principio, supuso esperanza. Esas especies buscaban lo mismo, solo que, en vez de ayudarnos, entramos en una guerra, que duró décadas, por el control de las ruinas de las otras civilizaciones que lo habían logrado, donde creíamos que estaba toda la información. Los humanos salimos vencedores. Al final, nuestra esencia es, por los cuatro costados, la de un depredador cruel y letal. Da igual cuánto nos mejoremos, siempre seremos así.

»¿Ascender? Realmente es trascender el espacio y el tiempo sin un cuerpo material. El funcionamiento de esto es demasiado complicado como para explicároslo ahora. Podría resumíroslo en algo muy simple: el alma existe y está compuesta de partículas que trascienden a lo material, lo inmaterial, al todo y a la nada. Esto lo encontramos en archivos que desciframos durante la guerra, en las civilizaciones que lo habían conseguido.

»La humanidad, biológicamente se extinguía. Había un problema de natalidad debido a que nuestros órganos reproductores cada vez eran menos eficaces. Nuestro genoma se hacía viejo e inservible. Así que aceleramos nuestra evolución y ascensión por medio de la tecnología, y llegamos a los planos superiores. Creamos algunas placentas artificiales para los que decidieron quedarse y tratar de prosperar.

»Una vez ascendidos, conocimos a las seis únicas especies que lo habían logrado, cuatro de ellas mediante su propia evolución biológica, y las otras dos, al igual que nosotros, mediante la tecnología. Todas ellas se habían expandido a lo largo del universo y otros paralelos que ya existían.

»El tiempo transcurría de forma distinta, ahí no era una limitación y podíamos ver cada instante de toda la existencia en todas sus infinitas posibilidades. Pero un día, esas posibilidades comenzaron a desaparecer. En ese momento, como séptima especie nos dimos cuenta de que nuestro universo estaba colapsando. Entre todos, desarrollamos una tecnología de contención que durante un tiempo evitó la gran contracción de nuestro espacio-tiempo. Pudimos cruzar a otro universo y de esta forma descubrir el propio multiverso. Pero más adelante, descubrimos que el multiverso era una unidad única de infinitos universos con unas reglas físicas determinadas, similares entre sí, pero no del todo iguales.

»Seguimos progresando desde nuestra privilegiada posición hasta que descubrimos el Todo. Imaginad un espacio infinito rodeado de billones de esferas. Cada una de ellas es un multiverso. Universos superpuestos entre sí con sus dimensiones existenciales incluidas. Este espacio solamente lo pudimos observar desde nuestra perspectiva de seres ascendidos, demostrándolo matemáticamente al detectar ciertas anomalías en nuestro plano existencial. Románticamente lo llamamos el hiperverso.

»Pudimos extraer datos que nos dieron una nueva perspectiva sobre la realidad del Todo, y descubrimos que era el fin de la propia existencia. Más allá de eso no existe nada. Es complejo de entender. Sin saber por qué, los diferentes multiversos comenzaban a colapsar y nuestra tecnología solo podía contenerlos durante unos instantes. Dedujimos que la energía que generaban los multiversos provenía de esta gran cúpula, que era a la vez el Todo y la Nada. Con esa energía, podríamos conservar el equilibrio entre todos los espacio-tiempo distintos que gobiernan, y descubrir si el hiperverso es único o por el contrario hay más.

»Pero si el tiempo en la escala de un solo universo es distinto al de la Tierra, imaginad a esta escala. Quizá esa fuente que ha originado el Todo y la Nada solamente haya estado haciendo «experimentos» durante unos instantes. Son sólo hipótesis, pero bajo esa misma premisa, nosotros decidimos también experimentar para poder salvar todo lo que conocemos.

»La primera especie en llegar al hiperverso, había desarrollado la capacidad de crear universos de la nada. De esta forma, cada especie nombró a un emisario-científico con la misión de crear siete universos, donde cada uno plantaría la semilla de su propia especie, para que germinase en una civilización que ascendiera y así acelerar nuestra investigación. Obtener la energía del hiperverso era y es vital.

»Yo soy la emisaria de la primera humanidad existente, y vosotros pertenecéis a mi séptimo universo. Cuando dominasteis la escritura, comencé a introducir lo que llamamos golpes de realidad: pequeños detonantes en vuestra historia para ver hacia dónde conducíais la civilización. De esta forma, hemos podido comprobar qué civilizaciones sois aptas para uniros a nosotros en función de vuestra orientación tecnológica, espiritual, una mezcla de ambas y capacidad autodestructiva o, por el contrario, de ingenio.

»Esa es mi misión aquí, valorar a través de datos objetivos y subjetivos, como mis emociones, si entre las siete especies sois aptas para uniros a nosotros o por el contrario abandonaros a vuestro libre albedrío. Sin embargo, siempre ha habido una tercera opción que tristemente he tenido que aplicar en dos ocasiones: si la civilización experimental resultante es una amenaza para su propio universo, debe ser eliminada.

Nuria termina su discurso ante la mirada atenta de Eva, que en parte ha quedado fascinada, pero por otra parte su mente no acaba de asimilar toda esa historia. Eva repasa lo que ha visto hacer a Nuria: cómo le ha curado la pierna y cómo ha sido capaz de desintegrar las balas y las armas de los soldados. Una cosa está clara, Nuria no es un ser humano idéntico a ellos.

—Por eso introduje el patógeno liberándolo del hielo del ártico, era la última prueba para ver dónde desembocaba vuestra civilización. Solamente tenía que seguir las reglas de mantenerme lo más al margen posible de las relaciones personales. Pero, al fin y al cabo, por mucho que haya evolucionado y vivido, no puedo negar mi origen como ser humano… y me enamoré. —Hace una breve pausa—. Me enamoré como hacía miles de años que no lo había hecho, en este cuerpo sintético, similar al vuestro. La carcasa al final solamente es la superficie. —Nuria derrama una pequeña lágrima—. Al enamorarme se tendrán en cuenta los mismos datos que transmito desde mi cuerpo, pero no seré yo quien tome la decisión.

—¿Entonces quién será? —Alberto interviene.

—Las otras seis especies… Lo siento.

Eva se siente vacía, toda la explicación de Nuria la ha hecho empequeñecer tanto como persona que ahora mismo siente que realmente no vale nada.

—Así que eso es lo que somos para ti. Ratas de laboratorio. —Eva está visiblemente afectada ante Nuria—. ¿Estoy delante de Dios? Lo mejor de todo es que es mujer.

—Yo no soy Dios, Eva. No lo has entendido. Dios, o como quieras llamarlo, está en ese hiperverso, ¿y cuál es el fin de toda la vida sino conocer a la fuente de la creación de esta? Hemos cruzado ya todas las etapas previas para llegar hasta ahí, y ahora la misma existencia, entendida como una entidad, se muere.

—¿Y por qué no dejáis que nosotros mismos creemos nuestras propias etapas? ¿Hacía realmente falta matar a millones de personas? Porque te recuerdo, aunque nos hayas creado tú, que seguimos siendo personas.

—Por eso mismo, Eva, porque por duro que parezca, solamente sois un experimento. Habéis provocado una Tercera Guerra Mundial, condenado a la mitad del planeta a vivir detrás de unos muros. Había millones de posibilidades y habéis dejado que sigan mandando, por vosotros, aquellos que solo han mirado por sí mismos todo este tiempo. No habéis hecho nada al respecto.

—Así que, en cualquier caso, tú habrías decidido eliminarnos.

—No Eva, yo os habría dejado a vuestro libre albedrío. Esa habría sido mi decisión. Las otras veces tuve que aplicarlo antes de que destruyesen su particular Tierra como suicidio colectivo ante la falta de recursos para seguir avanzando.

—¿Y las otras cuatro civilizaciones?

—Una de ellas está con nosotros, las otras las dejé seguir el curso de su historia, pero no durarán más allá de la tercera etapa como civilización. Cuando dominen la energía de su propio sol, será tarde. Tampoco podemos crear más universos artificiales. No hay más tiempo ni recursos que podamos invertir.

—Supongo que la decisión es mañana, 21 de diciembre, ¿no? Por eso creaste el artefacto, por si decidías abandonarnos a nuestra suerte, que tuviéramos otra oportunidad.

Nuria asiente. Eva comienza a tener una risa nerviosa. Alberto se muerde el labio mientras se acuerda de todos sus familiares.

—Cuando lleguemos al norte, os dejaré en tierra y me iré a buscar a mis padres. Están en el sur de Francia. Me gustaría pasar mis últimas horas con ellos. No contéis conmigo para transportar el artefacto, por mí como si lo tiráis ahora.

Nuria se siente verdaderamente mal y no sabe qué responderle.

—De verdad, lo siento. Me gustaría poder haberos ayudado más, con todo lo que me habéis ayudado vosotros.

—Ya… supongo… Oye, solo por curiosidad. —Eva mira por la ventana de la puerta del helicóptero—. Si todo sale mal… ¿qué pasará en unas horas?

—Al principio, no notaréis nada. Pero cuando pasen algunos años, dejaréis de ver las constelaciones como las conocéis, las noches dejarán de existir cuando las estrellas del cosmos estallen y su luz ilumine cualquier rincón del planeta. Aquellos que no enloquezcan, verán el cielo volverse rojo. Será el caos a nivel cósmico. Para entonces, no creo que sigáis existiendo. Más adelante la radiación será tal que ningún mundo habitado sobrevivirá. Algunas estrellas colapsarán y comenzarán a absorber toda la materia que las rodea, en forma de agujeros negros, mientras el universo se contrae cada vez más rápido hasta que no quede absolutamente nada.

—Suena aterrador.

—Lo es. Ya lo hemos vivido.

—¿Y si no consiguierais la energía suficiente del hiperverso?

—Entonces, ni los seres que hemos conseguido ascender sobreviviríamos. Sería el fin. Nuestra dimensión existencial está más cercana al Todo, tardaríamos más tiempo en perecer, pero la corriente de destrucción nos arrastraría igual.

—Ya veo…

El silencio reina entre los tres durante las siguientes cuatro horas.

2

Eva está terminando de vaciar el bidón de combustible para repostar el helicóptero. Cuando acaba, lo lanza al vacío. Mira a la ventana. Nuria mira a Eva, que la ignora por completo mientras sigue ojeando desde la ventana con calma todo su entorno. Está tranquila, lo ha encajado bastante rápido, simplemente le daría pena no poder disfrutar de muchas más cosas que tenía pensadas hacer durante su vida. Traga saliva, tiene sed.

El sol empieza a salir por el este, como siempre. O quizá en otros universos era distinto. Su cerebro no alcanza a entender la magnitud de todo lo que Nuria le ha dicho realmente. En este momento, le vienen a la cabeza imágenes con sus padres durante su vida. Se da cuenta lo mucho que los ha echado en falta. Le habría venido bien ahora; pedirles consejo sobre qué hacer. ¿Pero quién está preparado para vivir algo así? Busca en su interior una respuesta, por simple que sea. No la encuentra por más que insiste.

Ahora que Nuria ha revelado toda la verdad sobre su origen y su verdadera misión, a Eva, realmente, le da igual lo que le ocurra al planeta. Es una posición egoísta por su parte y lo sabe, pero ahora solo le queda esperar. Aún quiere saber algo más sobre Nuria.

—¿En qué momento te descubrieron?

—¿Recuerdas aquel ministro que murió misteriosamente? Tuve que proteger a Ángel antes de que ordenase asesinarlo porque había descubierto verdades incómodas. Maté a ese hombre y fui detenida. Ángel sabía todo lo de la Operación Renacimiento y a su vez todo lo que os he contado. Fue de él de quien me enamoré y él de mí. Sin embargo, no pude escapar. Ya había roto una de las reglas y había interferido asesinando a aquel hombre, a sangre fría, alterando el desarrollo natural del golpe de realidad. No podía alterarlo más aún y debía atenerme a las consecuencias.

—¿Todos los humanos superdesarrollados sois una caja de sorpresas? —Eva rompe así, en cierto modo, la pared de hielo que se había creado entre ellas con su habitual sarcasmo.

—Más o menos. —Nuria agradece el gesto con media sonrisa.

Alberto comienza a descender el helicóptero.

—¿Qué harás entonces?

—Esperaré en la cabaña que hay en el bosque de Dena hasta que llegue la hora de irme. Puedes venir si quieres.

—Gracias. —Eva sonríe—. Pero creo que me echaré un rato y después intentaré hacer mi vida normal.

—Está bien.

Nuria comprende que, aunque Eva haya aceptado su propósito, no tenga ninguna gana de verla ni de despedirse.

—Siento interrumpir.

—¿Qué pasa? —Eva se había olvidado por completo de su compañero.

—Estamos llegando. Agradecería que la despedida fuera rápida, no queda más combustible para reponer y aún tengo que llegar a Francia.

—Llévate tú el artefacto —le dice Nuria a Eva—. Es sencillo de usar, lo voy a configurar para que puedas manejarlo. Enséñaselo a los otros periodistas e iniciar el cambio.

—¿Para qué, Nuria? Si no sabemos si vamos a sobrevivir.

—Pero si lo conseguís aún tendréis la oportunidad de remediar las cosas. Con el libre albedrío, no importa que en el futuro os unáis a nosotros.

—Para entonces no estaremos aquí.

—Eva, piensa por todos y no solo por ti. Sé que es el ejercicio de humildad más grande que puedes hacer ahora. Además, supongo que habéis averiguado dónde está la cura para la bacteria. —Eva asiente—. Puedes dar esperanza, y como decís por aquí, la esperanza es lo último que se pierde.

REDENCIÓN

1

Alberto termina el descenso cerca de Dena, en una zona de tierra alejada de la civilización. El HUD del helicóptero tiene activa una señal de bajo combustible. Aun así, se quita el cinturón de seguridad y el intercomunicador para despedirse de Eva y Nuria, que ya han bajado y se han colocado alejadas de la corriente de las hélices.

Eva y Alberto se dan un abrazo, sabedores de que puede ser la última vez que se vayan a ver.

—Ha sido todo un gustazo volver a ejercer nuestra profesión al más alto nivel contigo, Eva.

—Estoy de acuerdo. A pesar de los inconvenientes…

Eva mira a Nuria, que se ha apartado a unos metros de ellos para dejarles algo de privacidad en su despedida.

—Haz lo que creas correcto, Eva. No te responsabilices más. Bastante has hecho ya.

Eva le da palmaditas para terminar el abrazo. Alberto se despega de ella.

—Palmaditas… ¡pillado!

—Sí. —Se ríe Eva—. Cuídate mucho, amigo.

—Igualmente. Voy a despedirme de Nuria.

Alberto se acerca hasta Nuria y le tiende la mano fríamente, sin mediar ninguna palabra.

—Siento haberte empujado el otro día…

—Ah… eso… no te preocupes. Era comprensible. Ojalá consigáis vuestro objetivo. Mucha suerte.

Nuria asiente con una sonrisa forzada en sus labios. Alberto se despide finalmente. Se monta en el helicóptero, se coloca de nuevo el cinturón y el intercomunicador para insonorizar el ruido del motor. Se eleva para terminar por alejarse en dirección a Francia.

Eva y Nuria están de nuevo solas, como al inicio, habiendo cumplido el objetivo principal: recuperar el artefacto. Eva siente impotencia y su mente es un caos interno. En sus manos, tenía, literalmente, el poder de cambiar el mundo actual. Hacerlo o no, dependía exclusivamente de ella, pues nunca sabría la verdadera decisión que tomarían las otras especies por Nuria. Siente que alguien le toca el hombro, se gira saliendo de su embelesamiento. Es Nuria.

—Antes de separarnos, me gustaría decirte que te estoy muy agradecida por toda tu ayuda. —Hace una pausa—. Pero, más allá de las formalidades también… también te tengo cierto apego, Eva. Sinceramente, te echaré de menos.

Eva no pronuncia palabra alguna, solo mantiene la mirada fija en Nuria, sin perder detalle, como buscando algo en su interior que le haga pensar que es realmente diferente a ella, pero no encuentra nada. Es tan humana como ella. Nuria vuelve a quedarse cabizbaja.

—¿Sabes cómo volver a Dena?

—Sí… tranquila. No queda muy lejos de aquí. Creo que es mejor que nos separemos ya, Nuria.

—Está bien… supongo que… bueno. Si quieres encontrarme, estaré en una cabaña que hay en el bosque de Dena. No me iré hasta que vengan a por mí. Adiós, Eva.

—Adiós…

Nuria se separa finalmente de Eva, camina durante unos breves metros mientras su cuerpo se hace completamente transparente para camuflarse con el entorno. Eva ni si quiera se da cuenta de esta peculiar particularidad del avanzado cuerpo de Nuria.

2

Eva lleva andando dos horas. Acaba de llegar a una pequeña carretera con algunos coches. En su mochila, lleva el artefacto. Tiene sed, hambre, ganas de pisar su casa y dormir durante tres días seguidos.

En cuanto al artefacto, no sabe qué hacer con él. Lo meditará con el estómago lleno y la cabeza descansada, lo que seguramente hará será escribir una novela sobre todo lo que ha vivido. Nadie creería la historia de Nuria por lo que sería una obra de ficción maravillosa con la que quizá podría vivir el resto de sus días. Por fantasear, todavía no la controlan. Tendrá que marcharse de su preciada casa sobre la cala de Dena, huir del país seguramente. Podría haberse ido con Alberto, pero antes tiene que estar en paz consigo misma para poder marcharse, y debe hacerlo en un tiempo exprés, cuanto antes.

Trata de abrir algunos de los coches, pero sin una palanca. Los cierres de seguridad impiden por completo abrir cualquier puerta y si rompe algún cristal, el ordenador interno impedirá hacer cualquier tipo de puente. Durante los últimos años se ha apostado tanto por las energías limpias como por la seguridad antirrobo de las propiedades.

A pesar de estar prácticamente ya en invierno, el sol, en todo lo alto sin una sola nube, la ciega y la quema la piel. La deshidratación no ayuda y en este momento del día ni si quiera los coches proyectan una sombra. Además, el asfalto está muy caliente.

La temperatura del clima ha aumentado considerablemente, de eso no hay duda y numerosas especies no han conseguido adaptarse al cambio climático; han llegado a estar en estos momentos al borde de la extinción. Otras han migrado a zonas menos cálidas, pero ahora gran parte de la población mundial ocupan las mismas y sus hábitats desaparecerán con mayor velocidad. Es la pescadilla que se muerde la cola.

Eva comprende que el Plan Segundo Renacimiento no ha sido sino un guion magistral para reducir la población mundial, establecer un nuevo orden social y así controlar mejor la natalidad, la economía, la educación y un sinfín de cuestiones políticas y sociales que les permite mantenerse durante más tiempo en el poder. Ella lleva la carga a sus espaldas, la responsabilidad para poder acabar con todo ello. ¿Lo haría?

Sí.

Dará a conocer al mundo la existencia del artefacto y su funcionamiento. Contará al mundo todo por lo que han pasado, maquillando detalles que nadie creerá. La humanidad merece saber, con el tiempo, mientras se prepara para ello, que hubo un ser humano superavanzado que los juzgó durante un periodo tras experimentar con todos y cada uno de ellos y que, si tenían suerte, podrían llegar a conocerlo, pues ella misma los había creado. La tomarán por loca, pero el tiempo le dará la razón, siempre que la decisión de los 7... *Los 7...* Me gusta ese título, piensa Eva. Siempre que la decisión de los 7 sea favorable a ellos, claramente.

La mente de Eva ha pasado del caos al orden absoluto, a lo que realmente es ella. Conexiones sinápticas que funcionan con toda su potencia mientras traza un plan.

Eva coge su teléfono. Apenas tiene un 17% de batería, suficiente para enviar un mensaje. Su teléfono estará ahora monitorizado por el Gobierno, así que usará un método antiguo, tan simple que un ordenador de finales del siglo XX podría descifrar. Eva reabre su blog y escribe un pequeño párrafo. Esto alertará a sus compañeros y sabrán qué hacer mediante las palabras clave del mismo texto, colocadas estratégicamente a lo largo de tres párrafos que indicarán la posición de su *tablet* y el teléfono de la persona a la que tendrán que avisar para que siga su plan. Daniel. Es un riesgo necesario. Dejará su *tablet* con las instrucciones en la pantalla para encontrar el artefacto, el cual estará guardado en un coche concreto y Daniel sabrá diferenciar cuál es entre todos por el estilo clásico que siempre le ha gustado a Eva. El mensaje lo enviará cuando haya dejado todo preparado, para que el Gobierno dé palos de ciego al descubrir su ubicación en otro lugar distinto y así dar tiempo a Daniel para encontrar el artefacto y poder asegurarlo.

Luego está la cuestión de la cura de la bacteria. Eso es más complicado… Aunque quizá pueda hacer algo al respecto. Bastante arriesgado, pero seguramente dé buen resultado una vez finalice su plan principal. Ahora, debe acudir al lugar desde donde realizará una llamada telefónica para ser localizada.

3

Eva va arrestada en un furgón militar. Está esposada. Frente a ella se encuentra Luca, observándola detenidamente con sus gafas de luna. Es escoltada por otros dos soldados que van totalmente cubiertos para evitar ser reconocidos por la periodista. Dentro, apenas entra la luz del exterior por las rejillas de ventilación. Es un furgón usado, alcanza a ver algunos arañazos y golpes en las paredes que indican la cantidad de detenidos que han debido de tratar de escaparse. ¿Tan terrible será? Está a punto de comprobarlo. En tiempos de guerra, todo el sistema judicial y penitenciario se endurece el triple. Seguramente, traten de retenerla hasta que encuentren a Nuria, algo realmente imposible.

—Eh, Salazar. —Eva sale de su abstracción. Es Luca quien habla—. ¿Quieres agua? Debes de tener sed.

—Estoy bien, gracias. —Eva es muy seca, pero no deja de ser educada.

—Podrías haberte marchado. Ahora no puedo ayudarte, ya no depende de mí. En cuanto lleguemos, no volverás a verme.

—¿Debería preocuparme por algo?

—Quizá. Pero si colaboras tendrás un contrato con el Gobierno un tiempo, después quedarás totalmente libre.

—Igual que tú ¿no?

Se produce un largo silencio cuando el furgón pasa a una carretera mal asfaltada.

Los baches son constantes durante unos minutos, hasta que el furgón se detiene por completo. Eva se altera levemente mientras escucha la puerta derecha del copiloto cerrarse fuertemente. Los pasos recorren el furgón hasta que abren las puertas traseras y la luz ciega a todos los integrantes del interior.

—Vamos —ordena Luca.

Coge a Eva por el brazo, sin hacerle daño. Eva no opone ningún tipo de resistencia, pero se adelanta a Luca para que no la siga tocando. Baja del furgón y al girar por la esquina del vehículo ve el cuartel general del ejército del norte de Iberia. Un gran edificio de hormigón, con todas las banderas de los aliados occidentales y orientales que ondean en lo alto. Está rodeado por otros furgones, coches militares y oficiales que se mueven de un lado a otro, con soldados, científicos y personas trajeadas que caminan también por todo el recinto. En su inmenso ventanal de cristal, Eva advierte la cantidad de trabajadores que hay en las instalaciones.

Acompañada por Luca y los demás soldados, Eva entra en el edificio por otra puerta que no es la principal. Recorre unos pasillos sombríos por los que circulan otros soldados hasta que llegan a un ascensor. Solamente entran ella y Luca. Él usa su tarjeta de identificación por un sensor magnético. Las puertas se cierran y el ascensor comienza a descender. El silencio entre los dos para Eva se vuelve incómodo. Siente la necesidad de preguntar a dónde la llevan, pero por otro lado le parece demasiado evidente que van a interrogarla y después a retenerla en una celda.

Cuando el ascensor termina de descender, se escucha una breve señal de alarma. La luz principal del ascensor se apaga y enseguida las luces de emergencia rojizas se encienden a los laterales. A Eva se le acelera el pulso.

—Es un pequeño corte de energía. Todos los días tenemos alguno, estamos a más de doscientos metros bajo tierra y son instalaciones nuevas.

—Ya…

A Eva le extraña que tanto dinero destinado al sector militar implique que aún existan estas chapuzas de principios de siglo. Se supone que son unas instalaciones de máxima seguridad donde nada, al menos a nivel técnico, debe fallar.

La luz vuelve y el ascensor abre sus puertas. Luca vuelve a coger a Eva del brazo para continuar. Esta vez a Eva sí le molesta y se aparta bruscamente.

—Te sigo. No voy a irme a ningún lado. —Y levanta sus manos con las esposas.

Luca la mira fijamente y le hace un gesto con la cabeza para indicarle que continúe. Se pone delante y Eva va tras él.

Las oficinas subterráneas por las que transitan hasta su destino se componen de diversos departamentos con trabajadores que parecen analistas. Al fondo, hay una pizarra digital con tres militares repasando una ofensiva, el mapa es de Dena. Dejan de hablar cuando ven a Eva.

Luca llega hasta una sala que desde el exterior se ve completamente pintada de negro. Abre la puerta y desde fuera la sujeta para dejar pasar a Eva. Cierra la puerta. En su interior, la esperan Asier y Elisa, sentados con los brazos apoyados sobre una mesa de acero. Encima hay una grabadora y tres botellas pequeñas de agua. Un guardia obliga a Eva a sentarse en la silla que hay frente a los dos mandatarios.

—Buenos días, señorita Salazar. Soy Asier Jaure...

—Asier Jáuregui y Elisa Ulloa —Eva lo corta—. Máximos responsables de inteligencia en Iberia. Veteranos de la guerra de Iraq en operaciones encubiertas con los Estados Unidos, contra líderes terroristas islámicos. Sí, sé quiénes sois y casi todo sobre vuestro pasado. Me gusta estar informada sobre las personas que son responsables de nuestra seguridad —dice Eva, con su sarcasmo habitual.

—Salazar, ¿puedo... podemos tutearla? —pregunta Elisa, más imponente con su fría mirada azul que Asier.

—No veo inconveniente.

—Bien, Eva, supongo que te imaginas que hemos incautado tu servidor principal. —Elisa contextualiza la situación en la que Eva se encuentra ahora mismo.

—Suponéis bien.

—Todos esos datos que has adquirido ilegalmente nos dan argumentos suficientes para meterte en la cárcel de por vida, sin juicio, las leyes son claras y hacemos demasiado la vista gorda con los periodistas de medio pelo como tú. —Elisa mira inquisitivamente a Asier—. Así que te proponemos un trato: tú nos dices qué habéis descubierto en el búnker, dónde podemos encontrar al Sujeto 0 y su preciado artefacto. Después, nos cuentas quién es tu proveedor ilegal de internet. Y así serás libre, sin cargos, pero con la inhabilitación de ejercer tu profesión como periodista.

—Es un buen trato —sentencia Asier. Eva suspira.

—Supongo que no tengo muchas más opciones ¿no?

Elisa y Asier asienten. Evidentemente a Eva no le gusta la opción, pero debe ganar algo de tiempo para pensar cómo salir de ahí, mientras Daniel recupera el artefacto. A estas alturas, debería estar ya de camino, pero con el Gobierno rodeando la zona en la que la han detenido puede ser algo más complicado. Ojalá tenga algo de suerte.

—Pues ya que respetan tanto la ley como para no ofrecerme un juicio justo…

—Durante la guerra todo funciona diferente —aclara Asier cortando a Eva.

—Lo sé, pero como decía, siguiendo la ley, incluso en estado de guerra, puedo acogerme a mi derecho a no prestar declaración.

—Salazar, no tienes nada que declarar. Tus delitos están ahí, registrados y a la espera de que un juez los revise para dictar una sentencia firme. Lo que te pedimos es una colaboración y el juez no sabrá nada. —Asier ataja rápidamente la situación de bloqueo que Eva ha creado.

—¿Con qué garantías? ¿Su palabra?

Asier pierde la paciencia. Se levanta y da media vuelta llevándose una mano a la cabeza. Se quita su chaqueta, la deja sobre la silla y comienza a remangarse. Respira hondo mientras Elisa no deja de mirar fijamente a Eva. Sus ojos se clavan como puñales en el interior de Eva, que se vuelve incapaz de sostenerle la mirada. Han encontrado una debilidad suya. En ese momento, Asier la coge del pelo violentamente.

—¡Escúchame bien, Salazar! Hemos derribado el helicóptero en el que iba tu amiguito, no queda nada de él, se ha quedado toda la información en su cabeza calcinada. Pero nos da igual, si habéis aterrizado es porque nosotros lo hemos permitido. ¡Así que o nos dices dónde cojones encontrar al Sujeto 0 y su mierda de artefacto o te juro por mis santísimos huevos que te vas a pasar toda tu puta vida encerrada en una celda de aislamiento, con comida para ratas!

Asier la suelta del pelo. Le ha hecho sangre en la oreja. Al haberla apretado tan fuerte, sus uñas han arrancado su piel. No sabe si realmente es un farol lo que acaban de decirle sobre la muerte de Alberto. Elisa le enseña su *smartphone*. Sabe cómo piensa Eva, le enseña fotos del helicóptero en el que iban. Las va pasando con su mano ante la mirada atónita de Eva, que ahora sí cree lo que ha pasado, hasta que llega a la foto de un cuerpo totalmente negro, calcinado y tan caliente que la cámara ha captado el humo que desprende. Eva aparta la mirada rápidamente.

—Sois unos hijos de la grandísima puta. —Eva sabe que el enfrentamiento verbal no le sirve de mucho, pero la alivia ligeramente. Su corazón va a mil pulsaciones por la ira.

Elisa se ríe con crueldad, mientras guarda su *smartphone*. Asier vuelve a sentarse.

—Tendrás que conformarte con nuestra palabra, Eva. Después de todo, la palabra es lo que te ha dado de comer hasta ahora ¿verdad? —Elisa sienta sus condiciones definitivamente.

—No voy a deciros una mierda. ¡Ni la hora! Pero si me dais una celda de lujo, quizá hasta me lo piense.

—El cachondeo te servirá de poco. Encerradla. —Elisa mira directamente al guardia.

El guardia, con decisión, vuelve a coger a Eva, levantándola de la silla. La puerta se abre magnéticamente desde fuera y salen. Se llevan a Eva mientras intenta soltarse, pero el guardia no cede igual que Luca y Eva se rinde y se deja llevar. Vuelven al ascensor y descienden un par de plantas más, directos a la zona de aislamiento. Las puertas son de un acero grueso, con la rejilla estrecha para ver a los presos. Intuye que para la comida le abrirán la puerta directamente.

—Permanecerá retenida hasta que el estado de alerta pase al escenario 2 —el guardia informa a Eva—. Será llamada a prestar declaración cada vez que se la requiera. Una vez se cierre la puerta, no intente tocarla, está electrificada y podría suponer su muerte. Si permanece en silencio, se respetarán los horarios de las comidas.

—Estupendo… —Eva ni si quiera mira al guardia. Su celda es la 12.

El guardia abre la puerta, le quita las esposas a Eva y la introduce de un empujón en la celda. Cierra la puerta y se escucha el mecanismo magnético de cierre.

La celda está completamente oscura, no se ve absolutamente nada. Eva se sienta como puede en el suelo. Está frío y es de piedra, irregular, nada cómodo. Suspira. Escucha el sonido de un fluorescente. La celda se ilumina ligeramente por una sola bombilla que cuelga del techo a tres metros de altura. La puerta vuelve a abrirse.

—Menú de bienvenida. —Es otro guardia con un uniforme completamente gris.

Deja la bandeja y cierra la puerta. Eva se acerca. Parece un puré de patatas y zanahoria con gachas y una botella de agua de medio litro. No huele demasiado bien, pero tiene hambre y se lo come sin rechistar. Dura poco. Bebe agua. Se detiene, si le han dado medio litro puede que no le den más hasta el día siguiente. Se trata de buscar su desesperación así que debe de racionar el agua.

4

Han pasado algunas horas desde que Eva ha sido encerrada en la celda de aislamiento. Sin embargo, ha perdido la noción del tiempo, puesto que no conserva ni el reloj ni el teléfono. Tampoco quiere decir una sola palabra, así no la sancionarán y sabrá cuando será la hora de cenar aproximadamente cuando le traigan la comida.

En su mente, recorre rápidamente todas las vivencias hasta este mismo instante en el que se encuentra, para poder buscar y analizar una posible vía de escape. Solo de ella depende que la cura de la bacteria fuese revelada. Está claro que Luca no va a desvelar todo lo que hay en el interior del búnker con tal de no delatarse él. Además, estaba dispuesto a ayudarla hasta que Eva se había entregado voluntariamente.

Luca juega con otros intereses en el mismo tablero de juego, como un mero peón. Eva podía ser el alfil que arrasase con todo, pero debía hacerlo con sutileza. Escapar en el momento en que abrieran la puerta sería inútil y solo tendría consecuencias negativas. Pero ¿cómo comunicarse con el exterior? Podría esperar al cambio de guardia y ver de qué pie cojean los otros funcionarios, quizá sean manipulables, si les cuenta parte de la verdad y busca sus puntos débiles desde el lado personal... Son todo hipótesis que suenan en su mente.

Eva se para a observar su celda, con el fin de acallar sus pensamientos puesto que están a punto hacerle estallar su cabeza. ¿Cuántas personas han pasado antes por aquí?, piensa Eva. Hay varias marcas de uñas en los muros de piedra, incluso cavidades que parecen el inicio de un presunto túnel. Escapar a la antigua. No estaría mal. Eva se ríe, le haría bastante ilusión poder decir que cavó un túnel en una celda de aislamiento. La puerta se abre. Este guardia es distinto.

—Cuando acabe avíseme y recogeré las dos bandejas.

Cierra la puerta y vuelve a sonar el cierre magnético. Eva se acerca a gatas a por la bandeja. Solamente es un plato, en este caso de verduras con algunos trozos pequeños de carne muy pasados. Desde luego, si solo comiera por los ojos se lo habría tirado a la cara del guardia, pero debe de comérselo para mantenerse cuerda y descansar. El sabor es horrible, así que traga rápido y pasa los trozos de carne con un poco de agua a sorbos. Lo acaba en menos de cinco minutos.

—¡Ya está! ¡Me lo he comido todo!

Vuelve a dejar el plato sobre la bandeja. Al levantarla para acercarse a la puerta nota que hay un papel pegado debajo de la bandeja. Deja el plato en el suelo y da la vuelta a la bandeja. Es una nota: «Sigue al guardia», dice. La puerta se vuelve a abrir. El guardia entra. Eva rápidamente pone el plato sobre la bandeja y con la otra en la mano se las entrega al guardia. El guardia se marcha, pero se detiene a la salida, se da la vuelta y mira a Eva. Al cruzar las miradas su corazón se acelera. El guardia sale de la celda sin cerrar la puerta. Y será cierto, piensa Eva.

Eva sale con cautela y mira el exterior de la celda. En el corredor, no hay más guardias y no se escuchan a más presos. Al mirar a su izquierda, al fondo, ve al guardia, que la espera sin moverse, sin mirarla. Eva sale de la celda finalmente, sin fiarse demasiado. El guardia prosigue su camino al escucharla por un pasillo contiguo. Eva se apresura para seguirlo. Cuando gira hacia el pasillo, el corredor se extiende con más celdas. Eva busca las cámaras de seguridad. Todas están fijas, no hacen panorámicas para cubrir sus ángulos. Están manipuladas. El guardia se detiene en una celda y abre la puerta. Se queda quieto y espera a Eva, que se apresura hasta que llega a la misma.

En su interior, hay cuatro militares: tres son los hombres que repasaban el mapa de Dena sobre la pizarra cuando llegó a las instalaciones. El cuarto es Ángel.

El guardia cierra la puerta. Los cuatro van armados y con mochilas cargadas de comida y munición. Ángel lleva un uniforme militar. Están preparándose para salir.

—Buenas noches, Eva —le dice Ángel—. Uno nunca se acostumbra a estas celdas. Pero tú llevas aquí poco tiempo. Tranquila, el guardia es de fiar, es de los nuestros. Realmente muchos son de los nuestros, pero las familias van por encima de todo, ya sabes. Así que, simplemente, hacen la vista gorda cuando no resulta demasiado evidente.

—¿Qué es todo esto? —pregunta Eva, alterada.

—Qué maleducado soy. Perdóname. Estos hombres son Tecla, Rojo y Sombra. No puedo darte sus verdaderos nombres por seguridad.

—¿Y el tuyo?

—Cé. —Refiriéndose a la letra C.

—¿De capullo? —Ángel se ríe ante la reacción de Eva.

—Nuria está a salvo ¿verdad? —Ángel va al grano. Eva asiente—. Tienes que decirme dónde encontrar la cura, Eva.

—¿Y por qué debería decírtelo?

—Porque todo ha pasado tal y como Nuria había predicho.

A Eva definitivamente se le cortocircuita el cerebro.

—No tengo demasiado tiempo para explicártelo, pero Nuria puede prever con muy poco margen de error varios futuros posibles en función del golpe de realidad que dé. Es una ingeniería social que han desarrollado los humanos del futuro con los que ella trabaja. Impresionante, ¿eh? Aun así, tiene que comprobar el resultado, por eso seguimos aquí, supongo. —Eva no reacciona—. Asúmelo, Eva. No hay tiempo. Dinos dónde está la cura y se la enseñaremos al mundo. Antes podemos hacer una parada en tu casa.

—¿Cuánto llevas aquí?

—Una semana.

—¿Y cuándo te han liberado?

—Ahora. Igual que a ti, teníamos todo pensado.

—¿Y por qué no antes? —Eva pierde los nervios.

—Porque tenían que detenerte para que Nuria pudiese tomar su decisión sabiendo que estarías a salvo. Solo así sabríamos cuándo podía salir. Ella… Nuria no sabía quién serías ni cómo te llamarías por entonces, pero entendía que una mujer sería la única que la ayudaría.

—¿Y por qué yo y no otra?

—Y a mí qué me cuentas. No lo sé. Pero así son las cosas. ¿Vas a decirnos dónde está la cura o no?

Eva tarda en reaccionar. Traga saliva. Sombra le lanza una botella de agua que gracias a sus reflejos coge al vuelo. La abre y se la bebe entera.

—¿Sabéis llegar a la Bola del Mundo? En la sierra de Madrid.

Los soldados asienten.

—Ahí hay un búnker. Tendréis que activar el generador para abrir la puerta y tener acceso de alto rango para los escáneres biométricos. Cuando lo hagáis, en el último nivel, la cura está en un sistema de contención. Tiene unas baterías que deberían estar totalmente cargadas para que lo podáis traer de vuelta.

—No volveremos —dice Rojo.

—Cruzaremos a África, donde la guerra no ha llegado y ahí comenzaremos a expandir la vacuna —cuenta Ángel a Eva.

—No es un virus, Ángel. Es una bacteria. Lo que hay ahí es un antibiótico muy potente.

—Qué sorpresa… Entonces tendremos que aislar a la gente y hacer pruebas.

—Eso es —afirma Eva—. ¿Sabes si han recuperado el artefacto?

Ángel niega saberlo y mira a Tecla.

—¿Te refieres a tu colega Dani? Me han dicho que esta mañana ha pasado a recoger algo, pero no he vuelto a saber nada de él. Toma, pregúntaselo tú misma. —Tecla le da un teléfono a Eva—. Tienes un nuevo número, pero he recuperado algunos contactos de tu servidor particular privado. El móvil funciona con un operador pirata, del mismo traficante de redes.

—Ilocalizable. Gracias. —Eva se dispone a llamar.

—Eh, eh, espera. —Ángel la para—. Primero vámonos de aquí. Fuera ya podrás llamar.

Los cuatro cargan sus mochilas a sus espaldas. Tecla abre la puerta desde dentro y salen de uno en uno.

—Ángel.

—A partir de ahora me llamas Cé.

—Perdón, Cé —prosigue Eva—. ¿Sabías que Nuria ya no puede tomar la decisión?

—Sí que puede, Eva. Su sistema emocional sigue enviando datos y eso lo van a tener en cuenta. Espero que le hayas dejado buen sabor de boca, si no ya puedes ir corriendo en cuanto llegues a donde quiera que esté para pedirle disculpas. Vámonos ya.

Eva los sigue por el corredor. Las cámaras que en ese momento estaban realizando una panorámica vuelven a quedarse congeladas en un punto muerto. El ascensor baja solo y las puertas se abren. Los están ayudando desde todos los lados posibles para salir de ahí. Eva vuelve a sentir esperanza.

21

1

En el ascensor, Eva se siente pequeña, a pesar de su metro ochenta de estatura, al lado de los soldados, cercanos a los dos metros. Según suben, se colocan unos pasamontañas y un casco equipado con visión nocturna y térmica. Ángel le da a Eva un arnés.

—Póntelo. —Eva obedece. Ahora le pasa una cuerda con un mosquetón—. Ánclate esto. Vamos a cortar la luz. Así no te perderás. Quédate siempre cerca de mí. Y esto… —Ángel saca una pistola—… Quédatelo por si hiciera falta.

Eva la enfunda en el arnés, que tiene una cavidad pensada para ello. El ascensor se detiene en la segunda planta.

—Caballeros —comienza a decir Rojo—. No pienso morir en esta jaula de grillos.

—Aún tengo reservados unos billetes a las Seychelles. ¿Te apuntas? —replica Sombra.

—Depende de la resaca.

—Entonces vamos a corrernos una buena juerga. —Termina Tecla.

La luz se apaga y saltan las de emergencias. Eva comprende que lo de esta mañana había sido un ensayo para comprobar el tiempo de duración de la reentrada del generador. Aproximadamente dos minutos. Habría alguien para impedir que sucediera.

Los cuatro hombres salen, delante van Rojo y Sombra, en el medio, Eva, escoltada por Cé y Tecla. Avanzan rápido pero silenciosamente. Rojo dispara con su pistola a dos militares con los que se cruzan. Se quedan quietos y se cubren tras una pared mientras Rojo recoge los cadáveres. Sombra se adelanta y deja inconsciente a otro cabo que pasaba por allí corriendo, sin darle opción de pedir auxilio.

—Hay que ser más elegante —le dice Sombra a Rojo, que refunfuña para sí mismo.

Prosiguen su avance por el pasillo, demasiado tranquilo ante el corte de luz general. Es de noche y la mayoría de los soldados están en sus hogares, pero lo normal es que haya algunos apostados en cada esquina. Llegan hasta una puerta corredera doble. Es magnética. Tecla se acerca y con un aparato transparente, que deja entrever su diminuta placa base, conecta un cable óptico. Arranca el panel magnético y conecta el otro extremo del cable óptico por medio de unas pequeñas pinzas a modo de adaptador. Pulsa dos botones y una pequeña descarga abre la puerta. Se guarda el aparato. Sombra abre la puerta y salen.

Al fondo del pasillo se ve la luz de las farolas. Es noche profunda, las nubes cubren la luna. Eva está algo asustada y a la vez emocionada, se siente como en una película de espías. Siempre tiene sentimientos encontrados en cada situación. Dos soldados salen de sus coberturas y comienzan a disparar a bocajarro. Tecla y Cé se cubren rápidamente con Eva a la izquierda. Una bala roza a Sombra mientras se cubre con Rojo. Los disparos cesan y comienza la recarga.

Sombra está al lado de una puerta, la abre y se mete dentro del cuarto para cerrar la puerta sigilosamente. Rojo mira a Tecla, cuentan hasta tres… salen de su cobertura y disparan una ráfaga de balas. Agachados, salen los otros dos soldados y disparan. Todos vuelven a cubrirse. Es cuestión de segundos que aparezcan soldados por donde han llegado ellos mismos hace unos segundos.

Sombra se desplaza por el aula de ensayos paralelo al pasillo. Se sube sobre una mesa para ver por las ventanas de la parte de arriba de la pared. Desde su posición puede ver a uno de los soldados y a Cé, que le hace un gesto para que esté prevenido. Sombra se baja y vuelve a subirse unos pasos más adelante.

Desde el pasillo Rojo vuelve a disparar mientras Tecla lanza dos granadas de humo. Cé se coloca una mascarilla y le da otra a Eva. Rojo termina su ráfaga y se coloca otra mascarilla.

Ahora solamente se escucha toser a los dos soldados que los retenían. Uno de ellos pega un grito sordo brevemente. Se escuchan dos disparos mientras los fogonazos de luz iluminan todo el humo. Los demás aguardan en sus coberturas. Un último disparo. Alguien se acerca.

—¿Nos vamos o qué?

Es Sombra, cubierto con su mascarilla. Los otros tres obedecen y Eva los sigue hasta la salida. El humo se dispersa poco a poco. Eva ve los dos cuerpos de los soldados, uno de ellos con el cuello ensangrentado debido a un corte limpio en la yugular.

Al salir, se quitan las mascarillas. Las luces vuelven a estar operativas de golpe, al restablecerse la energía. Se quedan quietos durante unos segundos y luego empiezan a correr todo lo deprisa que pueden. La cristalera del edificio se llena de soldados que corren de un lado a otro. Comienza a sonar una alarma. Eva escucha disparos sordos dentro del edificio. Intentan romper inútilmente los cristales blindados del edificio para dispararles.

El grupo termina por salir del cuartel. Se montan en un coche militar cuatro por cuatro. Conduce Sombra. Detrás se coloca Eva con Ángel y Rojo. El coche arranca y salen a toda velocidad por el camino mal asfaltado.

—Ya puedes quitarte el arnés.

Eva se lo quita rápidamente y se da cuenta de que Sombra no ha encendido las luces del coche. A su lado, Tecla lleva un dispositivo militar GPS sobre el que ven el camino.

Cuando se alejan lo suficiente Sombra enciende las luces y Tecla guarda el GPS. Están fuera de peligro.

2

Tras media hora larga de viaje, Eva ve su casa en lo alto de la cala de Dena. El reloj marca las 22:37. Queda poco para que sea 21 de diciembre.

Suben la cuesta de tierra sin bajar el ritmo de la velocidad del coche. Llegan hasta la puerta de la casa de Eva.

—Primera parada —dice Sombra.

Ángel se baja del coche y Eva lo sigue.

—Hasta otra, compañeros, gracias por sacarme de ahí.

—No hay de qué —dice Tecla.

—Ciao bella —se despide Rojo.

Sombra se gira para despedirse de ella con la mano. Ángel vuelve hacia la puerta para meterse en el coche.

—Llama a tu amigo. Sabrás si hemos tenido éxito. Cuídate, Eva.

—Gracias, Cé.

Ángel sonríe y se mete definitivamente en el coche. Cierra la puerta. Arrancan y se van.

Y ahí está Eva, de nuevo frente a su casa. Los cristales están rotos, han intentado entrar a pedradas. Hay un precinto de la policía colgando de la puerta, que se abre con tan solo empujarla. No hay cerradura.

El interior de la casa está completamente patas arriba. Todo desordenado tal y como lo habían dejado los militares al registrarlo todo. El servidor no está en su sitio y todos los portátiles han sido requisados. En esos momentos, Eva se acuerda de que las claves de seguridad gubernamentales están guardadas en diferentes nubes de redes TOR que comparte con todos sus compañeros.

El suelo está lleno de papeles. Faltan algunos libros y películas en sus estanterías. Se darían cuenta de que muchos eran copias de seguridad de sus archivos antiguos. Se habían llevado todo lo imprescindible. Hasta su sofá estaba rajado por diversas partes.

Camina hacia la cocina y descuelga el reloj que cubre el cuadro de luces. Sube los plomos, pero no hay luz. Han debido de quitársela. En pocos días, habían, literalmente, destrozado su hogar. Lo mejor que puede hacer es llamar a Daniel para saber si ha podido recuperar el artefacto. Busca su número y lo llama.

—¡Eva! ¿Estás bien? ¿Estás ya en tu casa?

—Daniel… Sí, estoy bien. Me han sacado del cuartel del ejército.

—En menuda mierda te has metido. No pude hacer nada por impedir el registro de tu casa. Lo siento muchísimo.

—No te preocupes. Oye, ¿esta mañana te llamó alguien?

—Sí, sí, sí… Tengo esta cosa aquí conmigo. No tengo ni idea de cómo funciona, la verdad. Esperaba que me lo dijeras tú.

—Bien, guárdala en el lugar más seguro que conozcas y no hables con nadie de ello. Te lo digo muy en serio, con nadie. Mañana te volveré a llamar y veremos dónde podemos quedar. Supongo que tendré que salir de Dena, pero antes tengo que hacer una cosa.

—Eva, escucha… si te has fugado del cuartel el primer sitio al que van a ir es a tu casa. Puedo estar allí en veinte minutos. Escóndete en el bosque e iré a por ti.

—Tengo que colgarte, pero la oferta era buena. Gracias.

—¡Eva, espera!

Eva cuelga definitivamente a Daniel. El momento de la decisión de Nuria está cerca. Tiene que reunirse con ella lo más rápido que pueda. Vámonos de aquí, se dice.

Eva sale a toda velocidad, corriendo para bajar el camino de tierra cuanto antes. La noche es tan profunda al estar la luna cubierta por las nubes que apenas ve por donde pisa. Por suerte, conoce el camino a la perfección de haberlo recorrido tantas veces. Cuando llega a la mitad tuerce a su derecha, para entrar directamente al bosque y coger un atajo a la cabaña. Sin haber sido visto, escondido tras la casa de Eva, Luca avisa por radio.

—Se dirige hacia el Sujeto 0.

—Recibido.

Luca ha permitido que escapen fácilmente del cuartel general, con el fin de que Eva los llevase hasta la posición de Nuria. Había controlado directamente las cámaras de seguridad e inutilizado el generador, al haber detenido previamente a los soldados desertores. Solo le importaba terminar el trabajo, aunque por desgracia implicase que también dieran caza a Ángel y su equipo.

De nuevo, Eva se encuentra entre los altos árboles del bosque de Dena. Tan misterioso de noche como de día. Una vez uno se adentra en él, perderse es realmente fácil puesto que cubre gran parte del norte. El sonido de la fauna nocturna impide escuchar bien las olas que rompen contra las rocas del acantilado que separan el bosque del mar. Los animales están nerviosos.

Eva corre todo lo rápido que puede, sin dejar de prestar atención al suelo, iluminándolo con la linterna del móvil que le han dado. Salta algunas raíces gruesas de los árboles, troncos que se han caído con el paso del tiempo y sortea algunas piedras voluminosas para evitar tropezar. Se le van a salir el corazón y los pulmones entre los nervios, las prisas y el esfuerzo físico.

Suena el teléfono, es Daniel y rechaza su llamada. Sin dejar de correr, pero bajando el ritmo ligeramente, Eva bloquea todas las llamadas. Las nubes se abren ligeramente y la luz que refleja la luna deja percibir la superficie, generando algunas sombras con las copas y los troncos de los árboles sobre el terreno. Eva sabe que va por buen camino al ver a lo lejos la cabaña, que no tiene árboles cerca. Acelera el ritmo.

Cuando llega se para durante un instante a recuperar el aliento. Mira el reloj del teléfono. Son las 23:20, queda poco tiempo. Se vuelve a erguir tras recuperarse algo, pero las pulsaciones son todavía fuertes.

Al llegar a la cabaña, la puerta está abierta. Ve un reguero de sangre de color rojizo-plateado en el suelo, aún sin coagular. La cabaña cuenta con una sala principal y dos habitaciones, cada una con un baño. No es especialmente grande. La madera es vieja, lleva tiempo sin cuidarse. Todos los muebles están cubiertos por plástico para evitar el polvo. No hay cuadros colgados, ni objetos de valor en las mesas. La cabaña simplemente está abandonada.

El reguero de sangre rojizo-plateada se extiende por todo el salón hasta la habitación de la izquierda. Eva avanza con cautela y la madera comienza a crujir levemente con cada paso que da. Cuando cruza la mitad del salón escucha unas respiraciones aceleradas muy suaves. Llega al final y al girarse a su derecha, la puerta está entreabierta. Ve la habitación completamente oscura, la luna vuelve a estar cubierta por nubes. Coge su linterna del móvil y la pistola. Se pone en guardia y con la pierna abre la puerta muy lentamente. Las respiraciones del interior se intensifican y con la linterna del móvil ve a una «persona».

Una «persona» mitad mujer, mitad máquina, pero a su vez con una morfología hermosa y totalmente distinta a lo que había visto nunca en un ser humano. De largo cabello anaranjado, con ojos agigantados, una diminuta nariz y puntiagudas orejas metálicas que se extienden hasta más allá de su cabeza que desembocaban en una afilada mandíbula. Su cara, totalmente simétrica. Su torso, completamente metalizado, parece una armadura articulada, deja vislumbrar un corazón que late con fuerza y a simple vista, conectado a diversos tubos de un material transparente y flexible. Sus brazos, mitad robóticos, mitad humanos se entremezclan con una musculatura artificial, al igual que sus piernas y sus pies. Todo el torso es una coraza que alberga un cuerpo y un alma. Sin duda, a pesar de todo lo diferente que podía ser ese cuerpo, se trata de Nuria.

Eva ve en sus ojos la misma mirada profunda de preocupación característica de Nuria. Corre hacia ella, que está tendida en el suelo con las manos en el costado.

—¡Nuria! ¿Qué ha pasado?

—Una bala me alcanzó antes de acabar con ellos y huir en el helicóptero… No recordaba lo que podía llegar a doler. He contenido la hemorragia hasta que mis sistemas han comenzado a fallar. Se acerca la hora y volveré a desmaterializarme… Así que entra dentro de lo normal.

—¿No puedo hacer nada? ¡Te estás muriendo!

—Tranquila Eva… No pasa nada, de verdad. No voy a morirme tal y como tú lo entiendes…

—Nuria, puse el artefacto a salvo. Lo tiene un amigo mío completamente asegurado. Después, hice que me localizaran para que me detuvieran y darte tiempo a ti y a mi amigo. Me han sacado hace una hora del cuartel general Ángel y un equipo suyo. Ángel está bien, Nuria. Va directo con un equipo a Madrid para recuperar la cura.

—Eso es… maravillo-vi-llo-llo-so. —A Nuria le cuesta hablar y su voz suena digital—. Gracias E-E-Eva por tu ayuda.

—Joder, Nuria. —Siente entre terror, fascinación y alegría.

Eva se abraza a Nuria con fuerza. Estalla a llorar, Nuria también con ella.

—Siento haberme enfadado tanto contigo. Tenías tus razones para ocultarme la información. Me he portado fatal. Lo siento de verdad, Nuria.

—Esta-ta-tabas en tu derecho, Eva. No te culpo ni tengo que perdonarte nada.

Durante un instante el silencio que se hace entre ambas es mágico. Las lágrimas de Eva recorren el metálico cuerpo de Nuria, que en ocasiones hace ademanes de volver a transformarse en su forma humana, emulsionando un tejido similar a la piel.

—¿Sabes? Eres lo más parecido que he tenido a una amiga. Y eso que solo te conozco de hace unos días. —Se ríe.

—La amistad es otro tipo de amo-mo-mor, Eva. Surge y hay que cuidarla. Como a una flo-flo-flor.

Las lágrimas de Eva cesan y cierra los ojos. Se recuesta sobre el pecho de Nuria. Ella le acaricia la cabeza suavemente y también cierra los ojos. La calma rodea el ambiente. Están en paz entre ellas y consigo mismas. Están cerca del mar y ahora se escuchan las olas chocando con el acantilado a lo lejos. Hay algo de viento que despeja las nubes y deja pasar más la luz de la luna a través de las ventanas de la cabaña. A Eva, ahora mismo, le da exactamente igual la decisión de los siete, solamente le importa que Nuria pueda irse tranquila, a pesar del dolor de su herida y acompañada el tiempo que le quede.

El sonido de las olas comienza a mezclarse con diversas pisadas. Eva se recoloca, sentada en el suelo. Nuria se ha quedado medio dormida y sonríe a Eva, que se muestra preocupada al escuchar cada vez más pisadas. Mira de reojo por la ventana y ve una barbaridad de soldados vestidos con trajes de camuflaje nocturnos apuntando con sus fusiles de asalto, iluminando la cabaña con la luz de los coches militares. Se quedan quietos. Nuria abre los ojos y reacciona al ver un puntero rojo en la cabeza de Eva, que se ha quedado bloqueada.

—¡AL SUELO EVA!

Nuria de un salto se lleva a Eva al suelo y el disparo del francotirador atraviesa la ventana. Eva se levanta deprisa del suelo instintivamente para tratar de huir.

—¡Eva! ¡No!

Las balas de los fusiles de asalto llegan desde todos los ángulos posibles y atraviesan el cuerpo de Eva sin cesar. La sangre de Nuria se entremezcla con la de Eva, que, al cesar los disparos, cae muerta al suelo. Su mirada está perdida, vacía. Nuria ve el cuerpo inerte de Eva en el suelo. Su amiga ya no está con ella.

Se levanta luchando contra el dolor físico y emocional. Los disparos han cesado. Se levanta agotada por el esfuerzo, pero su adrenalina crece progresivamente debido a su ira. Su cuerpo metálico se ilumina en todos los vértices de su armadura con una luz blanca. La cabaña entera desde fuera se ilumina.

—¡Todo el mundo al suelo! —grita Luca aterrorizado.

Todos los soldados se apresuran a reaccionar mientras la cabaña estalla por completo. Algunos trozos de madera atraviesan a los militares y rompen los cristales de los vehículos. Una bola de energía gigantesca blanca ilumina todo el bosque hasta que se desvanece, dejando ver a Nuria. Los soldados se recuperan y se ponen en pie.

—¡Fuego!

Todos los militares disparan a Nuria con sus fusiles de asalto. Ella, ha creado un escudo energético que desintegra en polvo todas las balas. Bajo ella, yace el cuerpo de Eva. La mira, con sus ojos debatiéndose entre el dolor y la furia. Con un gesto de su mano hace volar por los aires a la mitad de los militares mientras desintegra las armas cerrando su puño. Con otro gesto, lanza a la otra mitad contra los árboles, algunos quedan atravesados por las ramas y otros son lanzados con tanta fuerza que quedan inconscientes. Los furgones y los coches vuelan ante la onda expansiva del ataque de Nuria. Los pocos que quedan en pie huyen aterrados ante el poder de Nuria, excepto Luca, que también ha sido lanzado por los aires.

Luca se levanta del suelo, no les culpa por huir despavoridos, si pudiera también lo haría. Por primera vez, ve a Nuria tal y como es realmente. Él está equipado con un arma pesada electromagnética. Ve que está completamente cargada y dispara contra Nuria. El escudo no resiste el impacto y es lanzada unos metros hacia atrás. Nuria se levanta del suelo y cruza la mirada con Luca, que espera impaciente a que su arma vuelva a recargarse.

—Vamos, vamos, vamos, ¡vamos! —Luca es consciente de todo lo que puede perder.

Nuria aún conserva energías para utilizar su camuflaje. Ante los ojos de Luca desaparece rápidamente. Cerca de él hay un casco con visión térmica de un soldado. Corre hasta el casco, se lo pone y activa la visión. Puede ver el espectro de Nuria moviéndose con cojera lentamente hacia él.

El arma le avisa de que está cargada con una señal sonora y vuelve a disparar contra ella. Nuria lo esquiva, no sin caer de nuevo al suelo por el esfuerzo. Ante la visión térmica, su cuerpo es completamente rojo, cerca de los 64 °C.

Luca comienza a desesperarse ante el terror de poder ser ejecutado por Nuria. Utiliza su arma una vez más a medio cargar y consigue dar a Nuria. El impacto desactiva su camuflaje y cae de nuevo al suelo.

A Nuria le cuesta ponerse en pie, sus extremidades no responden. Las nubes vuelven a cubrir la luna, y lentamente la oscuridad acaba por rodearlos por completo. Se escuchan relámpagos y comienza a llover. Nuria respira hondo y fuerte para tranquilizarse, dejando enfriar su cuerpo con la lluvia para que Luca no pueda verla.

Luca la pierde completamente de vista, se quita las gafas, pero la lluvia empieza a ser intensa y ante la oscuridad, saca su pistola y comienza a disparar a la última posición en la que ha visto a Nuria.

No consigue darla.

—¡Vamos! ¡Muéstrate!

Los truenos iluminan brevemente el espacio y Luca divisa a Nuria ya en pie, que corre hacia él. Aprieta el gatillo rápidamente, pero Nuria consigue esquivar el disparo. Se abalanza sobre él y vuelve a disparar, esta vez acierta en el pecho de Nuria, atravesando todo su cuerpo. Nuria cae al suelo y Luca se agacha hasta ella. La lluvia hace que del cuerpo de Nuria salga humo al enfriar todos sus sistemas. Luca la contempla maravillado, es su trofeo. Ahora volverá a ser libre.

Con el arma en la mano sin dejar de apuntarla, la toca con las botas para comprobar que está muerta. Nuria no responde ante los estímulos y su pecho no está iluminado. Luca se pone en cuclillas.

—He cumplido… Todos estos años tocan a su fin contigo. Nadie, ¡absolutamente nadie! se ha interpuesto entre mi familia y yo. Lo siento, siento haber acabado contigo, pero en el fondo… —Luca respira agitado—… No me das ninguna lástima. —Se ríe—. *Porco cazzo*. Ni un maldito robot ha podido conmigo.

Luca saca una fotografía de su bolsillo y la mira. Nuria abre los ojos y rápidamente agarra a Luca del cuello, totalmente desprevenido.

—Yo no soy un robot. Soy el humano perfecto.

Nuria con su mano rompe el pecho a Luca y deja su puño en su interior con la sangre saliendo a borbotones. El terror se apodera de Luca.

Nuria rápidamente comienza a absorber lo que parece ser su alma. Unas partículas blancas brillantes se despegan de la piel de Luca rápidamente, mientras el pecho y las heridas de Nuria empiezan a regenerarse formando de nuevo los sistemas biomecánicos que la componen. La piel de Luca comienza a congelarse y el pecho de Nuria a iluminarse de nuevo al volver a latir su corazón. Nuria termina por extraerle por completo el alma a Luca, que queda completamente congelado. Lo suelta y respira hondo. Su última noche ha acabado con demasiadas vidas, su implicación emocional jamás será tenida en cuenta ahora, pero le da exactamente igual.

Coge la fotografía congelada que Luca había sacado de su bolsillo, en ella aparece su mujer con dos niños, le da la vuelta y por detrás pone escrito «Sálvalos, por favor». Luca sabía desde el principio que iba a morir, estaba preparado para ello. Pero al creer que no iba a hacerlo, Nuria le había pillado con la guardia baja.

Se levanta con dificultad, sigue lloviendo. Su corazón late tranquilamente. Al haberse recuperado de sus heridas, mientras camina vuelve a cambiar su rostro a su forma humana, más familiar. Prefiere mantener su cuerpo metálico tal y como es realmente. Se acerca hasta el cuerpo inerte de Eva y la coge entre sus brazos. Los vértices de su armadura vuelven a iluminarse, esta vez con una luz anaranjada. Nuria y Eva se vuelven invisibles.

Aparecen en la cala de Dena, debajo de la casa de Eva. Nuria deja el cuerpo de Eva en la orilla, donde el agua la toca ligeramente. Allí se vieron por primera vez, donde pudo comprobar la bondadosa personalidad de Eva tratando de salvar, sola, a todas las personas que podía hasta que llegó la ayuda.

Suena una alarma. Es el teléfono de Eva. Lo coge. Son las 00:00. Ya es 21 de diciembre. El artefacto está a salvo. Ángel y su equipo camino de Madrid para recuperar la cura. Todo en orden pase lo que pase.

Nuria mira al cielo, esperando que surja algo. La tormenta aminora y la lluvia disminuye.

El cielo se ilumina por completo de blanco. Se escucha una explosión lejana y a los pocos segundos, desde las nubes caen seis rayos de luz directos al mar. Al poco tiempo, el agua se divide en dos. De la superficie del fondo del mar, surgen seis figuras caminando hacia Nuria. Son las otras seis especies.

Dos de ellas muy alargadas, de aspecto humanoide con unos

trajes sellados. A través de ellos, pueden respirar sin ahogarse. Otra de ellas, translúcida como una medusa, también humanoide de un solo ojo y levitando. Tiene dos brazos de los que salen una especie de branquias alargadas. Otra, un ser completamente transparente que se deja entrever por lo que parece ser un sistema circulatorio luminiscente, sin rostro alguno. El extraterrestre situado en el extremo ha adoptado una forma humanoide, también sin rostro, cuya cabeza parece un fuego constante. Su piel está compuesta por diversos patrones triangulares oscuros. Por último, el más alargado de todos. Una cabeza triangular con lo que parecen dos grandes cuernos a los laterales; cuello alargado y cuerpo fibroso con manos de tres dedos; sus ojos son azules intensos y su nariz está en la frente. Es el líder de las siete especies.

Al llegar se quedan frente a Nuria, que parece diminuta en comparación con ellos. Nuria hace una reverencia para saludarlos y ellos responden con el mismo gesto. En un idioma desconocido, el líder de los humanoides habla directamente a Nuria para decirle que ha incumplido las reglas y entre las seis especies primarias han llegado a un acuerdo.

Los datos obtenidos no son favorables y tampoco consideran que sea una civilización que deban dejar totalmente libre. Sin embargo, al ser el último experimento de Nuria y de toda la investigación de las seis especies, escucharán el veredicto de Nuria para tenerlo en cuenta antes de tomar una decisión final. Nuria habla en su idioma, puesto que entre ellos se entienden perfectamente.

—Estimados creadores, sé que no he obrado en este, mi último experimento, conforme a las normas que establecimos en este proyecto. Estoy de acuerdo en que esta civilización humana me ha impresionado muy negativamente a lo largo de todos los golpes de realidad que he introducido en sus sociedades. Este último, ha desembocado en una devastadora guerra que ha reducido a más de la mitad de la población.

»Sin embargo, esta Tierra vuelve a respirar al haber cambiado su forma de obtener la energía. Han entendido, sus líderes, que sin planeta no hay riqueza.

»Están a punto de salir de su adolescencia como civilización. Así que considero que es normal que estén sembrados de dudas e inseguridades sobre el futuro. Por esa razón, el poder solamente quiere más poder, retroalimentándose. El verdadero punto negativo que encuentro es la conformidad con la situación. La mayoría de los seres humanos de esta Tierra se conforman con lo que tienen y solo unos pocos tratan de cambiarlo, a pesar de que la muerte sea su consecuencia. Pero, por otro lado, todas estas personas albergan desde lo más oscuro de la especie humana hasta lo más bello en su interior. Es una lucha constante con ellos mismos. Este hecho, es mucho más potente y no lo he visto en ninguno de mis otros experimentos, solamente en mi propia civilización, en la especie humana original.

Nuria hace una pausa. Las otras seis especies esperan pacientemente.

—Por esa razón, me acojo a la opción de abandonar personalmente el proyecto y quedarme como su guía hasta el fin de mis días. Soy consciente de que no podré volver a unirme a vosotros, pero estoy convencida de que mi labor ha terminado. De esta forma, como ya saben, el libre albedrío queda dado por sentado, pero si durante mi guía resulto ser asesinada o si tras perecer por causas naturales esta civilización vuelve a autodestruirse, tendrán carta blanca para eliminar su universo. Mientras tanto, elijo quedarme junto a ellos. Ya cuentan con mis compañeros y otra civilización humana que podrá aportar a nuestra causa.

»A pesar de todo, espero recibir noticias suyas en el futuro con el fin de saber si han logrado nuestro objetivo. Este universo... es muy personal, con unas leyes muy similares a las que teníamos en la Tierra original. Y quien sabe si acabarán por reunirse de nuevo con todos los demás en el hiperverso. Ojalá sea así. Nada más que añadir. Gracias.

Las otras seis especies asienten y en su idioma se despiden de Nuria. A su manera, le dan a entender que sienten pena porque ella los deje, pero entienden su decisión. Se dan media vuelta y vuelven por el camino de la superficie marina. El agua vuelve a unirse lentamente y las seis especies se reconvierten en haces de luz que salen del mar volviendo a ascender. De nuevo, otro estallido que ilumina por completo el cielo.

Nuria deja de mirar al cielo y se vuelve hacia Eva. Se agacha y la vuelve a coger entre sus brazos. Está completamente pálida. Nuria la abraza, respira hondo, su misión ha terminado. Pero necesita a su amiga.

Todo su cuerpo se ilumina de nuevo por completo con una luz blanca. Comienza a transferir su energía vital directamente a Eva. Las heridas de Eva comienzan a sanar y su piel vuelve a coger color. El rostro de Nuria envejece ligeramente mientras Eva recupera sus funciones vitales. El cuerpo metalizado de Nuria comienza a emulsionar tejido de piel a su alrededor. Los sistemas biomecánicos de Nuria pasan a convertirse en biológicos. Durante el proceso, Nuria vuelve a tener un corazón de verdad.

Eva da una bocanada de aire fuerte y tose.

—¿Qué ha pasado?

Sin dar tiempo a responder a Nuria, coge su teléfono y mira la fecha. Son las 00:15 del 21 de diciembre de 2032.

—Nuria. —Eva se reincorpora—. ¿Qué has hecho? ¿Por qué sigues aquí?

Nuria solo puede sonreír y Eva también, se funden en un abrazo. Eva escucha el latido de un corazón normal y no es el suyo.

—Pero… no lo entiendo. ¿Qué has hecho?

Nuria suspira y trata de buscar las palabras correctas.

—Poco a poco volveré a ser una humana normal. Digamos que… ya no soy inmortal.

—¿Por qué?

—Porque no puedo dejar que lleguéis al hiperverso solos.

—Entonces ¿han decidido que somos válidos? Esto se parece mucho a la Tierra, Nuria. De hecho, ahí está mi casa.

—No Eva. —Nuria se ríe—. Seguimos en la Tierra y no creo que ni tú ni yo vayamos a ver cómo los humanos de este universo viajan a través de las estrellas. Pero sí estoy segura de una cosa.

—¿De qué?

—De que la perfección solo se alcanza mediante la imperfección, y vosotros sois perfectamente imperfectos. Así que solo podéis mejoraros y, seguramente, ayudar a la mayor causa de la existencia misma. Ahí solo serán unas horas de espera mientras aquí pasan miles de años.

Eva comprende ligeramente lo que Nuria le dice. Así que vuelve a recostarse sobre su pecho. Nuria mira al cielo.

—Entonces, ¿ahora qué? —pregunta Eva con una sonrisa en la cara.

—¿Ahora?

Nuria baja la mirada hacia el horizonte con el mar.

—Ahora vamos a reconstruir este mundo juntas.

NOTA DEL AUTOR

La razón de haber escrito esta novela no es otra que la de acercar un poco más mis ganas de contar historias con personajes a los que les suceden hechos extraordinarios. La idea original estaba pensada para un guion cinematográfico, pero debido a la dificultad de sacar adelante un largometraje, opté por contarlo a través de una novela, siendo, además, su temática algo tan actual como el cambio climático.

Todas las descripciones de los escenarios naturales de la novela han sido documentadas a través de la página web https://www.adaptecca.es. Ahí se pueden consultar simulaciones de escenarios de la temperatura del planeta, así como documentación ofrecida por la Oficina Española del Cambio Climático en Madrid.

Desde aquí te animo a un consumo y uso responsable de los materiales que están dañando nuestro planeta. Es evidente que no se puede cumplir con todas las medidas a nivel individual por cuestiones económicas, pero lo que sí puedes hacer es aportar un granito de arena más. Pero de cada grano construiremos una gran montaña, con cada pequeña acción como utilizar las mismas bolsas para la fruta y la verdura, recipientes de cristal con tapas de madera, bolsas de tela cuando vayas de compras, etc. Todo suma.

AGRADECIMIENTOS

Quiero agradecer a todas esas personas que invirtieron parte de su tiempo siendo lectores cero de esta novela para ayudar a mejorarla con sus opiniones y comentarios. A todas y cada una de ellas, mil gracias.

Gracias también a Irene Muñoz Serrulla por la corrección de la novela y su buena disposición ante las dudas de un escritor novel.

A Antonia J. Corrales por sus consejos y sugerencias.

Gracias a ti, una vez más, por haber comprado esta novela. Espero que hayas disfrutado y puedas dejarme tu valoración en Amazon. También me sería de mucha ayuda si publicas una foto tuya con el libro (no es necesario que salga tu cara) con el hastag *#21Novela* en cualquier red social.

Printed in Poland
by Amazon Fulfillment
Poland Sp. z o.o., Wrocław

74657832R00153